# 엘리엇의 펫

# *Elliot Allagash*
# 엘리엇의 펫

사이먼 리치 지음
김현수 옮김

살림Friends

# 1

# 무임승차

내가 무슨 짓을 해도 부모님은 언제나 내 편이었다. 내가 성질을 있는 대로 부리다가 신상 세가 제네시스 게임기를 박살냈을 때 부모님은 '소닉 더 헷지혹(Sonic the Hedgehog)'이란 게임이 너무 자극적인 탓이라고 했고, 공항에서 여권을 잃어버렸을 때도 내게 그걸 맡긴 부모님 잘못이라고 했다. 그래서 엘리엇이 내게 한 짓을 말씀드렸을 때 부모님이 보인 반응은 너무나 의외였다.

"실수로 그랬겠지. 그 정도는 늘상 있는 일이잖아." 아빠가 말했다.

"네가 상상한 거 아닐까? 넌 상상력이 정말 풍부하잖니." 엄마가 물었다.

칭찬을 부정하는 게 쉽지는 않았다.

"아뇨, 상상이 아니라니까요. 분명히 일어난 일이라고요."

모노폴리 보드게임을 하는 밤이었다. 그날 아빠는 7이 나왔는데도 말을 옮기지 않고 있었다. 아빠의 말은 엉뚱한 칸에 방치돼 있었다. 그러더니 곧 두 분이 일어나 부엌으로 갔다.

“엄마? 아빠?”

대답은 들려오지 않았고 두 분이 서로에게 속삭이는 소리만 문 너머에서 들려왔다.

“그 녀석이 나를 계단에서 떠밀었다니까요!” 그날 밤에만 백 번쯤 얘기한 것 같았다. “사람들이 다 보고 있는데 일부러 나를 밀었다고요. 나 참 어이가 없어서.”

마침내 부모님이 다시 식탁에 와 앉았다. 그런데 아빠가 한 손에 맥주를 들고 있는 게 아닌가. 아빠가 맥주를 마시는 모습은 결혼식이나 장례식장에서나 볼 수 있기에 나는 약간 놀랐다. 두 분 다 서로가 먼저 얘기를 꺼내길 바라며 망설이기만 했다.

결국은 엄마가 먼저 입을 열었다. “엘리엇이란 애는 말이지, 다른 애들하고는 좀 달라.”

갑자기 죄책감이란 녀석이 내 맘을 찔러 댔다.

“아, 이런. 혹시 좀 모자란 앤가요?”

“아냐, 그런 건 아냐.” 아빠가 말했다.

“그럼요? 뭐가 다르다는 거예요?”

엄마가 목청을 가다듬었다.

“갠 부자야.”

아빠는 고개를 끄덕였다.

“엄청 부자야.”

엘리엇 앨러거시에게 거의 전적으로 지배당한 내 인생의 지난 5년을 되돌아보자니, 우리는 첫 만남부터가 비정상이었다. 엘리엇이 하얀 조끼에 보트슈즈를 신고 우리 학교에 처음 나타났을 때 그는 이미 런던, 브뤼셀, 취리히 등의 일곱 도시를 옮겨 다닌 전력이 있었다. 엘리엇의 아빠, 테리는 자기 기분 내키는 대로 거주지를 옮기는 것을 좋아했다. 엘리엇의 말에 의하면, 테리 아저씨가 뉴욕에 와서 살기로 한 건, 그분의 단골 장갑 브랜드가 매디슨 가에 새 매장을 열었기 때문이다. 하지만 글렌데일 학교를 선택한 건 제멋대로 내린 결정이라고 할 수 없었다. 이 학교만이 엘리엇을 학생으로 받아들이는 걸 고려했기 때문이다. 일곱 도시에서 사는 동안 엘리엇은 열 곳도 넘는 일류 학교에서 퇴학을 당했다. 다 허물어져 가는 체육관과 구닥다리 화학 도표들로 연명하던 글렌데일은 엘리엇의 말썽에 눈을 감아 버릴 수 있을 만큼 재정적으로 절망적인 상태였다. 내가 엘리엇을 처음 만났을 때 그의 전과는 공공기물 파손, 무단결석, 정당한 사유 없는 폭력, 음주 문제, 정규 시험 대리 응시, 협박 정도였다. 당시 그 애는 열세 살이었다.

우리가 만난 것 자체가 신기한 일이었다. 하지만 더 신기한 건 우리가 베스트 프렌드가 됐다는 사실이다.

작은 학교인 글렌데일은 매년 학생 수가 점점 더 줄었다. 학교 식당

의 긴 테이블 세 개에는 60명 정도가 앉을 수 있었지만 내가 속한 2학
년에는 학생이 41명뿐이었다. 점심시간이 되면 첫 번째 테이블에는 제
일 인기 있는 애들 스무 명이 앉았고, 두 번째 테이블에는 그다음 순
위의 아이들이 앉았다. 나는 세 번째 테이블에 앉았다.

사실 내가 원하기만 했다면 나도 두 번째 테이블에 끼여 앉을 수도
있었을 것이다. 언젠가 식판을 세로로 돌려서 놓고 한번 그렇게 앉은
적도 있다. 하지만 나는 세 번째 테이블이 좋았다. 널찍하고 조용했으
며 무엇보다도 위치가 완벽했다. 아이들은 대부분 점심시간을 사교의
장으로 이용했다. 하지만 나는 그 시간을 일종의 대회라고 생각했다.
초코 우유 많이 마시기 대회. 초코 우유를 다섯 팩 이상 마셔야 성공
적인 점심시간이라고 생각했다. 식당 안의 다른 어떤 자리에서도 이
짓은 불가능했다. 하지만 급식 아줌마와 3미터 거리 안에 자리를 잡
고 아줌마와 긴밀히 협력하며 나는 거의 매일같이 이 묘기 대행진을
이어 나갔다.

어느 날 오후 내가 세 번째 팩에 도전하고 있는데 내 바로 옆에 앉
아 있는 엘리엇이 보였다. 그 애 앞에는 음식이라고는 전혀 없었고 커
다란 검정색 책만이 놓여 있었다.

엘리엇이 글렌데일에 전학 온 첫날 아침에, 전혀 영문도 모른 채 계
단에서 떠밀린 이후 첫 만남이었다. 아마도 내게 사과하려고 옆에 앉
은 거려니 생각했다. 하지만 다섯 번째 초코 우유를 마실 때쯤 엘리
엇이 내게 사과할 의도는 전혀 없다는 감이 잡혔다. 점심시간 내내
내 쪽은 아예 쳐다보지도 않았다. 대신 공책만 들여다보며 면도날처

럼 뾰족한 만년필로 요란하게 뭔가를 휘갈겨 쓰고 있었다. 엘리엇은 그 다음날, 또 그 다음날 점심시간에도 내 옆에 앉았고 두 번 다 큰 변화가 없었다. 내게 말을 걸기는커녕 내 쪽은 쳐다보지도 않았다. 그냥 거기 앉아 뭔가 적기만 했다. 때때로 공책에서 종이를 뜯어내어 마구 구겨 버린 뒤에 바닥에 던져 버렸다. 가끔씩은 만년필을 휘둘러 대기 전에 손가락으로 딱딱 소리를 내기도 했다. 대체 뭘 하는 건지 묻고 싶었지만 뭔가 대단히 중요한 일을 하는 것 같기에 방해하고 싶지 않았다. 실은 그게 다 아무것도 아니었을지도 모른다는 생각은 1년이 지나서야 들었다. 휘갈겨 쓰고, 종이를 구기고 손가락으로 소리를 내는 그 모든 행위가 엘리엇만의 인사법이었던 것이다.

학생 둘 사이에 신체적 충돌이 생기면 누가 먼저 시작했던 간에 둘 다 벌을 받았다. 그 규칙이 공평한 것 같진 않았지만 선생님들과 논쟁을 벌여 득 될 건 없었다. 게다가 벌 받는 게 내겐 별로 큰 문제도 아니었다. 한 시간만 반성실에서 버티면 되는데다가 징계 담당인 나이 지긋한 사서, 펄 선생님은 일단 학생들에게 캐러멜을 두 개씩 나눠 주셨기 때문이다. 학교는 늘 혼잡하고, 밀실 공포증이 생길 지경이었지만 반성실은 나와 펄 선생님 그리고 나를 공격한 놈들 빼고는 늘 비어 있었다. 제법 평화로운 환경이었고 스트레스가 많은 주에는 그 시간이 기다려지기까지 했다.

간혹 펄 선생님이 반성문을 쓰라고 했지만, 경험을 통해 아무도 읽
지 않는다는 걸 알았기에 절대 오래 붙들고 있을 필요도 없었다.

이름 : 세이무어

학년 : 2학년

위반 행위 : 싸움

사건 경위 : 사물함 앞에서 라디오를 들으며 흥얼거리고 있는데
　　　　　랜스가 다가와 싸움을 걸었다.

이 일로 깨달은 점 : 흥얼거리면 랜스가 열 받고, 싸움을 걸어온다.

다른 방법은 없었는지 생각해 보자 : 없다.

행동을 어떻게 개선할 것인가 : 랜스 주위에선 흥얼거리지 않도록 노력한다.

반성실이 좋은 이유는 많았다. 조용함, 캐러멜. 하지만 그 무엇보다
도 그곳엔 제시카가 있었다. 학교에서는 제시카를 보기가 힘들었다.
제시카가 교실을 이동할 때마다 남자애들이 그 애를 방패처럼 둘러
싸고 우르르 쫓아다니며 그 애의 모습을 가려 버렸다. 하지만 반성실
에서는 그 방패가 걷혔고 나는 아주 가까운 거리에서 그 애를 바라
볼 수 있었다. 제시카는 꽤 다양하고 쇼킹한 방식으로 아무렇지도 않
게 복장 규정을 위반해서 반성실로 불려가곤 했다. 어찌나 노골적으
로 부적절한 복장을 하고 나타나는지 선생님들은 수업이 시작되기도
전에 늘 건물 입구에서 그 애를 잡아채서 체육복으로 갈아입으라고
명령하곤 했다. 제시카가 체육복도 없다고 주장하면 선생님들은 미

친 듯이 분실함으로 달려가 되는 대로 아무 옷이나 가져와 그 애에게 걸쳐 주었다. 선생님들도 그때만큼은 긴급 출동 명령을 받은 소방관들만큼이나 긴박하게 움직였다.

어떻게 불과 몇 달 만에 사람이 그렇게 변할 수 있는지 정말 놀라울 따름이었다. 1학년 때까지만 해도 제시카는 너무나 수줍고 내성적인 소심한 학생이었고, 선생님들은 늘 그 애에게 '크게 좀 말하라'고 얘기해야 했다. 하지만 여름이 지나고 나자 그 아이의 모든 것들이 훨씬 대담해졌다. 그 애는 사춘기의 긍정적인 효과만을 누렸고, 부정적인 것들은 모두 그 애를 비껴갔다. 여드름은 제시카의 얼굴을 피해 갔지만 윤곽은 도드라졌다. 키는 훌쩍 자랐지만 치아는 완벽하게 가지런한 모습 그대로였다. 무엇보다도 그 애 몸의 어떤 특정 부분들이 엄청나게 부풀어 오르는 와중에도 여전히 44사이즈 틀을 유지했다. 몸매가 어찌나 육감적으로 변했는지 선생님들까지도 그 애와 얘기하는 데 어려움을 겪었다. 버벅 대거나 말이 꼬이기 일쑤여서 오히려 제시카가 선생님한테 '크게 좀 말씀하시라'고 얘기하는 일이 많아졌다.

제시카는 배낭은 물론이고 자기가 학생임을 암시하는 그 어떤 물건도 들고 다니지 않았다. 매번 수업이 시작될 때면 몇몇 남자애들이 제시카 책상으로 앞다퉈 달려가 다음 45분간 그 애가 필요로 하는 물건들을 갖다 바쳤다. 간혹 다른 여자애들이 제시카를 시건방지다고 욕하는 소리가 들려오기도 했지만 난 그 애들보다는 제시카를 잘 알았다. 그 애는 그냥 다른 사람들이랑 똑같은 평범한 애였다. 물론, 그 애가 종종 튜브 탑을 입거나 얼굴에 반짝이를 바르고 나타나는 짓을 하기도 했지만, 모두가 옷을 제대로 잘 입고 다니는 건 아니다. 나만 해도 그렇다. 나도 두 번이나 실수로 파자마 바지를 그대로 입은 채 학교에 간 적이 있다. 그거랑 다를 게 뭐라고.

설사 제시카가 고의로 규칙을 어긴다고 해도 그 애를 나무랄 수는 없는 노릇이다. 제시카 같은 애를 또 본 적은 없지만, 내가 읽은 수많은 X맨 만화책이 충분한 참고 자료가 된다고 감히 말할 수 있다. 내 생각에 제시카는 마치 최근에야 자기의 초능력을 발견한 새로운 슈퍼 영웅 같았다. 그러니 엄청 튀는 의상을 입어 줘야만 하는 것이다. 그게 슈퍼 영웅이 되고 나면 제일 먼저 하는 일이니까.

벌써 몇 달 전 일이지만 나는 아직도 우리의 첫 대화를 기억하고 있다. 학기 초에 반성실에 같이 앉아 있는데 그 애가 내게 미끄러지듯 다가오더니 미소를 지었다.

"내 캐러멜 줄 테니까 나한테 연필 하나 줄래?"

"으응, 그래." 나는 대답했다.

여태껏 그 애와 내가 나눈 가장 긴 대화였다. 나는 종종 그걸 머릿속에서 계속해서 재생했다.

그날 이후, 혹시라도 제시카가 찾을까 봐 나는 늘 여분의 연필을 챙겨서 다녔다. 겉보기에는 우리의 관계에 깊이라곤 전혀 없었다. 나는 매주 캐러멜 두 개와 연필을 맞바꿀 뿐이었다. 하지만 그 행위에는 분명히 단순한 물물교환 이상의 그 무엇이 있었다. 꼭 캐러멜을 받지 않아도 나는 제시카에게 연필을 줬을 것이고, 제시카 역시 내게 연필이 없어도 캐러멜을 줬을 거라고 생각하면 기분이 좋았다.

우리는 서로를 잘 알지 못했지만 제시카는 꼭 내 이름을 부르며 고맙다고 말했다.

"고마워, 세이무어." 혹은 "대빵 고마워, 세이무어!"

그럼 내가 말했다. "고맙긴, 언제든 말만 해."

캐러멜을 까먹는 그 자리의 바로 그 순간이야말로 내게는 그 주의 최고의 순간이었다.

제시카가 골라 가질 수 있도록 책상에 연필을 죽 늘어놓고 있는데, 엘리엇이 나를 계단에서 밀친 것에 대한 벌을 받기 위해 들어섰다. 점심시간에 계속 옆에 앉으면서도 우리는 여전히 한 마디도 나누지 않은 상태였다. 반성실에 15분이나 늦게 와 놓고도 엘리엇은 엄청 느긋하게 움직였다.

"누구는 시계를 좀 장만해야 할 것 같구나." 펄 선생님이 말씀하셨다.

엘리엇은 대꾸도 없었다. 그 애의 손목에 엄청 번쩍이는 커다란 시계가 눈에 띄었다.

"그래도 캐러멜은 줄게." 선생님은 사탕 바구니를 엘리엇에게 내밀었다. 엘리엇은 선생님을 완전히 무시해 버리고 뒷자리에 가서 앉았다.

"캐러멜 안 먹어? 얼른 와. 캐러멜 싫어하는 애가 어디 있어!" 펄 선생님이 소릴 높였다.

엘리엇은 책상에 놓여 있는 반성문 종이를 내려다봤다. 그러고는 땅이 꺼져라 한숨을 쉬더니 엄지와 검지로 무슨 쓰레기라도 집어 올리듯 종이를 집어 올렸다. 펄 선생님이 돌아서는 순간, 엘리엇은 손가락을 벌려 반성문 종이를 바닥으로 놓아 버렸다. 그리고 책을 꺼내서 뭔가를 적기 시작했다.

그날은 나, 제시카, 엘리엇, 랜스 이렇게 모두 네 명이 불려와 있었다. 랜스는 특정 학생을 괴롭힌 건 아니었지만 '상습 폭력'으로 반성실에 와 있었다. 랜스는 반성문 여백에 번개 그림을 그리며 낙서를 하다가 힘을 너무 줬는지 연필심을 부러뜨렸다. 그러자 불빛에 연필을 들어 보더니 끙 소리를 냈다.

랜스가 연필 깎기를 찾으려고 가방을 한참 뒤지는 모습을 보며 나는 미소를 지었다. 랜스는 나보다 힘도 세고 더 재미있고 인기도 더 많았다. 시끄러운 소리에 나처럼 식겁하지 않는 등 누가 봐도 다방면으로 나보다 잘난 놈이었다. 하지만 효과적이고 치밀한 준비 정신으로 말할 것 같으면 내가 그 녀석보다 한 수 위였다. 제시카가 아무 이유 없이 매주 나한테 와서 연필을 빌리는 게 아니란 말씀이다. 뭐가 똑 떨어졌을 때는 나를 믿으면 된다는 걸 제시카는 알고 있었다. 연필뿐만이 아니고 지우개, 스카치테이프 등 그 애가 필요한 건 무엇이든지.

제시카는 내 책상에서 연필 한 뭉치를 집어 들더니 황급히 교실을 가로질렀다.

그러곤 속삭였다. "랜스, 연필 필요해?"

랜스가 한눈에 볼 수 있도록 제시카는 연필들을 부채처럼 펼쳐 보였다. 랜스는 거만하게 웃으며 잠깐 동안 그걸 지켜보더니 말했다.

"두 개 가져도 돼?"

제시카는 기다렸다는 듯 고개를 끄덕였고 랜스는 제일 맘에 드는 걸로 두 개를 골랐다.

"고마워, 제시카."

제시카는 당황한 듯 눈길을 돌렸다.

"뭘……, 언제든 말만 해!"

제시카는 나머지 연필들을 내 책상에 던지듯 팽개치고 자기 자리로 돌아가 랜스가 번개 낙서하는 모습을 황홀한 듯 숨죽이고 지켜봤다.

내 연필 몇 개가 바닥에 떨어졌다. 그것들을 줍다가 엘리엇이 나를 지켜보는 걸 알게 됐다. 남은 반성 시간 내내 엘리엇은 나를 보고 있었다. 펜 뚜껑을 열고 공책의 다음 페이지를 넘기는 순간에도.

부모님은 내 학교생활에 대해 거의 묻지 않으셨다. 결코 관심이 없어서가 아니라 위험 부담이 너무 컸기 때문이다. 맨해튼의 수준으로 볼 때 글렌데일 학교가 특별히 화려한 축에 끼진 않았다. 리버데일 언덕 근처나 센트럴 파크를 따라 위치한 초일류 중학교에 비하면 학비가 현저히 낮았지만 그래도 여전히 값비싼 학교였다. 우리 부모님이 등록금을 감당할 수 있는 학교 중엔 최고로 비쌌으니까. 내 앞에서는 절대로 돈 얘기를 하지 않으셨지만, 우리 집은 그리 넓은 편이 아니었기에 늦게까지 깨어 있는 밤이면 부모님이 빠듯한 금전 문제에 대해 얘기하는 소리가 벽 너머로 들려왔다. 두 분은 그 주제에 대해 이야기할 때만 숨죽여 낮은 톤으로 대화했다. 부모님은 나를 글렌데일에 보내기 위해 수입의 엄청난 몫을 떼어 냈다. 내 생각에는 두 분의 투자가 모두 헛짓임을 알게 될까 봐 두려우셨던 것 같다.

내 학비가 수백 달러라고 하건 수천 달러라고 하건 나는 부모님 말씀을 그대로 믿었을 것이다. 내게 돈이란 락캔디(길쭉하고 밝은 색상의 페퍼민트 맛 막대 사탕-옮긴이)로 교환했을 때만 의미가 있었다. 아빠는 내게 돈의 가치를 가르치실 작정으로 최근 들어 일주일에 5달러씩 주기 시작했지만 매주 내게 들어오는 5달러는 '중간 사이즈 락캔디 한 봉지'라고 쓰인 교환권과 같았다. 사고 싶다는 생각이 든 건 그것밖에 없었기 때문이다. 글렌데일에 다니느라 낭비하는 돈의 액수를 헤아려 보니 스크루지 맥덕(디즈니 만화 캐릭터로, 도널드 덕의 돈 많은 구두쇠 친척 아저씨-옮긴이)처럼 락캔디를 한 움큼씩 집어서 머리 위로 던져 올리며, 방을 가득 채운 락캔디 사이를 헤집고 다니는 내 모습이 떠올랐다. 우리 형편에는 그 정도로 터무니없는 액수였다.

아주 드물게 한 번씩 부모님이 학교생활에 대해 물어보시면 모든 걸 말해 버릴까 하는 유혹이 들기도 했다. 불어 3년차 과정에서 선생님이 영어로 얘기해야 하는 학생은 나뿐이라는 점. 전체 조회 때 누군가가 장난으로 나를 회장 선거 후보로 추천했다가 터진 광란의 폭소가 어찌나 길게 이어지던지 그걸 진정시키려고 교장 선생님이 생전 처음 보는 무슨 돌덩어리 같은 걸 가져와 두드려 대야 했던 일. 이 모든 것들을 피하기 위해 그동안 네 번이나 싸고 누워 아픈 척 집에 있었던 일. 하지만 부모님이 나를 고마움도 모르는 애라고 생각하는 건 싫었다. 그리고 내가 아무 말도 하지 않았는데도 어쩐지 부모님은 이미 모든 걸 다 알고 계시다는 느낌도 들었다. 두 분은 절대 추가 질문을 하는 법이 없었다. 내가 수영 시험에 대해 별 탈 없이 '무난'했다고 하면 그냥 그 말을 그대로 받아들이고는 내가 다른 얘기를 하게 놔두셨다. 또 내가 열이 난다고 할 때도 절대 체온계로 확인하는 일이 없었다. 그저 내 어깨를 한번 감싸 주고는 텔레비전을 내 방에 옮겨 놔 주고 얼른 나으라고 얘기할 뿐이었다.

나에 대한 두 분의 기대치가 바닥이라고 할 밖에. 부모님은 내가 C를 받아 오면 축하해 주셨고 B를 받으면 냉장고에 떡 하니 붙여 두셨다. 어쩌다가 A를 받아 오기라도 하는 날에는 그 즉시 할머니께 전화를 했다. 시간이 얼마나 늦었건 할머니가 편찮으시건 상관없었다.

"정말?" 할머니는 탄성을 지르셨다. "어떻게 이런 일이! 정말이냐?"

그럼 엄마가 이렇게 말했다. "진짜예요! 세이무어, 네가 말씀드려!"

"정말이에요." 나는 중얼거리듯 말했다.

그러면 할머니는 소리를 지르기 시작했다. 유대교회당 복권으로 지중해 크루즈 여행에 당첨됐을 때처럼, 그야말로 진짜 괴성을 질러 대셨다. 열화와 같은 성원은 감사하지만 때때로 나도 그분들의 기대치가 조금은 높았으면 좋겠다는 생각이 들기도 했다.

엘리엇이 나를 계단에서 떠민 그 사건 이후 일주일이 지났지만 여

전히 그 애는 내게 한 마디도 하지 않았다. 그래도 점심시간이면 어김없이 내 옆에 앉아 공책에 뭔가를 끼적거리며 나를 괴상한 눈초리로 쳐다보곤 했다.

나는 그 녀석을 무시하려고 갖은 애를 다 썼다. 점심시간 다음에 불어 단어 시험이 있었고, 이번엔 좀 잘해 볼 작정이었다. 동물에 관련된 불어 단어들을 외우고 있는데 누군가 내 어깨를 세게 퍽 쳤다. 돌아보니 엘리엇이 나를 보고 있었다. 그게 우리가 처음으로 눈을 맞춘 순간이었는데, 그 애가 너무나 피곤해 보여서 나는 좀 놀랐던 것 같다. 피부는 매끄러웠고 티 하나 없는 깨끗한 얼굴이었지만 눈 밑의 다크 서클이 너무나 짙고 깊게 드리워져 있었다. "너 오늘 대체 왜 그러니?" 그 애가 말했다.

엘리엇이 입을 열자 그때서야 여태껏 그 애 목소리를 들어본 적이 한 번도 없었음을 깨달았다. 목소리가 꽤 높고 경쾌했지만 어울리지 않게도 가래 낀 소리가 났다. 평생 담배를 입에 물고 산 영국 할머니 목소리와 비슷했다.

"뭔 소리야?" 내가 받았다.

"곧 종 칠 텐데 여태 초코 우유 두 개밖에 안 마셨잖아. 점심시간마다 다섯 개씩 해치우더니 이대로라면 오늘은 어렵겠어."

나는 억지웃음을 지었다.

"나 원래 그렇게 많이 안 먹거든."

"아니, 너 그렇게 먹어." 그 애는 자기 공책을 느긋하게 넘기며 말했다. "사실 여섯 개씩 마시는 날도 많지."

갑자기 그 애 눈이 커다래졌다.

"한번은…… 일곱 개를 마시기도 했지."

나는 내 무릎만 내려다봤다.

"누가 보는 줄은 정말 몰랐어."

"근데? 도대체 오늘은 왜 그래? 어디 아파?"

"아니야, 그냥 좀 초조해서 그런가. 불어 시간에 시험 보잖아."

엘리엇은 내 손에 있던 교과서를 뺏어 들었다.

"그런데 왜 동물 페이지를 보고 있는 거니? 오늘 시험은 직업에 관한 건데."

"그런 얘기 없었잖아."

"없었지. 하지만 빤하잖니."

"뭔 소리야?"

그 애는 손가락을 구부리더니 손톱을 들여다봤다.

"헨드릭스 선생님은 절대로 직접 문제를 내지 않아. 그 선생도 참 단순해. 매번 그냥 책을 복사해서 주잖아."

"근데?"

"그러니까 이번 장에는 단어 퀴즈가 아홉 개밖에 안 나오잖아. 그런데 다른 여덟 개는 수업시간에 다 했으니까 하나밖에 안 남지." 그러고는 '직업'이 나오는 장을 펼쳐서 내게 다시 줬다. 어이가 없었다. 이제 점심시간이 5분밖에 안 남았는데 꼭 봐야 할 페이지만 쏙 빼놓고 보고 있었다니.

"넌 그런 걸 다 어떻게 알아내?"

"단순 추리."

나는 그 페이지를 외우기 시작했지만 이제는 엘리엇의 괴상한 공책에 더 관심이 갔다.

"거기다 뭘 하는 거야?" 내가 물었다.

"네 알 바 아니거든."

"아, 미안."

나는 얼른 내 책으로 눈을 돌렸다. 농부, 사업가, 요리사…….

"조사를 좀 하는 중이야. 리서치라고." 엘리엇이 대답했다.

"어 그래? 무슨 조사?"

"더는 말 못 하겠는데."

그 애는 내가 더 알려 달라고 졸라 대지 않을 거라는 게 확실해질 때까지 날 쳐다만 보더니 다시 얘기를 시작했다.

"우리 아빠가 이 끔찍한 학교에 어마어마한 액수의 돈을 기부했고, 난 여기서 엄청 오래 썩어야 할 거야. 여기 있는 동안의 괴로움을 조금이라도 덜기 위해 학교를 조사하는 거야."

그러더니 공책을 펼쳐서 자기가 그린 도표 몇 개를 보여 줬다. 그중 하나는 소방 훈련의 빈도와 시간을 그린 도표였다. 근무 연수에 따른 교사들의 순위표도 있었다. 상세한 학교 지도도 있었는데 보일러실과 지하터널 그리고 사물함 비밀번호로 보이는 코드 몇 개까지 적혀 있었다.

"이건 뭐야?" 나는 애들 이름이 몇 개 적혀 있는 곳을 손가락으로 짚었다.

"신분 등급이야. 거의 모든 아이들의 순위를 매겨 봤어. 봐. 이게 너야, 맨 밑에."

"한참 밑이군."

"더 위로 올라가야 한다고 생각하는 거니?"

"아니…… 그 부분은 맞게 했어. 하지만 다른 부분은 손 좀 봐야겠다. 랜스 같은 애는 한참 위로 가야 맞아. 탑 5에도 못 들게 해 놨잖아."

엘리엇은 고개를 가만히 끄덕였다.

"또 다른 덴?"

나는 엘리엇이 만든 표를 쭉 훑어봤다. 본인은 아무 데도 끼워 넣지 않았음을 알 수 있었다.

"음, 제시카는 조금 더 올려도 돼. 그리고 최하위권도 좀 틀렸어. 애들 중 몇몇은 그래도 친구가 제법 많다고."

엘리엇이 자기 만년필을 건네줬다.

"고쳐."

나는 어정쩡하게 펜을 받아들었다.

"알았어…… 근데, 엘리엇? 저기 뭐 좀 물어봐도 돼?"

"뭔데?"

"왜 날 계단에서 밀었어?"

엘리엇이 어깨를 으쓱했다.

"재미삼아. 그리고 조사의 일환으로. 학교에서 날 어느 정도까지 징계할 수 있는지 알아보려고."

"근데 왜 하필 나야?"

"실험을 표준화하려고. 일반적인 범죄를 저질러야 했거든. 널 괴롭히는 건 여기서는 아주 흔한 일 같던데."

"말 되네."

"이번엔 내가 좀 묻자. 넌 왜 그렇게 인기가 없는 거지?"

목소리 톤으로 판단하건데 질문에 악의가 있는 것 같진 않았다. 그냥 정말 궁금해서 묻는 거였다.

"집안 형편도 다른 애들하고 비슷하지. 과체중이긴 하지만 심하지는 않고. 너희 반 애들 중에는 진짜 비만도 있잖아."

엘리엇이 그 애들 이름을 가리켰다.

"그니까, 대체 이유가 뭐지?"

나는 내가 왜 비호감일까 늘 생각은 했지만, 그것에 대해 대놓고 누군가와 대화를 나눠 본 적은 한 번도 없었다.

"이유야 많지." 내가 말했다.

"이를테면?"

"글쎄, 예를 들어…… 운동을 잘하는 것도 아니고. 특히 농구."

엘리엇의 눈이 커다래졌다.

"여기서는 운동으로 지위가 정해진다는 거니?"

내가 고개를 끄덕였다.

"운동이 꽤 중요하지."

"그래서 높은 데를 치느라고 늘 펄쩍거리고 뛰어다니는 그 흑인 애가……"

“크리스.”

“됐고. 그 애가 권력이 있다는 거니? 누가 봐도 장학금에 의존해서 학교 다니는 앤데도?”

“글렌데일에서는 돈 같은 건 별로 상관들 안 해. 그보다는 애가 얼마나 멋진지, 운동을 얼마나 잘하는지, 잘난 척을 하는지 안 하는지 그런 것들이 중요해.”

“정말 그렇게 생각하는 거니?”

엘리엇은 나랑 얘기하는 게 진이 빠진다는 듯, 눈을 감더니 관자놀이를 지그시 마사지했다. 너무 옅어서 흰색에 가까운 그 애의 금발머리카락이 두 손 위로 쏟아져 내렸다. 엘리엇은 머리를 뒤로 넘기고 눈을 뜨더니 나를 손가락으로 가리켰다.

“넌 돈이 모든 걸 이긴다는 얘길 한 번도 들어 본 적 없어? 이 세상 다른 그 무엇도 소용없다는 걸?”

나는 멍청이같이 고개를 끄덕였다.

“나는 돈으로 너를 이 학교 최고 인기인으로 만들어 줄 수 있어.” 엘리엇이 말했다. “약간의 조사와 확실한 투자를 거쳐 널 왕으로 만들어 줄 수도 있다고. 여자애들이 흠모하고, 남자애들은 존경하고, 모두가 널 두려워하게 할 수 있다고.”

나는 불편하게 웃었다.

“내가 어떻게 하면 되는데?”

엘리엇이 씩 웃었다.

“내가 하라는 대로만.”

　내가 엘리엇 이야기를 하면 사람들은 모두들 같은 걸 묻는다. 만난 지 얼마 되지도 않은데다 잘 알지도 못하는 사람의 삶을 끌어올리는 데 도대체 왜 그렇게 많은 시간과 노력을 쏟아 부었냐는 것이다. 좋은 질문이다. 그리고 그 대답은 비디오 게임으로나 설명이 가능할 것 같다.

　엘리엇을 만나기 전에 나는 학교가 끝나면 비디오 게임을 정~말 많이 했다. 현실 세계에서 농구에 환장을 한 것도 아니면서 부모님이 NBA 슬램 97을 사 주셨을 때는 완전 열광했다. 그 당시에 그 게임이 그렇게 특별했던 이유는 게임을 하는 사람이 감독이 될 수 있었기 때문이다. 선수를 마음대로 트레이드하고, 선수 교체도 해 가며 컴퓨터가 조종하는 다른 팀들과 시즌 내내 경기를 할 수 있었다. 나는 그 게임을 처음 해 보는 것이었던지라 환경을 '초급'으로 설정했다. 내가 새크라멘토 킹스를 선택한 이유는 보라색과 검정색 바탕에 은색 사선이 들어간 유니폼이 마음에 들었기 때문이다.

　컴퓨터는 실제 팀에서 가장 실력 있는 선수 다섯 명에 근거해서 선발 명단을 제안해 줬다. 하지만 나는 감독이라는 지위를 이용해서 선수를 죄다 바꾸기로 마음먹었다. 컴퓨터에 의하면 여섯 번이나 올스타에 뽑혔던 미치 리치몬드는 가드로 선발돼 있었다. 하지만 그건 누구나 할 수 있는 생각 아닌가! 나는 미치를 선발에서 제외시키고 대신 데릭 펠프스를 선택했다. 데릭은 프로 선수 경력을 통틀어 공식 경기를 세 번밖에 뛰지 못한 이름 없는 후보 선수였다. 내가 그의 이름을 입력하자마자 화면에 빨간 글씨가 떴다.

"정말로 미치 리치몬드 대신 데릭 펠프스를 기용하시겠습니까?"

감독들이 일반적으로 내릴 결정이 절대 아님을 나 역시 알았기에 잠시 망설였다. 그러다 보니 화가 났다. 컴퓨터 따위가 대체 뭐라고 내 선발 라인업을 놓고 이래라 저래라 한단 말인가? 새크라멘토 킹스의 감독은 바로 나란 말이다! 내가 악에 받쳐 시작 버튼을 누르자, 곧 데릭 펠프스가 코트로 걸어 나오기 시작했다. 팁 오프 된 공을 잡아서 데릭에게 패스한 뒤 데릭이 그 공을 받아 바로 3점 슛을 쏘게 했다. 골대 가장자리를 제대로 스치지도 못한 끔찍한 슛이었다. 상대 팀은 너무나 쉽게 리바운드했다. 내가 실수한 걸까? 나는 타임 아웃을 불렀고 데릭의 지난 시즌 성적을 자세히 살폈다.

출전 경기 : 3

총 출전 시간(분) : 5

경기당 득점 : 0.0

별로 격려가 되는 정보는 아니었다. 특히 같은 해 미치 리치몬드의 성적과 비교하니 더 했다.

출전 경기 : 82

총 출전 시간(분) : 3,172

나는 다시 미치 리치몬드로 교체해서 그를 다음 몇 경기에 기용했다. 그는 즉시 스틸을 하더니 보지도 않고 우리 팀 센터에게 앨리웁패스(공중에서 패스를 받아 착지 전에 덩크 슛을 터뜨리거나 슛으로 연결하는 동작—옮긴이)를 했다. 관중들이 열광했지만 그들의 환호에 내 마음은 오히려 싸늘해졌다. 미치 리치몬드를 기용해서 경기를 지배하는 것은 너무 쉬운 일이었다. 물론, 정석대로 미치의 등에 업혀 챔피언으로 등극하는 것도 방법이었다. 하지만 농구계 정설을 뒤집어엎고 밑바닥에서부터 시작해서 새로운 전설을 창조할 수도 있지 않은가. 데릭 펠프스라는 전설. 나는 다시 타임 아웃을 부르고 펠프스를 출전시켰다.

펠프스는 거의 70개의 3점 슛을 시도했지만, 그의 슛은 대부분 실패하도록 프로그래밍되어 있었다. 그래도 66득점을 하는 데는 성공했고 '초급' 모드에서는 그 정도면 승리가 가능했다.

방과 후에 3주 동안 꾸준히 게임을 한 결과 나는 새크라멘토 킹스를 월드 챔피언십으로 이끌 수 있었다. 그 즈음에 데릭 펠프스는 NBA 역사상 주요 기록을 모두 갈아치운 상태였고 한 경기당 평균 80득점으로 시즌을 마감했다. 펠프스는 체력이 바닥일 때도 단 1분도 낭비하지 않고 몸을 움직였다.

나는 매일 밤 침대에 누워 게임 속 새크라멘토 킹스의 감독으로서 기자 회견을 하고 있는 내 모습을 상상했다.

"데릭이라는 선수를 어디서 발견했습니까? 새로운 마이클 조던의 등장이라고 할 수 있겠는데요.”

“그는 마이클 조던, 그 ‘이상’입니다. 아직까지 그 누구도 해내지 못했던 것을, 꿈조차 꾸지 못했던 것을 해냈습니다.”

“펠프스의 슛 판단에 대해서는 문제가 없다고 보십니까? 어제 경기에서는 중앙선 밖에서 시도한 슛 9개를 포함해서, 3점 슛을 37개나 시도했는데요. 좀 이기적인 플레이라고 볼 수도 있지 않을까요?”

“이것 봐요, 기자 양반.” 나는 화가 나서 상상 속의 기자에게 손가락질을 하며 말했다. “펠프스는 역사상 가장 많은 팬을 이 리그로 끌어들인 선수예요. 그가 중앙선 밖에서 슛을 쏘고 싶으면 그 정도는 결정할 자격이 있다고 봅니다.”

내가 처음 데릭 펠프스를 발견했을 때, 그는 이 리그에서 알아주는 이 하나 없는 무명 선수였지만, 겨우 한 시즌 안에 나는 그를 전례가 없는 슈퍼스타로 탈바꿈시켰다. 그는 내 인생 최고의 성과물이었다.

엘리엇이 이 이야기를 듣지는 못했지만 이해는 할 거라고 생각한다. 엘리엇은 결코 비디오 게임 같은 건 하지 않았다. 그럴 필요가 없었으니까.

엘리엇의 제안이 말도 안 된다는 건 나도 알았다. 인기란 게 운동화 한 켤레 사듯 돈으로 살 수 있는 게 아니니까. 인기를 얻는 데는 족히 몇 년이 걸리는 법이다. 물론 제시카의 경우, 급격한 신체 변화가 진행된 여름 한 철로도 가능하긴 했지만. 유명해진다는 건 상상만으로도 즐거웠다. 점심시간에는 내가 원하는 자리에 앉고, 2인용 비디오 게임을 하고, 얻어맞을 걱정 없이 노래를 흥얼거려도 되겠지. 하지만 그건 모두 환상일 뿐, 글렌데일에서의 시간은 내게 그런 기대를 품지 말라고 가르쳤다.

게다가 엘리엇이 분석한 것처럼 내 상황이 그렇게 심각한 것도 아니었다. 일반적인 기준으로 볼 때 내가 인기가 없기는 했지만 그래도 애들은 나를 존중했다. 사실 나는 한 해의 가장 중요한 행사에도 초대를 받았다. 바로 랜스의 생일 파티다. 초대장이 나한테만 며칠 늦게 도착했고, 내가 제외된 소수 가운데 포함되었다는 생각에 나는 주말 내내 제정신이 아니었다. 하지만 결국은 랜스가 직접 사인한 반짝이는 빨간색 카드를 엄마로부터 건네받았다. 이 정도면 괜찮지 않은가! '랜스 쿠퍼의 신나는 수영 파티'에 내가 '정중한 초대'를 받은 거다. 막판에 추가됐을 수도 있겠지. 하지만 그럼 뭐 어때? 어쨌든 중요한 건 랜스가 나를 원했다는 점이다. 진심으로, 나는 그 정도면 충분했다.

물론 이벤트 자체는 두려웠다. 1학년 때의 수영 시험 이후, 나는 같은 반 애들 앞에서 단 한 번도 수영복 차림으로 서 본 적이 없다. 그날의 기억이 너무나 끔찍해서 생각만으로도 진땀이 났다. 참석을 피하기 위해 파티 날 아침에 아픈 척을 할까도 생각했다. 하지만 쓸데없는 걱정을 한 셈이다. 창틀에 랜스 쿠퍼의 초대장을 펼쳐 놓은 채 침대에 누워 있는데 몇 달간 맛보지 못했던 만족감이 밀려왔다. 글렌데일에 입학한 이래 처음 받아 본 생일 파티 초대였다. 또 모를 일 아닌

가. 이제 내 인생이 상승세를 타기 시작한 건지도.

막 잠이 들려고 하는데 무슨 냄새가 감지됐다. 엄마가 뭔가 맛있는 것을 만들고 계셨다. 나는 본능적으로 침대에서 일어나 어두운 복도를 더듬어 나갔다. 부엌 시계를 보자 뭔가 심상치 않다는 느낌이 들었다. 엄마는 절대로 이렇게 늦은 시간에 무얼 굽는 일이 없었다.

오븐에서 새어 나오는 희미하고 노란 불빛을 빼면 부엌은 캄캄했다. 엄마를 찾아봤지만 엄마는 오븐을 켜 둔 채 방에 들어가 있었다. 나는 이 상황이 믿어지지가 않아서 오븐을 들여다봤다. 정말 이게 무슨 일인지! 우리 엄마가 쿠키를 굽고 계셨다. 그것도 피넛 버터 쿠키를 한 판씩이나. 내게는 한 마디 말도 없이. 방문을 두드리고 엄마에게 물어봐야겠다고 생각하는 찰나, 조리대 위의 메모함이 눈에 띄었다. 쿠킹랩 옆에 놓인 철제 메모함 뚜껑 위에 엄마가 감사 카드를 붙여 놓은 게 보였다. 받는 사람은 쿠퍼 부인으로 돼 있었다.

랜스의 엄마였다.

나는 카드를 열어 보았다.

세이무어도 끼워 주셔서 정말 감사해요. 애가 어찌나 흥분하던지. 랜스 어머니 말씀대로 세이무어에게 수영장 위생 수칙을 숙지시켜서 작년의 '수영 시험 사건' 같은 일은 절대 다시 일어나지 않도록 할게요.

속이 뒤집어지는 수치심을 느끼며 나는 내 방으로 조용히 돌아갔다. 저녁을 먹다가 랜스의 파티 얘기를 했을 때 아빠는 정말 기뻐하셨다. 아빠는 엄마의 개입이 얼마나 처절했는지, 엄마가 어떤 선행 조건들에 동의했는지 알고 계실까? 랜스가 죽지 못해 내 초대장을 쓰기까지 자기 엄마와 2박 3일간 싸우는 모습이 눈앞에 그려졌다. 랜스가 우리 엄마의 쿠키를 먹으며 친구들과 쿠키의 슬픈 유래에 대해 이야기하는 모습도 그려졌다.

밤 11시, 잘 시간이 훨씬 지난 시간이었지만 엘리엇은 어쩐지 깨어 있을 것 같았다. 나는 처음으로 방문을 걸어 잠그고 조용히 엘리엇의 전화번호를 찾았다.

그리고 말했다. "좋아, 언제부터 시작할까?"

엘리엇이 웃었다.

"당장."

"그러니까 블래드 너, NBA에서는 한 번도 안 뛰어 봤단 말이지?"

"그게…… 응. 공식적으로는. 하지만 언젠가 여름에 페이서스 선수들과 연습한 적이 있었어. CBA(NBA 하위 리그—옮긴이)에서는 NBA 선수들이랑 뛰어 봤고."

엘리엇이 어이없다는 듯 눈동자를 굴리더니 말했다.

"앞으론 좀 뛰어 봐야 할 거야."

농구 선수는 커다란 눈을 한 번 깜빡거리지도 않고 엘리엇을 내려다봤다. 블래드는 내가 만나 본 사람 중에 키가 제일 컸고, 팔 다리가 어찌나 근육질인지 무서울 지경이었다. 하지만 말할 때는 꼭 새학기 첫날 자기소개를 하는 아이처럼 조용하고 긴장한 듯 보였다. 블래드 가 마룻바닥에 드리블을 하자 메아리가 사방으로 울렸다. 엘리엇이 YMCA 체육관 전체를 대관해 버린 덕분에 그곳엔 나, 엘리엇, 블래드 를 빼곤 아무도 없었다.

엘리엇은 학교가 끝난 후 어디로 가는지 아무 얘기도 해 주지 않은 채 나를 자기 리무진 뒷자리에 그냥 밀어 넣었다. 차를 타고 가는 동 안 엘리엇에게 몇 가지를 물었지만 전화 통화에 몰두해 있는 그는 내 게 대꾸조차 하지 않았다. YMCA에 도착한 뒤에는 운동복이 들어 있 는 가방을 던져 주고는 다시 나를 본 체 만 체했다.

엘리엇은 한쪽 주머니에 파란색 손수건을 깔끔하게 접어 넣은 회 색 더블 슈트를 입고 있었다.

"감독이 선수 선발은 언제 하니?"

나는 어깨를 으쓱했다.

엘리엇은 휴대전화를 꺼내 단축키를 눌렀다.

"글렌데일 2학년 농구 테스트의 확실한 날짜를 알아내." 그는 누군 가에게 이렇게 말하고 주머니에 휴대전화를 집어넣었다.

"뭐지? 지금 뭣들 기다리고 서 있는 거야?"

그로부터 몇 시간가량 블래드는 나의 '기술 등급'을 가늠하기 위해 다양한 농구 훈련을 시켰다. 처음에는 공을 드리블하다가 덜덜 떨리 는 두 손으로 공을 바닥으로 냅다 던졌다. 블래드는 경악했다. 그는 내가 형편없는 레이 업을 할 때마다 예의상 격려해 주며 끝까지 프로답게 굴려고 무진장 노력했다. 하지만 나는 그의 표정에서 공포를 읽어 낼 수 있었다. 나중에 알게 된 일이지만 엘리엇은 전적으로 내 성적에 따라 블래드에게 돈을 지불하기로 계약을 했다. 내가 2학년 농구 팀에 들어가지 못하게 되면 블래드는 어마어마한 액수의 돈을 눈앞에서 날리게 되는 셈이었다.

내가 두 번째로 발작적인 기침을 해 대자, 블래드는 훈련을 중지하고 나를 관중석으로 데려갔다. 엘리엇은 어떤 군사 역사서에 몰두해 있었다. 표지를 보니 해군 관련 책이었다. 몇 번을 시도한 끝에 우리는 겨우 엘리엇의 주의를 끌 수 있었다.

"그래, 좀 어때?" 엘리엇이 물었다.

"나쁘지는 않아." 블래드가 억지로 미소를 만들며 말했다. "그래도 투지는 있어."

엘리엇은 책을 탁 닫더니 조그만 검지를 들어 블래드의 얼굴을 가리켰다.

"나한테 헛소리 지껄이지 마!" 엘리엇이 소리를 질렀다.

그러고는 메아리가 가라앉을 때까지 몇 분간 기다리더니 조용히 침착하게 말하기 시작했다.

"지금 '느낌' 따위가 문제가 아냐, 블래드. '자존감' 따위를 찾자는 게 아니라고. 우리가 원하는 건 승리야. 나는 승리를 위해 널 고용한 거라고. 자 이제 똑바로 말해 봐. 팀에 들어갈 수 있을 정도로 앨 훈련시킬 수 있겠어? 아니면 다른 사람을 찾아야 하는 거야?"

블래드가 관중석 의자에 앉았다.

"좋아. 솔직한 걸 원하는 거지? 쉽진 않겠어. 얘는 생전 경기라곤 뛰어 보지도 않은 애 같아, 아니 아예 본 적도 없는 것 같아. 그리고 이건 그냥 기술 등급만을 놓고 하는 얘기가 아냐. 체력 면에서 완전 꽝이야. 이제 열네 살인데 폐활량이 형편없어. 그리고 걸음걸이…… 뛰는 모습은…… 정말 대박이야. 처음에 코트로 달려오는데 난 얘가 웃기려고 장난치는 줄 알았어. 근데 아니더라. 진짜로 그렇게 뛰어다니는 거지."

엘리엇이 고개를 끄덕였다.

"좋아. 그럼 어떻게 해야 할 것 같아?"

블래드는 체육관 천장을 올려다보더니 길고 긴 한숨을 내쉬었다.

"최소한 하루에 두 시간, 거기에 체력 보강이랑 훈련은 추가로 더. 기본기를 연마하는 데만 그렇게 걸린다는 얘기야. 같이 연습 경기를 뛸 선수들 없이는 경기를 어떻게 하는 건지 감도 못 잡을 것 같아."

"좋아, 다른 선수들을 모아 보자고."

"그게 가능할 거라 생각해? 내 말은, 네가 어떻게 농구 팀 하나를 다……"

엘리엇이 눈을 가늘게 떴다.

"내 말 잘 들어. 내가 뭘 할 수 있고 뭘 할 수 없는지 왜 네가 판단하는 거지? 내가 어떤 위치에 있는 사람인지 누가 알려 주는 사람도 없디? 내가 누구이고, 어떤 식으로 작업을 해 나가는지, 뭐 그런 거 말이야."

블래드가 고개를 끄덕거렸다.

"좋아, 됐어." 엘리엇이 그렇게 말하더니 눈을 감고 관자놀이를 마사지했다.

"아까 소리 지른 건 미안해. 내가 지금 기분이 좀 더러워서."

엘리엇은 블래드의 거대한 어깨를 툭툭 쳤다.

"오늘 수고 많았어."

그러고는 전화기를 열더니 뭐라고 조그맣게 속삭였다. 몇 초 후, 체육관 문이 열리더니 중년의 평범한 남자들이 불만에 차서 밀려 들어왔다.

"이제 우리 시간 다 됐어. 체육관을 일반인에게 양보해야 할 시간이야." 엘리엇이 지친 모습으로 긴 검정 코트의 단추를 잠그며 말했다.

그중 한 명이 네가 대체 누군데 자기들이 쓰는 시간에 체육관을 통째로 대관할 수 있는 건지 물어보려고 했지만 친구 하나가 그를 말렸다. 일이 어찌됐든 엘리엇에게 도전하는 것은 결코 현명한 일이 아니라는 감을 잡은 것이다.

"그동안 연습을 해 왔다고 말해." 엘리엇이 말했다. "여름 내내 연습했으니까 게임에 뛰고 싶다고 말하라고."

금요일 오후, 랜스는 여느 때처럼 존 제이 공원에서 3대 3 농구 게임을 짜고 있었다. 남자아이들은 이번 주에는 혹시 나를 뽑아 주지 않을까 하는 기대를 품고 농구 코트 주위에 무리 지어 서 있었다.

여자애들은 게임은 안 보는 척, 감자튀김을 먹으며 관중석에 앉아 있었다.

"뭘 멍청히 있어? 내가 말한 대로 해!" 엘리엇이 재촉했다.

나는 그 여섯 명 안에 드는 게 얼마나 힘든 일인지 설명했다. 2학년 학생 중에서 운동으로 날고 기는 애들도 그 안에 들기 위해 일주일 내내 랜스에게 얼마나 알랑거려야 하는지도 얘기해 줬다. 나 같은 건 죽었다 깨나도 못 뽑힌다고 말해 줬다. 그리고 설사 날 뽑는다 쳐도 아주 당황스러운 게임이 될 게 뻔했다. 지난 몇 주간 눈에 띄게 발전한 건 사실이다. 더블 드리블이란 게 무엇인지 겨우 터득했고, 밤마다 엄마가 간식을 주는 걸로 판단해 보건대 체중도 상당히 많이 줄었다. 하지만 그래 봐야 다른 애들 수준 근처에도 가지 못한 상태였다.

"안 끼워 줄 거야. 이런 게 어떻게 돌아가는지 넌 모른다고."

엘리엇은 재빨리 내게서 두 걸음을 떨어지더니 휙 한 바퀴 돌았다.

"한 가지만 짚고 넘어가자. 일이 어떻게 돌아가는지 내가 모를 거란 소리 따위, 앞으로 한 번만 더 하기만 해 봐."

엘리엇은 자기 말이 충분히 인식되도록 잠시 가만히 기다렸다.

"나만 믿고 따라오라고. 내 계획이 너무나 정교하고 기발해서 지금 당장 이해하기는 어려울 테지만, 그래도 매 단계를 네가 충실히 따라 줘야만 해. 자, 이제 저쪽으로 가서 네가 낼 수 있는 가장 큰 목소리로 여름 내내 농구 연습을 했으니 뽑아 줬으면 좋겠다고 말해."

엘리엇은 강경했다. 나는 생각할 시간을 좀 벌기 위해 콜라 한 모금을 오래오래 마셨다. 원래 나는 랜스와는 최대한 접촉을 피하려고 노력했다. 랜스는 최근 들어 나를 '뚱땡이'라고 부르기 시작했다. 걔가 그 별명을 몇 번만 더 부르면 곧 너도나도 그렇게 불러 댈까 봐 겁이 났다. 하지만 지난 몇 주간 엘리엇은 나를 위해 참 많은 일을 해 줬다. 그 애가 날 고마워할 줄도 모르는 애라고 생각하는 건 싫었다. 나는 콜라를 내려놓고 코트를 향해 걸어갔다.

"잠깐!" 엘리엇이 속삭였다. "관람석에 앉아서 농구장 쪽을 쳐다보고 있는 저 여자애는 누구니? 머리를 저렇게 흉측하게 말고 계속 실실 웃고 있는 애."

"아, 제시카야. 네 순위표에서 좀 더 위로 올려야 한다고 말했던 바로 그 애야. 우리 학년 전체에서 제일 인기 많은 애일걸."

"그래? 나한텐 다 똑같아 보여서."

엘리엇이 손가락으로 나를 가리키며 말했다.

"꼭 저 여자애가 들을 수 있게 말해."

30초 후, 나는 얼굴은 시뻘게지고 눈에는 눈물이 가득 고인 채 돌아왔다.

"어떻게 됐어?" 엘리엇이 물었다.

"랜스가 날 뚱땡이라고 불렀는데 모두가 다 들었어. 어떡해…… 이제 다들 나를 뚱땡이라고 부를 거야. 난 이제 우리 학교 공식 뚱땡이야. 이제 쭉 그렇게 살아야 해."

나는 저 너머 코트를 쳐다봤다. 누군가로부터 패스를 받은 랜스는 곧장 3점 슛을 성공시켰다. 엘리엇은 씩 웃더니 자기 책으로 눈을 돌렸다.

"왜 웃는 거야? 쟤가 안 된다고 했단 말이야. 잘 안 됐다고."

"지금 장난하니? 아주 잘된 거야."

블래드는 내게 농구공을 쥐여 주고는 내 팔과 다리를 움직여 제대로 된 슈팅 자세를 잡아 줬다.

"팔을 끝까지 들어 올리고. 던질 때 백스핀 하는 거 잊지 말고."

나는 공을 잘 잡았는지 다시 확인하고 무릎을 굽힌 다음, 파울 라인에서 공을 던졌다. 공은 내 손가락 사이로 빠져나가 아치 모양으로 공기를 가른 후, 네트 한가운데로 슉 들어갔다. 나는 엘리엇의 관심을 끌려고 한 바퀴를 돌아보았지만 엘리엇은 책에 온통 정신이 팔려 있었다.

"엘리엇! 자유투 성공시켰어!"

블래드가 거대한 손바닥을 내 어깨에 올리고 말했다.

"기뻐하기엔 한참 일러. 아직도 할 일이 태산이야."

블래드가 휘파람을 불자 반바지 차림에 야구 모자를 쓴 키 큰 남자가 체육관 문으로 들어왔다. 낯익은 얼굴이긴 했지만 누군지 바로 생각이 나질 않았다.

"얘기했던 애들을 데려왔어요." 무미건조한 저음의 목소리였다. "더 필요하면 말만 하세요."

"이런 세상에, 제임스?" 내가 놀라 물었다.

우리를 매일 체육관으로 실어 나르는 엘리엇의 리무진 기사였다. 검정 제복과 모자를 벗은 모습은 처음이었다.

제임스가 손가락으로 딱 소리를 내자 같은 티셔츠를 맞춰 입은 한 무리의 남자애들이 체육관으로 뛰어들어 왔다. 정확히 아홉 명이었다. 정식 연습 경기를 할 수 있는 숫자였다. 너무나 쉽게 그렇게 많은 아이들을 데려왔다는 사실에 충격을 받은 블래드는 잠깐 동안 제임스를 빤히 쳐다봤다. 그러고는 목청을 가다듬더니 호루라기를 불고 다시 훈련으로 돌아갔다.

"그 애들을 어떻게 데려온 거야?" 집으로 돌아가는 차 안에서 내가 물었다.

"제임스한테 농구 리그를 만들라고 했어. 뛸 수 있는 애들이 백 명도 넘어." 엘리엇이 말해 줬다.

"세상에. 기사한테 그런 일까지 시키는 거야?" 내가 속삭였다.

"제임스는 단순한 기사가 아니야."

"그래, 하지만…… 그래도…… 단지 나 때문에 리그까지 만든다는 건 좀 미친 짓 아냐?"

"너는 연습 파트너가 필요해. 그리고 이렇게 해야만 부모들이 자기 애들을 보내 줄 거야. 다른 방법을 썼으면 뭔가 의심스럽다고 생각하고 안 보내 줄걸."

"그래서…… 이 리그에 진짜로 경기 같은 것도 열리는 거야? 내가 없을 때도?"

"이건 제대로 된 정식 리그야. 토너먼트, 감독, 소식지 같은 것도 다 있어. 오늘 너랑 같이 뛴 애들은 정규 연습을 하러 왔다고 믿고 있어. 걔들은 팀버울브스야."

우리는 얼마간 아무런 말없이 있었다.

"저기 엘리엇, 너 4쿼터 봤어?"

"아니, 책 읽는 중이었어."

"아. 그게, 진짜 멋졌어. 내가 두세 번 스틸을 해서 레이 업을 몇 번씩이나 했거든. 최고로 잘하진 않았지만 확실히 평균 이상이었어. 기대치를 올려놓고 싶지는 않지만…… 테스트도 잘할 수 있을 것 같단 생각이 들기 시작했어."

엘리엇이 고개를 끄덕였다.

"너무 자만하지 마. 팀버울브스는 리그 최하위 팀이니까."

지난 몇 주간 속도가 빨라졌고, 슛도 향상됐다. 내 자신감은 치솟았다. 매주 나는 엘리엇의 리그에서 점점 더 실력이 좋은 팀들과 경기를 했고 테스트가 있는 주가 됐을 무렵에는 어중이떠중이들의 집단인 팀버울브스를 계속 승리로 이끌 수 있었다.

　나의 최근 체중 감소에 충격을 받은 엄마는 각각 두 명의 다른 의사에게서 기생충 검사를 받게 했다. 학교 마친 후에 엘리엇과 농구를 했다고 설명하니까 엄마는 더 혼란스러워 했다.

　"걘 널 계단에서 밀친 애 아니니?"

　"그건 그냥 실험이었대요."

　얘기는 그쯤까지만 해 뒀다.

　우리 반 애들 실력과 비교해 보고 싶은 마음에 공원에 가서 농구를 하고 싶었지만 엘리엇이 반대했다.

　"그럼 랜스가 향상된 네 실력을 눈치 챌지도 몰라. 반드시 방심했을 때 덮쳐야만 해."

　이렇게 말하더니 엘리엇은 혐오감에 몸을 떨었다.

　"랜스 같은 신분의 애가 이 학교에서 그렇게 영향력이 있다는 건 이곳이 천한 곳이라는 완벽한 증거야."

　"무슨 소리야? 랜스는…… 그니까…… 그렇지 않아."

　"랜스가 뭐가 그렇다는 거지?"

　"그게, 그니까…… 부자 아니야?"

　"당연히 아니지. 걔 아빠가 퀸스에 창고 몇 개를 소유하고 있긴 하지만 그걸로는 명함도 못 내밀어."

　"그래도 페니 하더웨이도 샀던걸." 내가 말했다.

　"바로 그거야! 시중에 나와 있는 신발 중에 제일 비싼, 과시용으로 신기에 딱 좋은 신발이지. 걔는 자기가 드디어 그걸 살 수 있다는 걸 증명하기 위해서라도 그걸 신어야만 하는 거야. 코에 상아 장식을 달고 다니는 원시인이랑 비슷한 거지. 물론 지금은 그 신발이 자랑스럽겠지. 하지만 나중에 랜스의 아이들이 그런 사진을 보게 되면 자기 아빠가 그렇게 눈물겨운 노력을 해야 했다는 게 당황스러울 거야. 그 애 손자들은 완전 굴욕감을 느낄 테고.”

나는 엘리엇의 신발을 내려다봤다. 악어가죽쯤으로 만든 것 같은 수제 로퍼였다. 은색 앞코에 금으로 된 버클이 달려 있었고 밑창은 핏빛이었다.

“그럼 네 신발은 어떤 거야?”

엘리엇이 어깨를 으쓱했다.

“앨러거시 가문 사람들은 대대손손 이런 신발을 신어 왔어. 후손들도 그럴 거고.”

랜스는 우리 반에서 최초로 페니 하더웨이 농구화를 신고 온 아이였지만 농구 테스트가 다가왔을 무렵에는 개나 소나 랜스를 따라 그 농구화를 신기 시작했다. 업그레이드의 필요성을 느꼈는지 이제 랜스는 새로운 에어 조단을 신고 있었다. 도금된 신발 끈과 탈착 가능한 덮개가 달린 말도 안 되게 비싼 신발이었지만 자습 시간에 랜스가 의자를 뒤로 젖히고 두 발을 책상에 올려놓기 전까지는 아무도 눈치 채지 못하고 있었다.

모두에게 지장을 주는 행동이었지만 헨드릭스 선생님은 입을 다물

고 있었다. 헨드릭스 선생님은 겁이 많고, 소리를 칠 때면 우스울 정
도로 손을 떠는 심약한 불어 선생님이었다. 트위드 재킷을 입고 검은
뿔테 안경을 쓰고 다니지만 학교에서 제일 어린 교사라는 사실을 숨
길 수는 없었다. 깔끔한 시험지를 봐도 그렇고, 재활용 벽보에 공을
들이는 점이나 학생들이 숙제에 대해 불평하면 당혹스러워 하는 모
습을 보면 빤한 사실이었다. 엘리엇은 헨드릭스 선생님을 끊임없이
비웃었다. 특히 싸구려 트위드 재킷을 물고 늘어졌다. 하지만 그분은
내가 제일 좋아하는 선생님이었다. 내가 공감할 수 있는 유일한 선생
님이었으니까.

제시카와 랜스가 속삭이기 시작했지만 헨드릭스 선생님은 눈치 채
지 못했다는 듯 책을 꺼냈다. 도저히 무시할 수 없을 정도로 그 애들
이 크게 떠들자 선생님은 화장실로 피해 버렸다. 그곳에서는 그 애들
에게 소리 지를 필요가 없으니까.

"농구 테스트 때 와서 봐." 랜스가 제시카에게 말했다.

"치어리딩이 있는데."

나는 그 애들 바로 뒤에 앉아 있었다. 어느 순간 제시카도 랜스의
다리 옆으로 발을 올렸다.

"오는 게 이번 시즌에 유리할걸. 오늘은 나를 응원해 줘." 랜스가 말
했다.

제시카가 두 발을 랜스 쪽으로 좀 더 가까이 옮기더니 결국 두 아
이의 발이 맞닿았다.

"꼭 갈게."

뱃속이 �꽉 조여 왔다. 여자애들이 와서 지켜볼 거란 생각을 못 한 상태에서도 나는 이미 바싹 긴장한 상태였다. 제시카가 온다는 건 다른 여자애들도 다 따라온다는 뜻이었다. 몇 달씩 애쓴 훈련의 결과가 재앙으로 끝나면 어떡하지? 불안했던 마음이 엘리엇의 모습을 보자마자 진정이 되었다. 엘리엇은 팔짱을 낀 채 창밖을 내다보며 편안한 표정으로 미소를 짓고 있었다. 내가 성공하는 모습을 상상하는 것도 어려웠지만 엘리엇이 실패한다고 상상하는 것은 그보다 더 어려운 일이었다.

농구 테스트를 몇 시간 앞두고 헨드릭스 선생님은 쉬는 시간에 우리를 운동장으로 데리고 나왔다. 블래드가 가르쳐 준 요가 스트레칭을 하고 있는데 분수대 쪽이 아주 소란했다. 고무로 된 커다란 버터핑거 초코바 모양을 뒤집어쓴 키 큰 남자 하나가 네슬레 샘플을 나눠 주고 있었다. 본능적으로 그를 향해 달려가려는 내 어깨를 엘리엇이 꽉 잡았다.

"저건 쟤들을 위한 거야. 넌 아니라고."

나는 운동장 저쪽 끝을 봤다.

"한 개씩만 가져!" 헨드릭스 선생님이 아이들에게 소리치고 있었지만 소용이 없었다. 랜스는 이미 많이 먹기 시합을 벌이고 있었고 다른 아이들은 랜스의 이름을 연호하며 응원을 했다. 초콜릿 복장을 한 남자가 남은 샘플을 바닥에 쏟아 붓자 덩치 큰 애들은 그걸 서로 차지하려고 몸싸움을 벌였다. 그 남자는 엘리엇에게 고개를 끄덕해 보이더니 사라졌다.

"헉. 말도 안 돼. 아까 그 사람 제임스야?" 내가 물었다.

엘리엇은 정글짐에 기댄 채 아이들을 지켜봤다.

"저 짐승들 좀 봐. 설탕을 먹어 대느라 정신이 없군."

엘리엇은 자기 시계를 들여다봤다.

"어떨 땐 일이 너무 쉽게 풀린다니까."

종례 시간에 아이들의 주의를 집중시키려면 보통은 헨드릭스 선생님이 불을 껐다 켜야 했다. 하지만 과도한 당 섭취로 교실은 이미 평정돼 있었다. 대부분의 아이들이 눈을 반쯤 감은 채, 천천히 힘겹게 숨 쉬며 엎어져 있었다. 몇몇은 아예 잠들어 있었다.

"모두들 농구와 치어리딩 테스트로 흥분해 있는 거 다 알지만 마치기 전에 잠깐 학생 공지가 있다. 엘리엇?"

엘리엇이 칠판 앞으로 걸어 나와 마치 기도하는 것처럼 두 손을 모았다.

"매년 30여 명의 도심 지역 청소년이 석면 중독에 희생되고 있습니다. 저는 이 끔찍한 질병의 확산을 막기 위한 방과 후 프로그램을 시작하기로 결심했습니다. 제가 회장직을 맡겠지만 매주 화요일, 목요일, 금요일에 행정적인 일을 맡아 저를 도와줄 총무가 필요합니다. 이 자리를 맡는 사람은 분명 농구나 치어리딩 모임에서 일찍 빠져 나와야 할 겁니다. 하지만 이 도시 학교에서 석면 피해를 없앨 수 있다면 그 정도 희생은 충분히 가치가 있다고 봅니다. 글렌데일 학우 여러분, 이 자리에 가장 적합한 학생을 뽑아 주길 부탁드립니다.”

교실을 다니며 투표용지를 학생들 책상에 올려놓는 엘리엇을 쳐다보는 사람은 거의 아무도 없었다. 나는 엘리엇과 꽤 오랜 시간을 함께하며 이제 그 애의 괴상한 행동에 어느 정도 익숙해졌다. 뼈마디가 톡톡 튀어나온 손가락이라든가 갈라지는 목소리, 으스스한 눈빛에도 적응이 된 편이다. 하지만 우리 반 애들은 엘리엇을 최대한 무시하며 무슨 유령 대하듯 했다.

“네가 이런 클럽을 만드는 줄은 몰랐어.” 엘리엇이 내 옆에 와서 앉았을 때 속삭였다.

“내가 하는 거 아니야.”

나는 제임스와 초콜릿에 대해서도 묻고 싶었지만 그냥 덮어 두기로 했다. 그보다는 몇 달 전부터 별러 왔던 다른 할 말이 있었다.

“엘리엇. 저기…… 내가 팀에 들어가지 못하더라도 너한테 고맙다고……”

엘리엇이 말을 잘랐다.

“고마워 할 것 없어. 내가 친절이나 아량을 베풀려고 하는 일이 아니라는 걸 기억하도록 해. 난 순전히 재미로 하는 거니까. 내 인생의 이 지옥 같은 기간을 때우기 위한 두뇌 운동이라고나 할까.”

"그래, 하지만 그래도…… 고맙다고 인사하고 싶었어. 나한테는 정말 의미가 커."

엘리엇은 망설이며 소매의 단추를 만지작거렸다. 처음으로 엘리엇이 불편해 한다는 걸 알 수 있었다.

"천만에." 엘리엇은 간신히 중얼거리듯 말했다.

종이 울렸고 우리는 체육관으로 몰려갔다.

테스트는 슬로우 모션으로 진행되는 것 같았다. 마치 꿈속의 일처럼. 내가 너무나 급성장을 해서인지 다른 아이들이 퇴보한 것처럼 느껴졌다. 나는 첫 번째 기회를 놓치지 않고 랜스에게서 공을 빼앗아 코트를 가로질러 레이 업 슛을 쐈다. 살짝 충격을 받은 랜스는 바로 나를 따돌리고 득점을 하려고 최선을 다했다. 하지만 나는 랜스가 내 쪽으로 다가오기를 기다리고 있다가 다시 공을 빼앗아 랜스를 제치고 또 한 번의 레이 업 슛을 성공시켰다. 매번 똑같으면 지루하니까 이번에는 왼손으로 했다. 그러는 동안, 엘리엇의 설탕 기습 공격은 기대했던 효과를 보이고 있었다. 다른 애들의 움직임이 어찌나 굼뜬지 감독님이 전력 질주 훈련을 중단하고 사내라면 야망을 품어야 한다는 연설을 해야 할 정도였다. 쉬는 시간부터 쉼 없이 샘플을 먹어 댄 덩치 큰 남자애 하나는 그 틈을 타 화장실로 뛰어가 토했다.

테스트가 시작되고 내가 압도적인 기량을 선보이기 시작했을 때 랜스는 웃었다. 하지만 랜스의 웃음은 곧 좌절로 바뀌었고 얼마 후 공포가 됐다. 경기 마지막 몇 초를 남기고, 나를 막기 위해 랜스는 다른 남자애와 함께 코트 중앙선에서 필사적으로 더블 마크를 했다. 하지만 나는 휙 돌아 랜스를 젖히고 펌프 페이크로 다른 애를 쓰러뜨린 후, 버저가 울릴 때 3점 슛을 성공시켰다. 체육관은 충격으로 고요해졌다. 관중석에서 가느다랗고 높은 톤으로 낄낄대는 누군가의 웃음 소리만이 유일하게 들리는 소리였다. 나는 앞줄에 모여 앉은 여자애 가운데 한 애가 내는 소리일 거라 생각했다. 하지만 그 소리의 주인공은 엘리엇이었다. 엘리엇은 맨 끝줄에 혼자 앉아 마티니로 추정되는 음료를 마시고 있었다. 그는 얼이 빠진 치어리더들에게 씩 웃어 주고 내게 고개를 한 번 끄떡해 보이더니 사라졌다.

모여 있는 애들을 뚫고 앞으로 나갈 만큼 나는 공격적이진 못했지만 굳이 명단을 확인하지 않아도 내가 팀에 선발됐다는 걸 알 수 있었다. 잘 알지도 못하는 남자애들 몇 명이 내 어깨를 두드려 줬다. 심지어 랜스도 꿍얼거리며 축하 인사를 했다. 집으로 막 가려는데 엘리엇이 나를 막아섰다. 내가 엘리엇과 포옹을 하려고 두 팔을 벌리자 엘리엇이 두 손을 들며 거부했다.

"아직 끝나지 않았어."

"무슨 소리야?"

"너를 찌질한 농구 팀에 넣는 게 목표가 아니라고." 엘리엇이 말했다. "그건 발판에 불과해. 누구의 인정 따위가 목표가 아니야. 우리의 목표는 지배하는 거야."

엘리엇은 바짝 다가오더니 속삭이기 시작했다. 그의 입김은 개구리 해부할 때 사용하는 포름알데히드처럼 역겨웠다.

"날 믿어. 이건 시작일 뿐이니까."

엘리엇은 의자 위로 올라서더니 팀 명단 앞에 떼로 모여 있는 애들을 향해 소리쳤다. 총무 선출 결과가 나왔는데 대다수의 지지로 내가 지명됐다고 말했다. 나의 새 팀원들은 어안이 벙벙해서 엘리엇을 올려다봤다.

"안 돼. 걘 농구 팀에 들었잖아." 팀원 중 하나가 말했다.

"농구가 정말 중요하다는 건 알고 있어. 하지만 이건 불우한 아이들을 도울 기회야. 본인이 직접 결정하게 하는 게 좋지 않겠어?" 엘리엇이 제안했다.

남자애들이 비웃으며 야유를 했다. 하지만 여자애들의 반응은 달랐다. 어떤 여자애들은 남자애들이 한심하다는 듯 눈동자를 굴렸다. 어떤 애들은 아련한 눈빛으로 미소를 띤 채 나를 보고 있었다.

"어떻게 할 거야?" 제시카가 내 팔뚝에 손을 얹고 물었다. "뭘 선택할 거야?"

그 해에 유행했던 책 시리즈 중에 『매직 아이』라는 책이 있었다. 책에는 컴퓨터가 만든 이미지들이 실려 있었다. 그림은 아무 의미가 없는 것처럼 보였지만 한참 들여다보고 있으면 3차원의 형태가 보이기 시작했다. 말, 왕관, 칼과 같은. 지금이 바로 그 순간이었다. 흐릿하기만 하던 그림에서 마침내 어떤 모양이 보이기 시작한 것이다.

나는 모든 눈동자가 나를 향할 때까지 기다렸다. 그리고 목청을 가다듬고 효과를 극대화하기 위해 잠시 멈췄다가 내가 선택한 것을 발표했다.

"나는 엘리엇의 클럽에 들어가기로 결정했어. 농구 팀이 더 재미는 있겠지만 나는 세상을 바꾸는 쪽을 선택할래."

내가 엘리엇을 따라가는 동안 흥분해서 떠드는 여자애들의 소리를 들을 수 있었다. 리무진 문이 닫힐 때까지 나는 흥분한 모습을 감추었다.

"제시카가 내 팔 만지는 거 봤어? 봤냐고?"

"봤어."

"랜스 표정 봤어? 내가 팀을 떠난다고 했을 때? 하느님 맙소사……개랑 같이 뛰기엔 내가 너무 잘났다는 것 같잖아! 그 작고 멍청한 팀에 들어가기엔 난 너무 고귀하시다고!"

"바로 그거야."

"석면 클럽 같은 건 아예 없는 거지?"

"당연하지. 그래도 일주일에 세 번은 만나야 할 거야."

"왜?"

"다음 단계를 위한 계획을 짜야지. 이제 달리기 시작했지만 결승선은 아직 멀었어."

엘리엇이 선루프를 열자 빛과 열기가 차 안으로 쏟아져 들어왔다. 내가 밖으로 머리를 내밀자 바람이 내 얼굴로 달려들었다. 나는 잠시 리무진 따위는 없다고 상상했다. 나 홀로 이 대로를 시속 50킬로미터로 내달리고 있다고. 나는 엘리엇에게 같이 해 보자고 소리쳤지만 거부당했다. 몇 블록을 더 달린 후에 결국은 내가 뼈만 앙상한 엘리엇의 손목을 잡고 그 애를 끌어 올렸다. 엘리엇은 낚시 바늘에 걸린 물고기처럼 파닥거리며 두 블록을 달리는 내내 욕을 해 댔지만 머리가 선루프 위로 나온 다음 따뜻한 공기가 그 애의 얼굴에 닿자 나를 쳐다보더니 자기도 모르게 씩 웃었다.

"차가 없다고 생각하는 거야!" 두 팔을 마구 흔들며 내가 소리쳤다. "그냥 우리가 달리고 있다고!"

그러고 있는 내 꼴이 어찌나 우스꽝스러웠던지 우리 둘 다 웃음을 터뜨렸다.

엘리엇은 다시 리무진 안으로 들어갔다.

"제임스, 속도 좀 내라고! 우리가 할 일이 얼마나 많은지 몰라?"

내가 텔레비전에서 배운 게 딱 하나 있다면, 그것은 절대로 지니를 믿어서는 안 된다는 것이다. 어떤 세 가지 소원을 빌든 마찬가지다. 지니는 어떻게든 당신을 골탕 먹일 방법을 찾아 낼 테니까. 만약에 백만 달러를 갖고 싶다고 하면 당신의 아내를 비행기 추락으로 죽인 뒤 보험 배상금으로 받은 돈을 안겨 줄 것이다. 만약 명예를 얻고 싶다고 하면 광팬 무리가 당신을 죽을 때까지 괴롭히도록 만들 게 분명하다.

"네가 돈을 원하는 줄 알았어." 지니는 우쭐한 표정으로 히죽히죽

웃으며 말하겠지. "명예를 얻고 싶다고 말한 것 같은데?"

"이건 내가 원한 게 아냐!" 당신은 소리치겠지. "이런 식으론 아니라고!"

그러면 지니는 자기 잘못은 하나도 없다는 듯 근육질의 시퍼런 팔로 팔짱을 끼고 당신을 비웃어 댈 것이다.

열 살 때 〈트와일라잇 존(The Twilight Zone, 미국의 TV 시리즈-옮긴이)〉에서 지니를 발견한 상점 주인에 대한 에피소드를 본 적이 있다. 지니는 권력을 소망하는 상점 주인을 즉시 히틀러로 만들어 버렸다. 지니가 원래 그런 식인 줄은 알고 있었지만 그건 좀 너무한다 싶었다. 그래도 나는 상점 주인을 탓했다. 그렇게 이기적이고 옹졸한 소원을 비는 게 아니었다. 상점 주인이라는 소박한 자리에 만족했어야 했다. 그는 어릴 적 읽었던 지니의 배신을 경고하는 이야기들을 기억했어야만 했다. 금빛 램프를 발견하고 그 매끄럽고 윤이 나는 표면을 문지른 순간, 보랏빛 연기의 냄새를 맡고 뭔가 터지는 소리를 들은 순간, 램프를 던져 버려야 옳았다.

솔직히 말은 쉽다. 그때는 나도 지니를 만나지 못했으니까.

엘리엇의 장난감 컬렉션은 정말 근사했다. 전체가 곤충 화석으로 채워진 선반도 있었다. 1930년도판 모노폴리도 있었는데, 동그란 보드판과 가장 고액이 '20'달러짜리인 바스라지기 직전의 화폐도 함께 들어 있었다. 심지어 동전을 넣어서 작동시키는 지니도 갖고 있었다. 실제 사람 크기에 터번까지 두른 그레이트 샴바라는 이름의 이 로봇은 유리 상자 안에 들어 있었다. 5센트짜리 동전을 집어넣으면 지니는 30초간 빙빙 돌다가 마치 종이 혀를 내밀듯 카드를 한 장 뱉어 냈다. 카드에는 모두 똑같은 말이 적혀 있었다. '당신이 원하신다면.'

엘리엇의 방에는 도르래 시스템으로 중앙 주방까지 연결된 식기운반용 소형 승강기가 있었다. 한 번도 가 본 적은 없지만 주방에는 엄청난 인원이 일하고 있는 게 분명했다. 엘리엇이 주문하는 요리가 제아무리 복잡한 것이라고 해도 주방에서는 척척 만들어 냈다. 엘리엇은 원하는 것을 메모지에 갈겨써서 상자에 던져 넣은 다음, 배의 운전대처럼 생긴 둥근 손잡이를 돌려서 내려 보내면 그만이었다. 주문이 도착했다는 표시로 아래층에서 벨이 울리고 나면 30분 이내에 손잡이가 반대 방향으로 돌아가기 시작했다. 좋은 음식 냄새가 천천히 승강기 통로로 퍼지며 올라오다가 요리가 실제로 나타날 때쯤 최고조에 달했다. 엘리엇은 냉이 샌드위치 이외의 것을 먹는 일이 거의 없었지만 나에게는 주방의 한계를 시험해 보라고 부추겼다. 나는 엘리엇의 추천에 따라 희귀한 요리들을 열 가지 정도 주문해 봤다. 스테이크 타르타르(다진 생 쇠고기와 날달걀로 만든 요리), 클램 카지노(대합에 빵부스러기와 베이컨을 얹은 요리), 비프 웰링턴(쇠고기 등심에 거위 간 퍼티를 발라 파이 옷으로 싸서 구운 요리—옮긴이). 내 입맛에 맞지 않을 때는 엘리엇이 다른 걸 다시 주문하고 손잡이를 돌렸다.

소형 승강기는 음식을 위해 설치된 거였지만 엘리엇은 아무 때나

이용했다. 입던 옷이 지겨워지면 '재킷 컬렉션'을 주문했다. 그러면 곧 갓 포장된 옷들이 도착했다. 엘리엇은 수많은 전신 거울 앞에서 옷을 입어 보고 맘에 드는 건 두고 나머지는 다시 내려 보냈다. 한번은 엘리엇의 이야기가 너무 길어지기에 그동안 숙제를 시작하려고 한 적이 있다. 그러자 엘리엇은 내 손에서 수학 숙제 문제지를 빼앗아 승강기에 던져 넣었다. 그러자 몇 분 후, 정답이 올라왔다. 풀이 과정을 적어 놓은 별도의 종이도 물론 함께 올라왔다.

자기가 집 안에서 잃어버린 물건들, 예를 들면 펜, 전화기, 열쇠 같은 것들을 적어 보낼 때도 있었다. 잃어버린 물건을 종이에 적어서 마법의 손잡이를 돌리기만 하면 됐다. 벨이 울리고 밑에서 사람들이 버스럭거리는 소리가 들려오고 나면 엘리엇은 머지않아 잃어버렸던 물건을 손에 쥘 수 있었다. 너무 지루할 때면 일부러 열쇠를 서재나 벽걸이 융단 뒤에 숨겨 놓고 고용인들이 그것을 찾아내는 데 얼마나 걸리는지 시간을 재기도 했다.

앨러거시 집안은 마음에 들 정도로 넓은 주거용 건물을 찾을 수 없어서 결국은 예전에 뉴욕 시로부터 구입한 구 법원 건물로 이사를 왔다. 건물 내부는 싹 뜯어고쳤지만 기둥이나 깃발을 포함해서 건물 자체에는 손을 대지 않았다.

엘리엇은 두 층에 걸쳐 있는 여러 개의 방을 통틀어 모두 자신의 '방'이라고 말했다. 그 안에는 사무실, 분장·의상실, 늘 잠가 두는 영화 도서관 그리고 두 개의 옷방이 있었고, 별도의 음료 전용 소형 승강기를 갖춘 당구장도 있었다.

엘리엇네 집에서 가장 놀라운 건 엘리엇 아버지가 직접 쏘아 잡은 후 서재에 세워 둔 박제된 거대한 곰 모형이었다. 그 곰은 블래드보다 적어도 30센티미터는 더 컸고 몸집도 세 배는 컸다. 하지만 내가 충격을 받은 이유는 곰의 크기가 아니라 곰의 자세 때문이었다. 박물관에서 봤던 곰들은 앞다리를 위협적으로 앞으로 뻗고 이빨을 드러낸 채 영원히 포효하는 것처럼 보였다. 하지만 이 곰은 무서워 보이기는 커녕 오히려 겁을 집어먹은 모습이었다. 커다란 두 눈은 촉촉했고 머리가죽 위의 까끌까끌한 털은 위로 비죽비죽 솟아 있었다. 앞발은 자기를 방어하듯 얼굴 앞으로 들고 있었다. 나는 엘리엇의 아빠가 피의 흔적을 따라가, 자신의 죽을 자리를 찾아간 곰에게 접근하는 모습을 떠올렸다. 사냥꾼이 마지막 결정적인 한 방으로 모든 걸 끝내기 위해 총을 겨눈 순간, 곰은 그 자리에 얼어붙었던 것 같다.

현관 쪽 복도에는 턱시도를 입은 박제된 원숭이도 있었다. 엘리엇이 지난 번 아프리카 여행에서 아빠와 함께 잡은 거라고 했다. 그 원숭이는 유치원생 정도의 크기였다.

"코트는 지브한테 줘!" 내가 처음 그 앞을 지나갈 때 엘리엇이 명령했다.

나는 원숭이를 내려다봤다. 원숭이는 공손하게 절을 하듯 앙상한 등을 굽히고 있었고, 입에는 꿈에 나올까 무서운 미소를 띠고 있었다. 오른팔은 코트를 받아들기 위해 앞으로 뻗고 있었다.

"싫어."

엘리엇이 웃었다.

"무례하게 굴지 마. 지브가 기다리잖니."

"그냥 다른 데 걸어 둘게." 내가 한 번 더 말했다.

엘리엇의 얼굴에서 웃음이 싹 사라졌다. 우리는 한참 침묵 속에 서 있었다. 결국 내 보라색 재킷을 원숭이의 뻣뻣한 팔에 거는 수밖에 없었다.

엘리엇이 큐 끝에 초크질을 한 후, 구석으로 대충 공을 쳐 넣었다. 게임 방법을 가르쳐 준다고 나를 당구장으로 데려가긴 했지만 45분 내내 나는 겨우 세 번 쳐 봤을 뿐 엘리엇이 테이블을 장악하고 있었다.

"제시카라는 여자애에 대해서 좀 더 말해 봐. 그 애의 권력은 어디서 나오는 거야? 돈이야, 성적 매력이야, 둘 다야?"

"맙소사, 나도 몰라. 그냥 사람들이 걜 좋아한다고."

엘리엇이 눈을 가늘게 떴다.

"돈이야, 성적매력이야, 둘 다야?" 엘리엇이 다시 물었다.

"글쎄…… 성적인 거 아닐까?"

"흥미롭군."

나는 약간 혼란스러운 채로 고개를 끄덕이고는 다른 얘기를 꺼냈다.

"이 호두 파이 진짜 맛있다. 주방 디저트 담당 아저씨, 진짜 짱인 것 같아."

"디저트 담당은 세 명이야. 모두 제빵사지만 전문 분야는 다 다르지."

"와. 진짜 끝내 준다."

"아직 즐거움을 느낄 수 있다니 넌 좋겠구나. 나는 향락에 극심하게 길들여져서 이제는 단 한시라도 고급스러운 것들이 아니면 엄청난 분노가 끓어올라. 너는 절대로 이해 못할 그런 분노야."

"아, 그래. 그냥…… 제빵사 아저씨들한테 나 대신 고맙다고만 좀 전해 줘."

엘리엇이 한숨을 쉬었다.

"그러지."

그러고는 공을 모아서 다시 칠 준비를 했다.

"엘리엇? 저 그림 속의 사람은 누구야? 말 타고 있는 사람?"

"테리. 너도 한 번쯤은 만나야 할 거야."

"테리가 누군데?"

엘리엇이 잠시 망설였다.

"우리 아빠."

엘리엇은 흰 공을 엄청난 힘으로 때리자 줄무늬 공 몇 개가 경쾌한 소리를 내며 구멍으로 들어갔다.

"아빠가 술 취해 있을 때 만나고 싶니, 맨 정신일 때 만나고 싶니?" 엘리엇이 물었다.

"몰라. 네 생각은 어때?"

엘리엇이 어깨를 으쓱했다.

"네 맘이야. 술 취했을 때가 더 재밌긴 한데 좀 예측이 어려워지긴 해. 폭발할 가능성이 더 많지."

"맨 정신이실 때 만날게."

"그럼 서둘러야겠다. 벌써 4시가 다 돼 가잖아."

나는 엘리엇을 따라 계단을 내려가 밝은 녹색 서재로 들어섰다. 테리는 빨간 글자가 새겨진 목욕가운을 입고 불을 붙이지 않은 시가를 들고 있었다. 그는 초상화보다 머리가 살짝 더 벗겨졌고 몸은 훨씬 더 뚱뚱했다. 곰을 골똘히 응시하던 테리가 우리가 온 것을 알아차리기까지는 시간이 좀 걸렸다. 마침내 우리를 보자 그는 악수를 하려고 내게 다가왔다.

"아, 네가 세이무어구나! 엘리엇한테서 네 농구 실력에 대해서 들었다. 사회봉사를 위해 애쓴다는 것도."

내가 석면에 대해 뭐라도 지껄이려고 더듬거리기 시작하는데 자비롭게도 테리가 내 말을 끊었다.

"그 계획이 성공하다니 정말 기적이야. 그렇게 복잡할 필요도 없었는데!"

테리는 돌아서더니 라이터를 찾기 위해 책상 서랍을 뒤졌다.

"뭐라고 해야 하나? *Aux innocents les mains pleines*, 맞지?"

평소에 창백한 엘리엇의 얼굴이 시뻘게지다 못해 얼룩덜룩해졌다.

"그게 무슨 말이야?" 내가 속삭였다.

"초짜가 운이 좋았던 거래." 엘리엇이 중얼거렸다.

나에게 음료를 권하는 테리에게 대답을 하려는데 버저가 울렸다.

"잠깐 실례."

테리가 책상 위의 버튼을 누르자 인터폰을 통해 제임스의 목소리가 들려왔다.

"호지스가 기다리고 있습니다. 들여보내도 될까요?"

"그래!" 테리가 소리쳤다.

잠시 후, 머리가 헝클어진 노인이 발을 끌며 들어섰다.

"저희는 나가 있을까요?" 내가 물었다.

"있어도 돼. 얼마 안 걸려." 테리가 속삭였다.

테리가 손을 내밀자 호지스는 그 손을 잡기 위해 절뚝거리면서도 최대한 빨리 서재를 가로질러 왔다. 노인은 우리와도 악수를 나눈 뒤 테리의 맞은편에 앉았다. 나는 엘리엇을 따라 서재 끝에 있는 가죽 소파로 가서 앉았다.

"우리 정말 안 나가도 되는 거야?" 내가 속삭이자 엘리엇은 눈동자를 굴려 댔다.

"아빠는 우리가 지켜보길 원한다고."

테리는 의자에 깊숙이 앉더니 머리 뒤로 깍지를 꼈다.

"구겐하임 미술관에서 자네 새 그림을 봤네. 맘에 들더군."

호지스가 조심스럽게 웃었다.

"물론 난 그저 수집가일 뿐 비평가는 아니지. 그래도 나쁘지 않았어. 색채가 아주 아름답더군. 특히 그 꼬불꼬불 한 거 말이야."

"옛날에 그린 것들입니다." 호지스가 얼굴을 붉히며 말했다. "이제야 전시를 한 것뿐이죠. 최근엔 그림을 많이 못 그렸어요. 아니, 전시할 만한 걸 못 그렸다고 해야 할까요."

"마지막 수고비는 받았나?" 테리가 물었다.

"네. 받았습니다."

"좋아!" 테리는 와인을 한 잔 가득 따르더니 크게 한 모금 마셨다. 손목시계를 보니 정확히 오후 4시였다.

"오리를 그려 줘." 테리가 말했다.

호지스는 지친 모습으로 고개를 끄덕이며 주머니에서 수첩을 꺼냈다.

"구체적으로 어떤 오리죠?"

테리는 눈을 동그랗게 올려 뜨고 손가락으로 책상을 두드려 댔다. 그리고 마침내 입을 뗐다. "행복한 오리. 모자도 하나 씌우고."

호지스가 고개를 끄덕이며 말했다.

"모자를 쓴 오리."

"그리고 자네 야심작을 하나 더 갖고 싶어. 알지 왜…… 추상화 말이야. 바다를 그린 그 아련한 그림."

"'그린 워터' 말씀인가요?"

"그래, 바로 그거야! '그린 워터.'"

"그 그림 얘길 하시니 생각이 나는데, 예전에 제가 제안했던 것에 대해…… 혹시라도 생각을 해 보셨는지 여쭤도 될까요?"

테리는 전혀 모르겠다는 듯 얼굴을 찡그렸다. 워낙에 제안이 많이 밀려들긴 하는 것 같았다.

"다시 말해 주겠나?"

"제가 제안 드렸던 건…… '그린 워터'를 전시해 보는 게 어떨까라는 것이었습니다. 물론 이익금은 다 가지셔야죠, 선생님 작품이니까요. 저는 그저…… 최근 작업한 작품 중에서 그게 가장 성공적인 작품이라는 생각이 강하게 들어서…… 제가 그걸……."

"아, 그 제안." 테리가 소리 죽여 웃었다.

그러더니 와인 한 잔을 더 따라 늙은 화가에게 건넸다.

"미안하네. 그건 안 되겠어."

"그 작품을 대신할 그림을 얼마든지 그려드릴 용의가 있습니다. 제발이요."

테리가 웃었다.

"제임스가 내 위치에 대해 자네에게 얘기 안 해 주던가? 내가 누구이고, 어떻게 작업을 해 나가고, 뭐 그런 것들 말이야."

"네, 물론 들었죠."

"그렇다면 왜 내 말에 토를 다는 거지?"

테리가 눈을 감더니 관자놀이를 꾹꾹 눌렀다.

"정말 재미있어. 그 그림이 얼마나 훌륭한 건지 자네가 내게 말해 주지 않았더라면 난 포기했을지도 몰라. 지금쯤 어느 미술관에 걸려 있겠지. 아니면 적어도 내 유언장에 그렇게 하라고 남겼거나."

호지스가 마른 침을 삼켰다.

"정말 그것들을 모두 폐기하실 건가요?"

"그럼. 그것들은 다 내 그림들이고, 그 그림을 볼 수 있는 사람은 오직 나뿐이야. 내가 죽을 때 내 비서 제임스가 내 개인 미술관에 있는 다른 그림들과 함께 모두 폐기할 거야."

"개인 미술관이요?"

믿을 수 없다는 듯 테리의 눈썹이 꿈틀거렸다.

"설마 자네가 내 유일한 화가라고 생각한 건 아니겠지? 이거 왜 이래! 열 명도 넘게 있다고."

"그 사람들과도…… 모두…… 같은 거래를 하셨나요?"

테리가 씩 웃었다.

"다른 사람들은 돈을 더 요구할 만큼 침착하긴 했지만…… 그래, 맞아."

"왜? 왜 그런 짓을 하시는 겁니까?" 호지스가 물었다.

테리가 앞으로 몸을 기울였다.

"20년 전에 반 고흐의 그림이 어느 집 마당의 알뜰 시장에서 발견 됐을 때를 기억하는가? 신문마다 난리였지."

호지스가 가만히 고개를 끄덕였다.

"그 일로 나는 많은 생각을 하게 됐지. 내가 젊을 때 그 기사를 읽 고, '이런 세상에. 비공개 그림을 소유하는 깃보다 디한 향락은 없구 나' 하는 생각을 했지. 생각해 봐! 수집가라면 누구나 유명한 작품, 아주 오래된 작품, 훌륭한 작품을 가져다 쟁여놓을 수 있다고. 하지 만 다른 인간들은 절대로 볼 수 없는 작품을 소유한 사람이 있을까? 아마 파라오 이후로는 없을 거야! 얼마나 많은 사학자들이 내 컬렉 션을 한 번만 보게 해 달라고 사정한 줄 아나? 얼마나 많은 학자들이 '인류의 보물을 도둑질한 죄'로 나를 고소하려고 한 줄 아나? 바로 '그게' 권력이야. 아무 미술관 명패에 이름 하나 올리는 게 권력이 아니라고! 내 컬렉션은 그저 값나가기만 하는 정도가 아니네. 값을 매길 수가 없지."

그러더니 더 가까이 다가가 속삭였다.

"단지 그림만 그렇게 하는 게 아닐세, 호지스. 조각, 판화, 사진, 영화. 한 번은 퓰리처 상 수상 작가의 소설도 소유했지. 지극히 아름다운 작품이었어. 그 작가의 작품 중 최고였지. 난 그걸 컴퓨터에 저장하지 못하도록 감시하며 손으로 쓰게 했지. 자네가 꿈도 꿀 수 없을 만큼 엄청난 금액을 치렀어. 모든 권리를 내게 넘기기로 하고 시작한 일이었지만 그자는 내가 언젠가는 내 개인 출판사를 통해 그 작품을 출판할 거라고 생각했던 모양이야. 내가 그 작품을 폐기할 계획이라는 건 전혀 몰랐지. 내게 원고를 다 넘긴 후 내 계획을 듣고 나자 어린 애처럼 울더군. 자기가 받은 돈은 물론이고 보잘것없는 연금 저축까지 주겠다고 제안했지. 정말 짠하더군. 나는 그 작품을 앉은 자리에서 한 번에 다 읽고는 불태워 버렸어. 바로 저기, 내 곰 뒤에서."

호지스의 얼굴에서 핏기가 가셨다.

"세상에, 그래서 어떻게 됐나요?"

테리가 머리를 뒤로 젖히고 웃었다.

"자네는 모르는 편이 나을 텐데!"


나를 다시 당구장으로 데려온 엘리엇은 아까 그대로 두고 간 게임을 다시 시작했다. 엘리엇이 나를 박살 낸 뒤에, 난 한동안 머릿속에서 맴돌던 질문을 했다.

"엘리엇, 너희 아버진 무슨 일을 하셔?"

엘리엇은 그게 무슨 말인지 알아내려는 듯 그 질문을 혼자 반복했다.

"아! 아빠 직업이 뭐냐는 뜻이었군."

엘리엇이 웃었다.

"아빠는 단 하루도 일을 해 본 적이 없어."

"그럼 하루 종일 뭘 하셔?"

"돈 쓰고 술 마시지."

"자선사업가…… 이시니?"

엘리엇은 단호하게 고개를 저었다.

"절대 아니야. 우리 가족은 세금 때문에 불가피할 때만 자선단체에 기부해. 기부할 때도 앨러거시 집안 사람들이 취약한 질병, 그러니까 혈우병이나 통풍 같은 병의 치료에 힘쓰는 재단에만 하지. '앨러거시 상'이라는 것도 있긴 한데 그걸 자선이라고 볼 수는 없어."

"앨러거시 상이 뭔데?"

"아빠가 하버드 다닐 때 속했던 클럽에 만들어 둔 학업 장학금 같은 거야. 매년 졸업생 중에 가장 낮은 학점을 기록하는 학생에게 주는 상이야. 장학금은 알코올로 줘."

"맙소사! 하지만…… 직업이 없으시면…… 하루 종일 뭘 하고 지내셔?"

엘리엇이 어깨를 으쓱했다.

"마술을 좋아해. 어떨 때는 마술사를 불러서 마술 공연을 하게 해. 밥 먹는 동안이나…… 목욕탕에 있는 동안에."

"얼마나 자주 그러시는데?"

"자주. 하지만 속는 건 또 싫어해. 그래서 대개는 공연이 끝나고 나면 돈을 얼마나 더 지불하든 간에 비밀을 알아내고 말지."

"또 다른 일은?" 나는 숨도 제대로 못 쉬고 물었다.

"변호사들을 만나. 소송을 막고 지은 죄에 대한 처벌을 피하려고."

"어떤 죄?"

쏟아지는 질문에 엘리엇이 언짢아하기 시작하는 게 보였지만 도저히 호기심을 참을 수 없었다.

"대개는 음모 때문이야."

"어떤 음모들인데?"

엘리엇이 갑자기 당구 테이블을 주먹으로 내리쳤다.

"야! 테리가 하는 건 아무나 할 수 있는 짓들이야! 알아? 품격이라고는 없다고. 다 잔인한 폭력일 뿐이야! 평생 단 한 번도 기교 있는 계략 같은 건 세워 본 적이 없는 사람이야!"

엘리엇은 제 풀에 지쳐 내 옆에 앉더니 숨을 무겁게 내쉬었다.

"그러고 보니 생각났는데, 너한테 뭐 좀 물어보고 싶었어."

"뭔데?"

"학생회장 한번 해 볼래?"

난 그저 웃었다. 지난 몇 주간 학교에서의 내 삶이 확실히 좀 살 만

해지긴 했다. 농구 테스트 이후, 랜스는 나한테 시비 거는 것을 그만 두었다. 아니 적어도 공격을 완화하긴 했다. 아직도 뚱땡이라는 말이 웃음을 유발하긴 했지만 그래도 더 이상 대놓고 박장대소해 대는 아이들은 없었다. 그렇다고 해서 내가 임원에 출마할 정도는 아니었다.

"어떻게 하겠다는 거야?"

"대답이나 해. 할 거야, 말 거야?"

나는 어깨를 으쓱했다.

"좋아, 안 할 이유가 뭐 있겠어?"

남아 있는 브리스킷(소의 양지머리 부위를 가리키는 말로, 미국에서는 주로 구워서 소스를 뿌려 먹는다 – 옮긴이) 부스러기까지 먹으려고 나는 포크로 접시를 싹싹 긁었다.

"더 먹고 싶니? 한 조각 더 있어."

"아, 됐어요. 배불러요."

"당신은 이때요?"

아빠는 허공에 손을 내저었다.

"더 이상 들어갈 자리가 없어. 당신이 먹지 그래?"

엄마도 고개를 흔들었다.

"그냥 남겨 둘래요."

아빠와 나는 고개를 끄덕였다. 우리 모두 남은 고기를 먹고 싶었지만, 마지막 조각을 서로에게 권하는 것은 우리 가족의 꽤나 중요한 의식이었다. 우리는 모두 브리스킷에 집착했기 때문에 마지막 조각을 선뜻 양보하는 것은 서로에게 할 수 있는 가장 큰 애정의 표시인 셈이었다. 우리 집 냉장고 안에는 랩으로 싼 브리스킷 한 조각이 들어 있었다. 그리고 그건 우리 식구의 끈끈한 유대를 증명하는 증거였다.

나는 브리스킷 생각을 떨쳐내려고 오늘 하루에 대해 얘기하기 시작했다. 그리고 곧 회장 선거에 입후보했다는 것까지 말해 버렸다.

"잘했네." 아빠가 충격으로 비롯된 기나긴 침묵을 깨고 말했다.

"당선이 안 되더라도 정말 즐거운 경험이 될 거야."

부모님은 '이기진 못 하더라도'라는 단서를 꼭꼭 달아 가며 얼마간 계속 나를 칭찬했다.

"전 제가 이길 거라 확신하는데요."

"음 거기…… 다른 사람도 출마했니?" 엄마가 조심스럽게 물었다.

"네. 하지만 엘리엇이 제 선거 운동 매니저를 자청했어요."

내가 엘리엇 이름을 언급할 때마다 엄마 아빠는 서로를 걱정스럽게 쳐다보셨다. 나에게도 친한 친구가 생겼다는 사실에는 두 분 다 아주 기뻐하셨다. 하지만 그 친구가 엘리엇 앨러거시라는 점을 두려워하기도 하셨다.

"이야! 농구랑 이번 일이랑, 너 정말 엘리엇이랑 꽤 붙어 다니나 보다!"

내가 고개를 끄덕였다.

"그럼 걔가 네 포스터 만드는 걸 도와주는 거냐?" 아빠가 물었다.

나는 엘리엇이 판지에 풀을 짜 바르는 모습을 떠올려 보려고 노력
했다.

"포스터 만드는 건 안 해 줄 것 같아요. 그래도 걘…… 뭔가 계획하
는 걸 잘해요."

아빠가 나를 쳐다봤다.

"어떤 것들?"

나는 어깨를 으쓱했다.

"그냥…… 뭐든요."

두 분은 또 같은 표정을 주고받았다.

"아빠? 엘리엇 아빠는 그 돈이 다 어디서 났을까요?"

"자기 아빠."

"그럼 그분은요?"

아빠가 웃었다.

"그분의 아버지."

"그럼 애초에 어디서 돈이 난 거예요? 랜스네 집안처럼 빌딩을 갖
고 있나요?"

"아, 물론. 기업을 아예 통째로 소유하고 있지."

"하지만 돈은 거기서 나는 게 아니잖아요." 엄마가 말했다.

"그렇지. 그것들은 그냥 돈으로 사들인 것들이지."

엄마는 가만히 고개를 저었다.

"그게 다 특허에서 벌어들이는 거죠, 그렇죠? 단 한 번의 작은 발견
으로 돈을 버는 거예요."

아빠가 종이 냅킨을 돌돌 말면서 고개를 끄덕였다.

"단 한 번의 작은 발견으로."

코넬리우스 앨러거시는 1775년 사우스 스트리트 항구에서 태어났다. 뉴욕에 도착한 지 몇 분 만이었다. 전설에 따르면 그의 모친은 만삭이었지만 태중의 자본가 양반께서는 미국 땅을 밟기 전에는 세상으로 나오기를 거부했다고 한다.

코넬리우스의 부모는 근면 성실한 네덜란드 구두 수선공이었다. 그들은 아들을 학교에 보낼 수 있을 정도로 돈을 벌지는 못했지만 아이는 총명했다. 그는 시청 공원에서 열리는 무료 설교에서 영어를 터득했고, 거기서 슬쩍한 성경으로 읽는 법을 독학으로 터득했다. 한 병에 2실링씩 받으며 시작한 밀주 사업도 성공적이었다.

스물한 살이 됐을 때, 코넬리우스는 개인 말도 구입할 정도로 돈을 벌었다. 하지만 사업의 전망에는 한계가 있었다. 그의 집에는 증류기를 한 대밖에 놓을 수가 없었고, 거기서 밀주 한 통을 만들어 내는 데는 거의 한 달씩 걸렸다. 더 큰 성공을 열망하던 코넬리우스는 양조 과정의 속도를 높여 보려고 기초 화학책들을 구입했다. 그리고 색다른 화학 결합법으로 실험을 해서 자기 말에게 결과물을 먹여 보았다. 하지만 결과는 매번 좋지 않았다. 그의 자서전에 따르면 1800년의 크리스마스 날, 코넬리우스는 연기에 현기증을 느끼고 기절하고 말았다. 쓰러지면서 증류기 안으로 나무바가지를 떨어뜨렸고, 코넬리우스는 돌담에 머리를 부딪치며 지하실 바닥에 널브러지고 말았다. 얼마간 의식을 잃었다가 깨어났을 때는 바가지를 찾을 수가 없었다. 그냥 사라진 것이었다. 그러다가 증류기 안에서 뭔가 이상한 것을 발견했다. 그는 자신이 제정신인지 의심할 정도였다. 위스키 화학 혼합물이 갈색 섬유질의 얇은 막으로 덮여 있는 걸 발견한 것이다. 코넬리우스는 그것을 떠내어 촛불 밑에서 들여다봤다. 표면은 곡물처럼 조밀하고 모래처럼 매끄러웠다. 아마도 그의 바가지가 화학물의 표면에 닿자마자 분해된 모양이었다.

코넬리우스는 무슨 일이 일어난 것인지 정확히는 몰랐지만 이 화합물질이 가치가 있을지도 모른다는 생각을 했다. 나무를 이렇게 효과적으로 분해할 수 있는 물질이라면 어디에라도 쓸모가 있을 것 같았다. 안 그래도 당시 뉴욕은 다 허물어져 가는 집들로 터져나갈 지경이었고, 공간은 늘 부족했다. 도시 전체가 연기로 휩싸일 테니 소각하는 건 불가능했지만, 이 화학물질로 바우어리 가의 나무들을 싹 쓸어버릴 수 있을지도 몰랐다. 그 도시에 목재는 넘쳐났기 때문이다. 계속 뻗어나가는 14번 가 북쪽의 숲은 차치하고라도 월 가 남쪽의 판자 집들에도 가득 쌓여 있었다. 나무를 무언가로, 하다못해 그게 걸쭉한 곤죽 덩어리라고 해도, 바꿀 수 있는 물질은 유용할 수밖에 없었다.

특허를 받기 위해서는 그 화학물질을 과학적으로 규정해야 했다. 그래서 코넬리우스는 밀주 한 병과 이 발견으로 발생하는 이익의 1퍼센트를 주기로 약속하고 단골 고객인 알코올 중독 교사를 고용했다. 교사는 이익의 1퍼센트 대신에 밀주 두 병을 요구했지만 코넬리우스는 동의하지 않았다. 5분간 그 물질을 조사한 교사는 그것을 아황산수소염 칼슘, 즉 $Ca(HSO_3)_2$이라고 했고, 서명란에 자기 이름을 적어 넣었다. 지금 그의 자손들은 북미 최고 갑부로 손꼽힌다. 그의 손자의 손자는 남태평양의 개인 소유 섬에서 사는데 정직원만 70명이 넘는 개인 유곽을 소유하고 있다는 소문도 있다.

코넬리우스 앨러거시는 곧 그 실험에 대해서 잊어버렸다. 화학 따위도 포기해 버린 그는 바우어리 가에 여관을 열었다. 그로부터 5년 후, 실험정신 강하고 부지런한 독일 일꾼 하나가 코넬리우스가 만들어 낸 걸쭉한 덩어리를 얇은 시트로 압축해서 말렸다. 그리고 깜짝 놀라고 말았다. 그 물질은 여전히 목재처럼 단단했지만 윤이 나고 매끄러웠다. 목재의 양을 조절하면 시트의 두께를 바꿀 수 있었고 염색을 하면 색도 바꿀 수 있었다. 그것은 부잣집 침대에서나 볼 수 있는 린넨처럼 보이기도 했고, 목사의 성경에서 찾아볼 수 있는 매끈매끈한 천 같기도 했다. 하지만 이것은 아주 저렴하게 만들 수 있었고, 성경을 보기 위해 교회까지 갈 필요도 없었다. 자기 것을 만들면 되니까.

코넬리우스 앨러거시가 발명한 것은 종이였다.

그날 이후, 서양의 모든 종이 제조업체들은 목재를 종이로 바꿀 때마다 앨러거시 가에 돈을 지불해야 했다. 세상에 존재하는 모든 종이 상자 수익의 일부는 엘리엇 가족에게 돌아갔다. 이 세상 모든 봉투, 야구 카드의 일부가 그들 소유였다. 사람들이 선물을 포장하고 화장실 휴지를 사용할 때마다 그들은 돈을 벌었다. 타임 스퀘어에서든 독일 나치 정권에서든 거리 행진에서 색종이가 뿌려질 때마다 돈이 쌓여 갔다. 일본 학생들이 종이학을 접어 홍수 피해 지역에 보낼 때, 외로운 사람들이 유서를 쓸 때도 마찬가지였다. 교과서나 만화책, 음란물이나 성경, 도시의 두꺼운 전화번호부나 어린 소녀의 일기장 할 것 없이 세상 모든 책의 한 장 한 장이 다 돈을 벌어 주었다. 사람들이 메모를 남기거나 영수증을 받을 때마다 앨러거시 가는 돈을 벌고 있었다. 벽지, 화장지, 잡지, 신문, 카드 수표, 우표가 모두 그들의 것이었다.

심지어 돈 자체도 그들 것이었다.

엘리엇은 가죽으로 제본된 공책을 안주머니에 늘 넣고 다녔다. 작았지만 꽤 두꺼웠고 오래 써서 모서리는 닳아 있었다. 표지의 바탕은 새카맸고 한가운데에 금실로 단어 하나가 수놓아져 있었다. '살생부.' 엘리엇은 거의 웃는 일이 없었지만 어쩌다가 웃는 순간은 그 책을 들여다볼 때였다. 엘리엇은 일곱 살 생일에 아버지로부터 선물받았다는 그 공책을 언제나 품고 다녔다.

때때로 휴대전화로 제임스가 뭔가를 알려 주면, 엘리엇은 그 공책을 꺼내어 그 안에 적힌 명단 옆에 표시를 했다. 그때마다 꼭 이 용도로만 지니고 다니는 조그마한 은제 만년필을 사용했다. 엘리엇은 마치 그 행위를 음미하듯 천천히 신중하게 체크 표시를 했다. 그 무시무시한 공책을 내가 처음 본 순간은 절대로 잊지 못할 것 같다.

나의 선거 운동 매니저로서 엘리엇이 처음 벌인 일은 기념 만찬을 마련하는 것이었다.

"일단 선거에서 먼저 이기는 게 순서 아닐까?" 내가 말했다.

엘리엇은 평소처럼 날 무시하고 대기 중이던 리무진으로 끌고 갔다. 엘리엇이 주소를 외치자 제임스는 순식간에 우리를 거대한 황동 문이 달린 도심의 레스토랑으로 데려갔다. 엘리엇이 차에서 내리더니 나보고 따라오라고 손짓했다.

"여기가 대체 뭐하는 데야?" 내가 물었다.

"윈체스터라는 데야. 특권층만 출입하는 레스토랑으로 맨해튼에서 제일 유명한 곳이지. 세계 제일은 아닐지 몰라도."

이번 만찬을 위해 엘리엇은 자기 옷 중에 가장 큰 양복을 내게 빌려 줬는데 어찌나 꽉 끼는지 숨을 아주 얕고 짧게 끊어 쉬어야 했다. 우리는 엘리엇의 개인 옷방에서 함께 옷을 갈아입었는데 그건 정말 충격적인 경험이었다. 엘리엇이 전교에서 가장 마른 아이라는 건 알고 있었지만 셔츠를 벗은 몸을 보기 전까지는 그 정도일 줄은 몰랐다. 엘리엇이 양말을 신으려고 몸을 굽혔을 때는 척추에 붙어 있는 등골뼈를 일일이 셀 수 있었다. 조끼를 잡으려고 손을 위로 뻗을 때는 심장이 뛸 때마다 갈비뼈가 진동하는 것까지 다 보였다.

엘리엇은 자기 소매 단추를 체크하고, 내것도 봐 주고는 윈체스터의 마호가니 빛 현관으로 나를 이끌었다.

"그냥 평범한 데로 가면 안 될까?" 내가 사정했다.

그러자 엘리엇이 평소보다도 강렬하고 무서운 눈빛으로 쏘아보았다. 나는 숨을 깊이 들이마시고는 엘리엇을 따라 안쪽 테이블로 들어갔다.

"여기는 역사적인 장소야. 뉴욕의 유명한 입후보자들은 전부 이곳에서 선거 운동을 시작했어! 보스 트위드(1852년 미 하원에 선출된 인물로 본명은 윌리엄 매기어 트위드 - 옮긴이), 지미 워커(1926년 뉴욕 시장으로 선출된 인물 - 옮긴이)……."

엘리엇이 사람 이름을 줄줄이 읊어 대고 있는데 지배인이 다가왔다. 그는 콧수염을 정성스럽게 기른 다소 엄숙해 보이는 프랑스 사람이었다.

"나는 냉이 샌드위치로 하겠어요." 엘리엇이 지배인에게 말했다. "세이무어, 넌?"

땀 때문에 겨드랑이가 따끔거렸다. 메뉴판도 안 갖다 주고 도대체 어떻게 주문을 하라는 거야?

"먹고 싶은 거 아무거나 주문해." 엘리엇이 속삭였다.

"아무거나?"

엘리잇이 고개를 끄덕였다.

"그럼, 저는 치즈버거랑 어니언 링 주실래요?"

지배인이 웃었다.

"우리는 치즈버거는 만들지 않습니다. 어니언…… 링~도 마찬가지고요."

지배인은 내가 무슨 인체 분비물을 주문하기라도 한 것처럼 말했다.

"아, 네…… 죄송해요."

온몸의 피가 일시에 얼굴로 쏠리는 게 느껴졌다. 나는 왕창 더듬으며 냉이 샌드위치(이건 있다는 게 확실했으니까)를 주문하려고 했지만 엘리엇이 손을 내저었다.

"아니. 너 치즈버거 먹고 싶다고 했잖아."

그러고는 지배인을 보고 말했다.

"지금 '내' 동료가 요구한 음식을 제공하지 않겠다는 말씀입니까?"

지배인이 한숨을 내쉬었다.

"여기는 맥도널드가 아닙니다."

엘리엇의 눈에서 범상치 않은 불꽃이 튀었다.

"그러니까 치즈버거 주문을 받지 않겠다는 겁니까?" 물어보는 엘리엇의 목소리는 소름끼칠 정도로 나긋나긋했다. "그리고 어니언 링 주문도 안 받는다는 거겠죠?"

"맙소사." 내가 속삭였다. "엘리엇, 괜찮아. 다른 걸로 주문할게."

"그렇게는 안 돼." 엘리엇이 소리쳤다.

다른 테이블에 앉아 있던 손님들이 우리 얼굴을 보기 위해 돌아앉았다. 우리는 그 방에서 가장 어린 손님이었다. 그것도 한 마흔 살 차이 나는.

"죄송하지만 나가 주셔야겠습니다." 지배인이 말했다.

"알았어. 당신 영역에서 떠나 주지. 하지만 먼저, 당신 명함 좀 가져가야겠어."

엘리엇이 지배인 데스크로 가더니 작은 은쟁반에서 명함을 한 장

집었다.

"그리고 내것도 한 장 남기지."

엘리엇은 '상속인'이라는 비공식 직함을 빼고는 자기 아버지 회사들 중 그 어디에서도 어떤 직책도 맡고 있지 않았다. 하지만 어쨌거나 그 애에게는 '엘리엇 앨러거시'라는 자기 이름만 딱 적힌 명함이 있었다. 엘리엇은 자기 명함을 한 장 꺼내서 예약 명부에 앞면이 위로 향하도록 올려놓았다. 그러더니 내 팔꿈치를 잡고 길거리로 끌고 나와 리무진에 태웠다.

"도대체 왜 이러는 거야?" 내가 물었다.

하지만 엘리엇은 듣고 있지 않았다. 그는 지배인의 이름과 전화번호를 자신의 검정 책에 신나게 옮겨 적고 있었다.

"운전해." 엘리엇이 말했다.

곧 차는 거리를 질주했다.

엘리엇은 얼마간 학교에 오지 않았다. 선생님은 엘리엇이 열대 지방 기생충에 감염됐다고 했지만 나는 그 애가 어디에 있는지 알고 있었다. 집에서 윈체스터에 복수할 계획을 짜고 있는 게 분명했다. 만나지도, 통화를 하지도 않은 채 2주가 흘러갔다. 학교 앞 버스 정류장에 서 있는데 엘리엇의 리무진이 와서 멈췄다. 다른 아이들이 쳐다보는 가운데, 제임스가 창을 내리더니 차에 타라는 손짓을 했다. 엘리엇은 뒷자리에서 나를 기다리고 있었다. 실크로 된 가운을 입은 엘리엇은 그 어느 때보다도 평화로운 표정을 짓고 있었다. 나는 100만 분의 1의 확률일지라도 혹시 그 애가 진짜로 아팠을까 봐 예의상 몸은 좀 어떠냐고 물었다.

"선 신문사로 가." 엘리엇은 내 질문은 씹어 버리고 제임스에게 말했다. "최종판이 어떻게 나왔는지 보자고."

제임스는 「선」지 건물로 차를 몰더니, 안으로 달려 들어가 막 나온 따끈따끈한 신문을 들고 나타났다. 제임스가 엘리엇에게 신문을 건네주자 엘리엇은 음식과 식당 섹션을 뽑아서 내 무릎에 올려놓았다. 아직도 인쇄기의 온기가 남아 있었다.

"3면이야."

## 나치에게 만찬을 대접한 윈체스터

수요일, 댄 루베키가 석방되자 뉴요커 대부분이 치를 떨었다. 본인이 나치주의자임을 대놓고 천명한 그가 직접 제작한 폭탄을 에프라임 사원에 설치해 이 도시의 가장 유명한 사원을 파괴한 지도 어느새 20년이 지났다. 하지만 뉴요커들의 마음에 난 상처는 아직 아물 기미도 보이지 않는다.

뉴욕 시장은 루베키의 석방에 '좌절'한다는 성명을 내고 '증오 범죄' 처벌을 강화하는 법안을 촉구했다. 브루클린의 네이선 스테인 의원은 에프라임 사원의 희생자를 추모하는 촛불 집회를 열고 루베키에게 "위대한 도시 뉴욕은 당신을 환영하지 않는다."고 전했다. 그러나 이 도시에는 아직도 루베키의 친구가 남아 있음이 확인

됐다.

어젯밤 명망 높은 레스토랑 윈체스터의 고객들은 뉴욕 시 요식업계 역사상 가장 당황스럽고 입맛 떨어지는 광경을 목격해야 했다. 7시 55분 경, 넥타이핀까지 갖춘 과체중의 남자가 지배인 앞에 나타났다. 그 사람이 루베키임을 알아보는 사람은 거의 없었다. 그가 마지막으로 타블로이드 신문을 장식한 이후 체중이 엄청나게 늘은 데다 그의 트레이드마크인 '히틀러 콧수염'은 이미 오래전에 덥수룩한 턱수염으로 바뀌어 있었다. 하지만 그가 자기 이름을 자랑스럽게 밝히자 사람들이 고개를 돌리기 시작했다. 고객들은 대부분 눈길을 돌리며 불편한 장면이 연출될 거라 생각했다.

"당연히 내쫓을 거라고 생각했죠." 윈체스터의 오랜 단골손님 중 한 사람이 말했다. "자기 입으로 나치라고 말한 사람 아닙니까."

하지만 루베키를 거부하기는커녕 영화배우나 귀빈만을 위해 비워 둔다는 윈체스터의 전설적인 '벽난로 부스' 자리로 지배인이 몸소 나서서 안내했다. 그후 두 시간 반이 넘도록 지배인은 나치에게 와인을 곁들인 정성스러운 14개 코스 요리를 대접했다. 어느 순간 루베키는 시가를 피우기 시작했다. 레스토랑 흡연 규정을 명백히 위반하는 행위였다. 다른 손님들이 자극적인 시가 연기가 식사를 방해한다고 불만을 표시했지만 지배인은 그 손님들을 무시하고 나치의 샴페인 잔 옆에 은제 재떨이까지 마련해 주었다.

식사가 마무리되어 갈 무렵, 주방장이 나와 루베키와 악수하고 더 필요한 것은 없는지 물었다. 루베키가 택시를 불러 달라고 하자 주방장이 직접 나서 전화를 건 다음 휘청거리는 나치를 현관까지 부축해 줬다. 계산서 같은 건 어디에도 없었다.

너무나 놀라운 일이었기 때문에 처음에는 기자가 뭔가를 착각한 것 아닌가 하는 생각을 하기도 했다. 1979년까지 여성을 입장시키지 않았고, 지금까지 단 한 명의 흑인 웨이터도 고용하지 않은 윈체스터는 늘 다소 편협한 곳이라는 인상을 주었다. 그렇다고 하더라도 이곳 경영진이 나치 동조자라는 생각은 아무도 해 보지 않았다.

윈체스터의 차양 아래에서 짧은 인터뷰를 한 결과, 그 남자가 수요일에 석방된 댄 루베키와 동일 인물임을 확인할 수 있었다. 정중하게 증거를 볼 수 있겠냐고 묻자 그가 재킷 안주머니에 자랑스럽게 넣고 다니는 석방 서류를 포함해서 다양한 신분증명서들을 기꺼이 보여 줬다. 루베키에 따르면 자기가 석방되고 몇 시간 뒤, 지배인으로부터 저녁 초대를 받았다고 했다.

"그 윈체스터란 곳 나쁘지 않더군. 내 집에 온 것 같은 기분이 들게 정말 잘해 줬어."


내가 마침내 신문에서 눈을 떼고 얼굴을 들었을 때, 엘리엇은 기다란 잔에 샴페인을 마시고 있었다.

"한잔 줄까?" 엘리엇이 물었다.

"아니 됐어. 나 수학 숙제해야 돼."

엘리엇은 마지막 한 방울까지 다 마신 다음 바로 잔을 채웠다.

"네가…… 그랬어?" 나는 신문을 제대로 가리키지도 못하며 물었다.

엘리엇이 눈을 감더니 신문이 마치 사랑스러운 강아지나 아기 고양이라도 되는 것처럼 얼굴 가까이로 들어올렸다.

"엘리엇, 진짜 별일도 아니었잖아! 내 말은, 이렇게까지 할 필요가……."

엘리엇은 검지를 들어올리며 나를 침묵시켰다.

"엘리엇? 도대체 어떻게 한 거야?"

엘리엇이 버튼을 누르자 선루프가 열리며 따뜻한 빛이 들어와 우리를 감쌌다.

"앨스톤 버틀스라고 들어 본 적 있어?" 엘리엇이 물었다.

"아니, 누군데?"

엘리엇이 한숨을 쉬었다.

"처음부터 얘기해 줄게. 중간에 말 끊지 마."

나는 앨스톤 버틀스에 대해서는 한 번도 들어 보지 못했지만, 대부분의 뉴요커들은 그 사람을 아는 모양이다. 그는 막강한 영향력을 휘두르는 「뉴욕타임스」의 음식 평론가로 이 바닥에서 30년 넘게 일해 온 사람이다. 빈 테이블과 빛바랜 메뉴판뿐인 이름 없는 국수집도 그가 800개의 단어로 마법을 부리면, 유명인 고객이 넘쳐나고, 줄이 가게 밖으로 끝없이 이어지는 도시의 소문난 명소로 탈바꿈할 수 있었다. 단 한 번의 매서운 리뷰로 음식점 문을 닫게 하기도 했다. 그는 특별대우 받는 것을 피하기 위해 늘 가명을 썼다. 최근에는 그의 사진을 확보한 영리한 지배인들 때문에 변장을 시작하기도 했다.

원체스터에서 쫓겨난 날로부터 사흘 뒤인 화요일. 엘리엇은 제임스를 시켜 그 레스토랑에 전화를 걸었다. 제임스는 지배인에게 자기는

「뉴욕타임스」의 인턴인데 앨스톤 버틀스가 곧 윈체스터를 방문할 거라고 살짝 흘렸다. 앨스톤 버틀스는 30년 전에 윈체스터에 대해 좋은 평을 썼는데 아직도 레스토랑의 질이 유지되고 있는지 확인하고 싶어 한다는 얘기도 지배인에게 흘렸다. 제임스는 한 번 무료로 식사를 하게 해 주는 조건으로 버틀스가 이용할 가명과 변장에 대한 정보를 주겠다고 지배인에게 말했다. 지배인은 그 제안에 즉시 동의했다.

"22일에 갈 겁니다. 얼굴 전체를 수염으로 가리고 있을 거예요. 예약은 댄 루베키라는 이름으로 할 겁니다." 제임스가 속삭였다.

지배인이 잠시 망설였다.

"그러니까…… 나치랑 같은? 이번에 감옥에서 나온다는?"

"네. 앨스톤은 유머 감각이 좀 특이해요."

지배인은 자기가 제대로 들었는지 확인할 수 있도록 정보를 한 번 더 말해 달라고 했다. 그러고는 무료 식사를 준비하기 위해 제임스에게 이름을 알려 달라고 했다.

"그건 말씀드릴 수가 없습니다. 내가 이 정보를 흘렸다는 걸 누가 알게 되면, 그 즉시 잘릴 거예요."

"그래도 예약을 하려면 이름이 있어야죠."

"그건 그러네요." 그리고 제임스는 엘리엇이 적어 준 대본의 마지막 줄을 읽었다. "그럼, 그냥 할 세이걸(Hal Sagal)이라고 해 둡시다."

“할 세이걸? 그게 누구야?”

엘리엇이 그 이름을 냅킨에다 글자 간격을 넓게 떼어서 크게 적었다. 좀 시간이 걸리긴 했지만 나는 결국 글자를 새로 짜 맞출 수 있었다.

“오, 앨러거시(Allagash)구나!”

“알아, 안다고. 이런 글장난 진부하지. 하지만 그걸 알아야 해. 네 상대가 누군지를 고려해야 한다고. 맹세하는데 조금만 더 차원 높게 꼬았으면 그 지배인은 알아내지 못했을 거라고.”

레스토랑에 불만이 많은 웨이터로 가장한 제임스는 뉴욕의 가십을 다루는 칼럼니스트들을 죄다 불러 모았다. 그는 자기 상사가 나치이며, 루베키가 20년 만에 자유를 얻은 첫날을 식당에서 함께 보내자며 초대했다는 얘기도 했다. 그날 예약을 잡는 게 쉬운 일이 아니라 대부분의 칼럼니스트들은 현장을 목격할 수 없었지만, 유명한 몇몇 사람은 편법을 씨서 테이블을 확보할 수 있었다. 칼럼니스트들과의 접촉을 끝낸 후, 마지막으로 연락을 할 사람은 루베키었다. 이 나치주의자는 처음에는 의심을 품었지만 알자스 지역 억양을 쓰며 히틀러를 몇 번 언급하자 이 사람이 진짜로 윈체스터의 지배인이며 정말로 자기를 초대하고 싶어 한다고 믿게 됐다. 놀랄 만한 일도 아니지만, 그날 저녁 다른 계획이 없었던 루베키는 기쁘게 초대에 응하겠다고 했다.

제임스는 윈체스터에 한 번 더 전화를 걸어 영국 억양을 쓰며 루베키 씨를 대신해서 예약을 좀 하려고 한다고 했다. 지배인은 최대한 자연스럽게 굴려고 노력했지만 흥분을 감출 수 없었다. 제임스 말에 따르면 지배인의 목소리는 난생처음 도박 테이블에 앉아, 에이스를 손에 쥐고 커다란 판돈을 부르는 사람처럼 들떠 있었다고 했다.

"이제 「데일리 뉴스」에 들릴 거야, 그다음엔 「옵서버」 지, 「워싱턴 포스트」 그리고 「타임」 지." 우리는 아무런 말없이 차를 타고 돌아다녔다. 나는 충격으로 한마디도 할 수 없었고, 엘리엇은 그간 너무 애를 쓴 탓에 지쳐 있었다. 몇 분에 한 번씩 제임스는 차를 세우고 타블로이드판을 집어 와 뒷자리에 점점 높이 쌓여 가는 신문 더미 위에 올려놓았다. 하지만 엘리엇은 읽을 생각도 하지 않았다. 집으로 가는 길에 엘리엇이 딱 한 번 움직였다. 자그맣고 창백한 손으로 검은 공책을 꺼내어 은색 펜으로 작은 체크 표시를 하기 위해서였다.

내가 아는 한, 3학년 학생회장은 졸업 앨범 사진 찍을 때 있는 폼 없는 폼 다 잡고 서 있어야 하는 것 말고는 공식적인 임무가 없다. 그래도 대학에서 '눈여겨보는' 꽤나 명예로운 자리임은 분명했다. 2학년이 끝나기 몇 주 전부터 본격적인 선거 운동이 시작됐다.

지난 3년간 학생회장 선거는 랜스와 애쉴리라는 여자애, 두 사람의 싸움이었는데 대개는 한쪽으로 크게 기울었다. 애쉴리는 늘 수학 클럽의 지지를 얻었고, 어느 해에는 외국인 교환 학생을 설득해서 선거 운동에 끌어넣는 데 성공했지만 그 외의 학생들은 모두 랜스를 지지하는 경향이 있었다.

"너의 상대들에 대해서 좀 더 얘기해 봐." 엘리엇이 따지듯 물었다. "그 애들의 적들은 누구지? 그 애들의 약점은?"

나는 학교 식당 저 끝을 쳐다봤다. 랜스는 몸을 뒤로 젖히고 의자에 기대어 있었지만 그래도 그 테이블에 둘러앉은 녀석들보다 컸다. 최근 들어서는 앞머리를 젤로 세우기 시작했는데 그 모양이 마치 상어 지느러미처럼 솟아 원래 큰 키를 더 커 보이게 했다. 최근에 본 영화에 나온 유명한 대사를 외치는 랜스를 보고 주위 녀석들은 미친 듯이 웃어 대고 있었다.

"그게, 랜스는 엄청 웃겨. 그리고 완전 멋있어."

이번에는 애쉴리를 쳐다봤다. 애쉴리는 두 번째 테이블 끝에 앉아서 사과 조각을 먹는 중에도 색색 단어 카드를 보며 불어 단어 시험 공부를 하고 있었다. 누군가가 웃기는 소리를 할 때마다 애쉴리는 단어 카드에서 얼굴을 들고 웃었다. 애쉴리의 뚝뚝 끊어지는 날카로운 웃음 소리에 그 테이블은 어김없이 싸해지곤 했다. 애들은 애쉴리를 놀리지는 않았지만 최대한 무시했다. 애쉴리는 뭔가 말만 하려면 손을 떨기 시작했고 눈은 공포로 커다래졌다. 그 모습을 보는 것만도 스트레스였다.

머리가죽이 아플 지경으로 머리를 바짝 당겨 적갈색 머리를 하나로 땋고 다니는 그 애의 머리는 마치 밧줄을 꼬아 놓은 것처럼 보였다. 랜스는 심심하면 그것을 잡아당겨 애쉴리의 두 눈에 눈물이 차오르게 만들었다. 랜스의 이런 행동은 두 가지 이유에서 못할 짓이었다. 그러면 애쉴리까지도 '다툼에 연루됐다'는 이유로 반성실에 가야 했기 때문이다. 애쉴리가 랜스의 기분 나쁜 웃음을 외면하려 눈을 내리깔고 반성실로 들어올 때마다 나는 마음이 너무나 안 좋았다. 나의 반성실행이 속상했던 적은 한 번도 없다. 내가 싸움을 걸지는 않았다고 해도 한 주 동안 내가 벌을 받을 만한 일을 무엇인가는 하나 했을 거라는 게 내 생각이다. 하지만 결백한 애쉴리에게 내려지는 벌은 너무나 잔인했다. 이런 생각을 얘기한 적은 한 번도 없지만, 나는 캐러멜을 그 애에게 한 번 준 적이 있다. 어쩌면 그 애도 내 행동의 의미를 간파했을 것 같다는 생각이 든다.

"애쉴리는 인기가 별로 없어. 하지만 우리 학년에서 제일 똑똑한 애일 거야. 작년에는 랜스가 선거 포스터도 하나도 안 붙이고 연설문도 쓰지 않아서 승산이 있어 보였는데, 막판에 랜스가 글렌데일 사자 문양이 새겨진 스코어보드를 약속하는 바람에 모두가 랜스를 찍었지. 결국 스코어보드를 설치해 주지도 않았지만, 그래도 끝내 주는 아이디어이긴 했어. 웨스트사이드 중학교에는 호랑이 문양이 있는 스코어보드가 있는데 경기 때마다 다들 얼마나 재는지."

엘리엇이 고개를 끄덕였다.

"걔네 둘 중에 신체적 결함이 있는 애는 없니? 아직 공개되지 않은 것 중에 말이야." 엘리엇이 물었다.

"맙소사. 몰라."

"걔들의 이성 관계는 어떻지? 두 사람 중에 스캔들에 오르내렸던 애는 없어?"

나는 어깨를 으쓱했다.

"걱정 마. 제임스가 뭐든 캐낼 테니까."

학교가 끝난 뒤 엘리엇은 자기 집 4층의 어느 방으로 나를 데려갔다. 아직까지 한 번도 가 보지 못한 방이었다. 1인용 소파 하나만 덩그러니 놓인 그 방은 텅 비어 있었다. 방의 맨 벽에는 소파에서 정면으로 보이는 위치에 어떤 글귀가 액자 속에 걸려 있었다.

친애하는 앨러거시 씨.
경마대회에서 신중하지 못한 발언을 한 것에 대해 사과드립니다.
당신의 말을 폄하할 생각은 아니었습니다.

존 D. 록펠러
John.D.Rockefeller

"아빠가 가장 아끼는 재산 중 하나야." 엘리엇의 목소리에는 특별한 경외감이 실려 있었다. "1920년대에 우리 할아버지한테 배달됐지."

나는 그 앞으로 다가가 가까이에서 살펴봤지만 그게 왜 그렇게 귀중한 건지 알 수 없었다. 록펠러가 유명한 갑부란 것은 알았지만 그의 서명이 가치가 있으면 얼마나 있으려고.

엘리엇은 내가 별 감흥을 느끼지 못한다는 것을 똑똑히 눈치 채고 설명을 이어 나갔다.

"록펠러가 살아생전에 편지를 몇 통이나 썼는지 알아?"

나는 어깨를 으쓱했다.

"수십만 통이야. 그것도 최소한이지만. 하지만 그중에 사과 편지는 몇 통이나 되는지 알아?"

다시 어깨만 으쓱할 밖에.

"하나. 딱 한 통이야."

엘리엇은 소파에 앉아 조용히 그 편지를 쳐다봤다.

"엘리엇, 우리 이제 포스터를 만들어야 하지 않을까? 랜스는 이미 하나 붙였던데 완전 재미나더라고. 오스틴 파워 사진 위에 자기 얼굴을 붙였어. 그리고 '자, 움직여!'라고 말하고 있어."

그 말엔 완전 무반응이었다.

"너도 꽤 흥미 있어 할 만한 사실을 좀 발견했어. 랜스가 읽기 방면으로 학습장애가 있대. 대부분의 과목을 가까스로 통과하는 모양이야. 그런데도 역사는 평균 A 플러스를 유지한단 말이지. 그것도 읽기 능력이 집중적으로 요구되는 과목인데 말이야. 이 모순을 누가 설명할 수 있을까?"

"랜스가 학습장애가 있다고? 그걸 어떻게 알아냈어?"

"제임스를 시켜서 모두의 파일을 다 복사하라고 했어." 엘리엇은 아무렇지도 않게 소파 뒤의 상자를 가리켰다. "학생들 것과 선생님들 것까지 몽땅."

"헉!"

"그건 그렇고, 불어 쪽지시험 축하해. 91점 맞았더라."

"진짜? 그건 좀 기분 좋은데."

엘리엇이 서류철을 몇 개 꺼내더니 상자를 다시 닫았다.

"애쉴리는 티 하나 없이 깨끗해." 엘리엇이 애쉴리의 파일을 초조하게 넘기며 말했다. "하지만 랜스는 역사 시험 볼 때 부정행위를 하는 게 분명해."

"어떻게 알아?"

"왜냐하면 나도 부정행위를 하고 있으니까. 학생들의 파일을 전부 다 검토했는데 100점대는 아무도 없어, 심지어 범생인 애쉴리도. 그런데 랜스는 110점을 맞았더라고! 매번 다. 더글러스 선생님은 종종 시사에 관한 보너스 문제를 두 개씩 내셔. 나는 의심을 피하기 위해서 그 두 개는 그냥 넘어가거든. 하지만 랜스는 떨떨하게도 매주 그걸 풀었어. 지난주에는 르완다 집단 학살에 대한 것까지 답을 썼더라고. 분명히 부정행위를 하고 있어."

"어떤 식으로?"

"내가 하는 거랑 똑같이. 화요일 밤에 더글러스 선생님 책상 서랍을 열고 답안을 모두 베끼는 거지."

이제 엘리엇을 안 지 꽤 됐지만, 자기가 부정행위를 한다는 걸 저렇게 태연하게 말하는 점에는 또 한 번 놀라지 않을 수 없었다.

"그냥 역사를 아주 잘하는 걸지도 모르잖아? 그리고, 르완다에 대한 뉴스를 봤을지도 모르고."

엘리엇이 미소 지었다.

"뭐 곧 알게 되겠지."

엘리엇의 지식은 날 늘 놀라게 했다. 그 애가 아는 것들도 평범하지는 않았지만, 그 애가 모르는 것들은 신기할 정도였다. 예를 들어 엘리엇은 역대 로마 황제들의 전기를 줄줄 외웠다. 그 황제가 지은 궁전들이 몇 개인지, 부렸던 난쟁이가 몇 명이었는지, 그들이 살해된 단검의 종류가 무엇이었는지까지. 하지만 뉴욕 메츠에 대해서는 아는 게 전혀 없었다. 심지어 그 팀이 어느 리그에 속해 있는지조차 몰랐다.

엘리엇은 셰익스피어의 『오셀로』를, 적어도 이아고의 독백 정도는 낱낱이 암송할 수 있었다. 하지만 내가 〈심슨 가족(*THE SIMPSONS*)〉에 대한 얘기를 하면, 내가 마치 꿀꿀거리거나 찍찍대며 무슨 동물 방언이라도 터진 것처럼 혼란스럽고 역겹다는 표정으로 나를 쳐다봤다.

엘리엇은 일본 주식 시장에서 원자재 매매하는 법도 알았고, 미켈란젤로 위조품을 감별해 낼 줄도 알았다. 하지만 종이비행기를 접는 법은 알지 못했고, 팝 타르트(켈로그 사에서 나온 토스터에 넣어 구워 먹는 페스트리-옮긴이)를 굽는 시도조차 해 본 적이 없다. 엘리엇은 자기 아버지 회사들에 대해서도 모르는 게 없었다. 어느 회사가 무기를 만들고, 어느 회사가 화학약품을 만들고, 어느 회사가 둘 다 만드는 곳인지 모조리 알았다. 자기 아버지가 소유한 모든 집 주소와 그 집에 소속된 하인들 숫자도 알았다. 심지어 자기 아버지 양복이 몇 수짜리이고, 실내 자쿠지의 크기가 얼마인지까지도. 하지만 자기 아버지의 생일이 언제인지는 알지 못했다.

엘리엇은 내게 있는 알레르기, 내 신발 크기, 내 사물함 비밀번호 등 나에 관해 속속들이 알고 있었지만 내가 어떤 생각을 하고 어떤 감정을 느끼는지, 왜 그런지는 한 번도 알지 못했던 것 같다.

과학 시간에 랜스 옆에 앉아 있는데 더글러스 선생님이 교실로 성큼성큼 걸어 들어왔다. 평화봉사단 출신인 더글러스 선생님은 장기 자랑 때마다 캣 스티븐스의 노래 3곡을 똑같이 부를 줄 아는, 꽤나 느긋한 성격의 소유자였다. 여태껏 더글러스 선생님이 화내는 모습을 한 번도 본 일이 없지만 지금은 완전히 분노한 것처럼 보였다. 선생님의 얼굴은 불타오르는 붉은색으로 변해 있었고 뒤로 묶고 다니던 머리는 완전히 풀어헤친 상태였다. 역사 선생님이 무슨 일로 과학시간에 짠-하고 등장하셨는지 알 수가 없었다. 너무 화가 난 선생님은 그 어떤 말도 꺼낼 수가 없으신지 입을 몇 번 그냥 달싹이기만 하다 다물어 버렸다.

"랜스." 마침내 선생님이 이름을 불렀다.

랜스가 일어나 실험 가운 단추를 풀기 시작하는데 선생님은 못 참겠다는 듯 손짓을 했다.

"그냥 나와." 선생님이 말했다. "당장."

나는 화장실에 다녀오겠다고 하고 조용히 그들을 따라 학교 행정실로 갔다.

유리로 된 교장실 문 앞을 지나가며 나는 엘리엇 각본, 감독의 대혼란을 목격하고 말았다. 히긴스 교장선생님은 랜스의 가장 최근 시험지를 읽으며 기가 차다는 듯 고개를 설레설레 흔들었다. 랜스의 부모님도 불려와 있었다. 두 사람은 랜스 양 옆에 앉아 충격을 받은 모습으로 랜스를 노려보고 있었다. 랜스는 겁에 질린 얼굴로 자기 무릎만 내려다보고 있었다.

"랜스한테 무슨 일이 생긴 거야?" 엘리엇의 집으로 가는 리무진 안에서 내가 물었다. "랜스에 대해 네가 뭐 일렀어?"

"나를 그 정도로밖에 안 봐? 난 고자질쟁이 어린애가 아니라고."

"네가 말한 게 아니면 어떻게 잡혔지?"

엘리엇은 양쪽 손을 차례로 우두둑 꺾으며 내가 궁금해 하는 모습을 즐겼다.

"좋은 정보를 쥐고 있는 사람은 적을 무너뜨릴 수 있지." 한참 뜸을 들이다 엘리엇이 말했다. "하지만 그 적이 자멸하도록 하려면 섬세한 천재성이 필요한 법이야."

엘리엇은 유리잔에 얼음을 몇 개 넣더니 스카치를 넘칠 만큼 따랐다.

"말 끊지 말고 들어."

더글러스 선생님에겐 특이한 점이 몇 가지 있었는데 그중 하나가 종이 절약이 거의 집착 수준이라는 거였다. 마흔한 장의 시험지를 프린트하는 대신 선생님은 문제를 종이 한 장에 써서 시험 시간에 큰 소리로 불러 줬다. 우리는 선생님이 다른 반 재활용 통에서 뒤져서 찾아온 이면지에 답을 적었다.

더글러스 선생님은 매주 수요일 자율학습 감독을 하며 시험 문제를 만드셨다. 문제를 적는 데는 15분쯤 걸렸다. 출제가 끝나면 그는 시험지를 허공에 흔들어 보이며 시험 주제를 알려 준 후, 책상 서랍에 넣고 잠가 버렸다. 엘리엇이 부정행위를 하는 건 확실했다. 만약 랜스도 부정행위를 하고 있다면 이 서랍에서 시험지를 꺼내야만 했다. 이 시험지의 다른 복사본은 그 어디에도 없을 테니까.

엘리엇 말로는 도구 없이는 그 서랍 잠금장치를 딸 수가 없다. 하지만 책상 상판은 벌려서 열 수 있을 만큼 가벼웠다. 그저 단단한 자 하나를 끼워 넣어 서서히 들어 올리면 서랍 안의 것들이 바로 보인다. 엘리엇은 주로 교사와 학생들이 구내식당에 몰려 가 있는 점심시간을 노렸다. 엘리엇은 알레르기 때문에 매일 점심시간에 양호실에 가서 안티 히스타민제를 받아 와야 했다. 그리고 편리하게도 더글러스 선생님의 교실은 양호실 바로 옆에 있었다.

"너 알레르기가 진짜로 있긴 있는 거야?" 내가 물었다.

"네 생각은 어떤데?"

엘리엇은 랜스가 수요일 저녁에 와서 시험지를 훔쳐 낸다고 추측했다. 랜스는 농구 팀 주장이었기 때문에 연습 후, 공과 장비들을 정리하기 위해 15분 정도 남아 있어야 했다. 매일 체육관에서 나올 때쯤 복도에는 아무도 없었기 때문에 더글러스 선생님 반으로 들어가는 건 식은 죽 먹기였을 것이다. 물론 랜스가 서랍을 열었을 때는 엘리엇이 이미 시험지에 손을 쓴 뒤였고, 랜스는 자멸의 길로 들어서게 된 것이다.

"답안지를 없앴어? 커닝 못 하게?"

엘리엇이 고개를 저었다.

"내가 답안지를 없앴다면 누가 서랍을 열었다는 사실을 선생님이 알아차렸겠지. 답안지는 그대로 뒀어. 평소에 있던 답안지가 아니었을 뿐이지."

점심시간에 시험 문제를 모두 베낀 후, 엘리엇은 양호실로 가서 알레르기가 심하게 일어났다고 꾀병을 부렸다. 제임스가 즉시 학교로 와서 엘리엇을 집에 데려갔고 몇 시간 후, 랜스가 베낄 가짜 시험지를 완성했다. 더글러스 선생님의 날아다니는 필기체를 흉내 내느라 제임스가 고생 꽤나 한 모양이었다. 엘리엇은 더글러스 선생님의 문제는 그대로 두고, 거기 적혀 있는 답안을 바꿔 버렸다. 위조가 끝난 후 제임스는 엘리엇이 시험지를 서랍 사이에 끼워 넣을 수 있도록 다시 학교에 데려다 줬다. 랜스가 체육관에서 자유투를 몇 개 넣고 있는 사이, 엘리엇은 텅 빈 복도를 지나 내 정적(政敵)의 운명을 결정지어 버렸다.

엘리엇은 얼마 동안 다른 교실에 숨어 더글러스 선생님 교실을 감시했다. 아니나 다를까 한 시간쯤 후 랜스가 교실로 숨어들어 가 엘리엇의 가짜 시험지에 적혀 있는 답안을 베꼈다. 랜스가 도망간 후 엘리엇은 가짜 시험지와 더글러스 선생님의 원본 답안지를 다시 바꿔 놓았다.

다음날 역사 시간에 더글러스 선생님이 문제를 불렀을 때, 랜스는 한 치의 의심도 없이 엘리엇이 만든 답안을 적어 넣었다.

"랜스는 자신의 사망 진단서를 손수 적는 사람 같았어. 아니면 실수로 자기 무덤을 판 사람이라고 할까?" 엘리엇이 말했다.

"그래서 틀린 답을 적어 뒀던 거야?"

"틀린 답은 아니야. 랜스가 빵점을 맞는다고 징계 처분을 받는 건 아니잖아. 그냥 공부를 못 했다고 주장하면 그만이니까. 하루쯤 쉴 권리는 누구에게나 있지. 아무리 랜스처럼 공인된 우등생이라고 해도 말이야."

"그럼 무슨 짓을 한 건데? 어떻게 부정행위 한 걸 걸리게 한 거야?"

"부정행위 발각 나게 한 거 아닌데." 엘리엇은 수정된 시험지를 내게 보여 주며 말했다. "그보다 훨씬 몹쓸 짓을 한 것처럼 만들었지."

1) 1860년대 남부에서 조직된 무시무시한 테러리스트 조직은?

지하 철도 조직 (The Underground Railroad: 19세기 미국의 흑인 노예들을 자유를 얻을 수 있는 주나 캐나다로 도망칠 수 있도록 비밀 경로와 은신처를 제공해 주던 비공식 단체로 1850년대와 60년대에 그 활동이 절정에 이르렀다 - 옮긴이)

2) 이 테러리스트 그룹을 지휘한 사람은?

해리엇 텁먼 (지하 철도 조직에서 활동하며 70여 명의 노예가 자유를 찾도록 도운 여성이다 - 옮긴이)

3) 흔히 '미국 최고의 법'으로 불리는 1863년의 법령은?

선거세 (The Poll Tax: 납세가 선거의 전제 조건이 됐기 때문에 결과적으로 흑인이나 가난한 백인들의 선거권을 박탈하게 됐다 - 옮긴이)

4) 민주주의 타락으로 판명된 불공정 법은?

노예 해방령

뒤로 갈수록 점점 더 강도가 더해지며 그런 식의 문제와 답이 계속 이어졌다.

"랜스는 부정행위로 벌을 받게 된 게 아니야. 잘못된 가치관 체계 때문이지."

나는 교장실에 불려간 랜스가 부모님 사이에 앉아 악몽 같은 선택 두 가지를 놓고 저울질하는 모습을 상상해 봤다. 랜스는 답안지를 훔친 도둑이거나 끔찍한 인종주의자가 돼야 했다. 어느 쪽이든 회장 선거 출마는 물 건너 간 셈이다.

엘리엇은 가짜 시험지를 내 손에서 낚아채더니 창문 밖으로 내놓고 라이터로 불을 붙였다.

"하나는 넘어뜨렸고." 엘리엇이 말했다. "이제 하나 남았네."

제임스가 선루프를 열자 연기가 밖으로 날아갔다. 제임스는 통화 중이었지만 방음창 때문에 아무것도 들리지 않았다.

"너희 아빠는 제임스를 어떻게 찾아낸 거야?" 내가 물었다.

"얘기가 좀 길어. 엄청나게 재미있는 이야기지."

엘리엇이 그 이야기를 막 시작하려는데 정체를 알 수 없는 어떤 석조 건물 앞에서 리무진이 멈췄다.

"여기가 어디야?"

내가 묻자 엘리엇이 한숨을 쉬었다.

"우리 아빠 클럽이야."

얼굴이 엄청나게 시뻘게진 테리가 계단에서 휘청거리며 내려와 차로 다가왔다. 제임스가 얼른 뛰어내려 테리가 넘어지지 않도록 팔꿈치를 조심스럽게 잡고 차 문을 열어 줬다.

"세이무어! 널 만날 때마다 어찌나 기분이 좋은지, 어떻게 지내니?"

"잘 지내요. 방금 엘리엇이 제임스를 어떻게 찾아냈는지 얘기해 주려던 참이에요."

"내가 제임스를 어떻게 찾았냐고? 무슨 소리! 나는 누굴 찾아낼 기운도 참을성도 없어. 제임스가 날 찾아냈지!"

엘리엇은 잔을 비우고 창문 쪽으로 시선을 돌렸다.

"내가 사건의 전말을 얘기해 주지." 테리가 얘기를 시작했다. "이 이야기를 서툴게 해서 망치면 쓰나. 내가 서재에서 얘기해 줄게. 중간에 말 끊지 말기야!"

"15년 전이야. 내가 바로 이 책상에 앉아 우편물을 살펴보고 있는데 특이한 엽서가 눈에 띄었어. 앞면에는 섬뜩한 해골이 그려져 있었어. 뒷면에는 손으로 쓴 짤막한 글이 쓰여 있었지.

'첫 게임에서 자이언츠가 승리한다.'

나는 변호사들이 협박편지를 모아두라고 한 서랍에 그 엽서를 던져 넣고 곧 잊어버렸어. 그런데 일주일 뒤에 끔찍한 그림의 엽서가 내 책상에 다시 와 있었어. 이번에는 해골 둘이 춤을 추고 있는 그림이었고 또다시 자이언츠의 승리가 예언돼 있었지. 나는 그 엽서도 무시했고, 그다음, 그다음 엽서도 무시했어. 하지만 흉측한 그림과 함께 특정 풋볼 팀의 승리를 예언하는 엽서가 7주간이나 연달아 오자 마음이 좀 쓰이기 시작했어. 생각해 봐, 그 사람 예언이 전부 맞아떨어졌다고.

자이언츠가 평균 이하 팀인 이글스에 패배한다는 예언이 적힌 여덟 번째 엽서를 받았을 때 나는 이 얼굴 없는 미치광이의 말을 듣기로 했어. 나는 내 클럽의 친구들 몇 명과 내기를 하자고 해서 필라델피아 이글스에 걸었어. 언제나처럼 엽서의 예언은 들어맞아서 나는 꽤 큰돈을 땄지. 나는 계속해서 내 개인 예언가의 예언을 따랐어. 그의 예언이 정확하다는 믿음이 커질수록 점점 더 많은 돈을 걸었어. 열두 번째 주에는 허무맹랑할 정도로 큰돈을 따서 도저히 웃음을 감출 수가 없었지.

누가 엽서를 보내는 걸까? 나를 어떻게 찾아냈을까? 왜 내게 풋볼 경기 예언을 해 주는 걸까? 대체 무슨 꿍꿍이가 있는 걸까? 열세 번째 엽서가 도착했을 때 이 모든 것의 답을 얻을 수 있었지.

엽서에는 이렇게 쓰여 있었어. '시험 기간은 끝났습니다. 이제 제 능력을 알았으니 저의 서비스를 구입하실 의향이 있습니까?' 내가 할 일은 천 달러를 포킵시의 사서함으로 보내는 것이었어. 그러면 열세 번째 예언이 일요일 레드스킨과의 경기 전에 속달 우편으로 배달될 거라고 했어.

나는 하버드에서 알게 된 친구 더피, 이 친구는 몬테카를로에서 종일 도박만 하는 친군데, 이 친구에게 이야기를 전부 들려 줬어. 그때까지만 해도 나는 이 예언가가 NFL(미국 프로 미식축구 연맹 – 옮긴이)의 감독이나 심판처럼 내부 정보가 있는 사람인데 자기가 직접 내기 도박을 할 수 없는 입장에 있는 사람일 거라고 주측했지. 하지만 더피는 내 가설은 성립이 안 된다고 했어.

'그런 엽서를 보내느니 차라리 펄펄 끓는 물에 뛰어들지.' 친구는 그렇게 말했지. '도박꾼에게 정보를 주는 것은 직접 도박을 하는 것과 똑같은 위법행위야. 그리고 그 어떤 심판도 그깟 천 달러에 자기 밥줄을 걸진 않는다고.'

'그럼 그보다 더 낮은 신분의 사람 아닐까?' 하고 내가 물었지. '돈이 없어서 자기가 직접 도박을 할 수 없는 사람? 라커룸 청소부? 그런 사람은 내부 정보를 알 수도 있는데, 정작 몇 천 달러란 돈은 없는 거야. 그래서 10센트짜리 엽서를 사서 부자들한테 정보를 팔고 자본금을 하나도 들이지 않고 이윤을 남기는 거 아닐까?'

'그건 말이 되긴 하네. 하지만 또 한 가지! 내부 정보는 그렇게 믿을 만한 게 못 돼.' 더피가 말했지.

'경기 결과가 이미 다 정해진 거라면?'

'NFL 경기는 그렇게 할 수가 없어.' 더피가 분명히 말했다. '내 말 믿어. 내가 이미 시도해 본 짓이야. 변수가 너무 많아. 심판만 일곱 명에 감독이 열두 명, 선수는 백 명도 넘는다고. 권투 선수 하나 매수하는 것처럼 간단하지가 않아. 그래, 쿼터백 하나 매수해서 일부러 인터셉트 당하게 했다 쳐. 하지만 그걸로 끝이라고.'

'팀 전체가 함께 짰다면?'

'블랙 삭스(1919년 월드시리즈 때 시카고 화이트 삭스 선수 여덟 명이 신시내티 레즈와의 경기에서 돈을 받고 일부러 져 주기로 도박사와 불법 공모한 사건 뒤 붙여진 불명예스러운 이름 – 옮긴이) 이후 팀 전체가 그런 일에 공모한 적은 한 번도 없어. 게다가 너의 그 예언가 양반께선 가끔 자이언츠가 이긴다는 예언도 하잖아. 자이언츠 상대 팀도 게임을 져 준다고? 리그 전체를 매수하는 건 불가능해. 그런 일이 있었으면 내가 모를 수가 없어.'

그래서 내가 말했지. '좋아. 그자가 리그와는 연관이 없을 수도 있다

쳐. 그럼 그냥 결과를 예측하는 재능을 타고난 전문 도박꾼 아닐까?'

'내가 바로 결과 예측의 재능을 타고난 전문 도박꾼이네, 이 사람아. 그렇지만 80퍼센트 이상 맞히는 건 불가능해. 절대로. 내가 적중률 65퍼센트를 달성한 해는 정말 대단한 해라고.'

'그러니까 네 말은 뭐야? 그냥 순수한 예언가란 말이야?'

'악마일지도 모르지.' 더피가 말했어. '그럼 또 어때? 얼른 그 열세 번째 예언이나 내놔 봐.'

이쯤 됐을 때는 내가 그 예언가 덕에 돈을 너무 많이 벌어서 그 사람한테 빚을 졌다는 느낌까지 들었지. 그래서 별 기대 없이 나는 그 사서함으로 돈을 부쳤어. 약속대로 그의 예언은 다음날 도착했고 여봐란듯이 들어맞았어. 나는 클럽 친구들로부터 엄청난 돈을 긁어모았지. 사실 더 딸 수도 있었는데 이제 어떤 친구들은 자이언츠에 관해서는 나와 더 이상 내기를 하려고 들지 않았어.

그 예언가가 다음 엽서에서는 5만 달러를 요구했지.

'당연히 보내야지!' 더피가 몇 시간에 걸쳐 나한테 계속해서 소릴 질러 댔어. 나는 전화를 겨우 끊고 나서 이 서재에 앉아 곰곰이 생각해 봤어. 나는 여전히 예언가의 정체도, 그 사람이 풋볼에 대해 어떻게 정보를 얻는지도 알 수 없었어. 하지만 이것 하나는 분명히 알 수 있었어. 나에게 나쁜 정보를 줄 이유가 없다는 것. 틀린 정보를 줬을 때는 내가 예언을 위해 돈을 지불하지 않을 테니까. 나에게 승리 팀을 계속 물어다 주는 게 그 사람의 가장 중요한 일일 수밖에.

고민 끝에 나는 가장 합리적인 길을 선택했어. 더피에게 그 정보를

6만 달러에 넘긴 거지. 더피는 나에게 그 즉시 송금했고, 나는 5만 달러를 포킵시의 사서함으로 보냈어. 엽서는 48시간 이내에 도착했어. 그 엽서에는 뼈 조각들로 만들어진 제단이 그려져 있었고 자이언츠의 승리라고 적혀 있었어. 일요일 아침에 나는 클럽으로 갔지만 나와 내기하겠다는 사람을 찾을 수가 없었어. 무척 좌절해 있었는데 생각지도 못했던 일이 일어났어. 자이언츠가 진 거야. 나는 다시 엽서가 도착하길 기다렸지만 그 뒤로 엽서는 오지 않았어.

그때쯤엔 내 궁금증이 너무나 커져 버려서 일상생활에 지장을 줄 정도였어. 나는 늘 그 예언가 생각만 했어. 그가 누구인지, 무슨 방법을 쓴 건지 뭐 그런 것들 말이야. 그래서 내 개인 탐정을 포킵시로 보내서 그 우체국을 뒤져 그 예언가를 찾아내라고 했지. 쉽지는 않았어. 며칠이 지나도 아무도 그 사서함을 건드리지 않았어. 아니 어쩌면 손님들 중에 그 사서함에 손대는 사람이 없었던 건지도 몰라. 그러다가 내가 찾는 예언가가 우체국 청소부로 일하고 있다는 사실을 간신히 알아냈지. 그 청소부가 유일하게 새벽 1시에서 오전 9시 사이에 그 상자에 접근하는 사람이었고 바로 그때 우편물을 꺼내곤 했어. 결국에는 연방 준비 은행에서 일하는 친구에게 부탁을 할 수밖에 없었지. 우리는 그 예언가에게 예언을 좀 더 해 달라고 요구하며 엄청난 액수의 수표를 보내고 그것을 추적해서 그 부모가 사는 시골집을 찾아냈어. 용의자 사진을 받아보고 나는 뭔가 잘못 됐다고 생각했지. 내 예언가는 긴 머리에 말라빠진 여드름투성이 열일곱 살짜리였던 거야. 제임스라는 이름의 애였지.

그 애의 신상을 알고 나니 잡아오는 건 별로 어렵지 않았어. 내 밑의 사람들이 폭력을 더 쓸 필요도 없이 쉽게 자백을 얻어 냈지. 정말 흥미로운 이야기였어.

그 애의 아버지는 다이아몬드와 은으로 만든 최고급 소매 단추를 파는 사람이었어. 내 이름은 그 애 아버지의 장부에 적혀 있었지. 이 녀석이 그 장부에서 그 '모든' 주소를 다 빼낸 거였어. 무슨 말인지 알겠어? 그 엽서를 받는 사람은 나만이 아니었던 거야! 풋볼 시즌이 시작될 때, 그 애가 자기 아버지 고객 명부에 실린 2만 명의 사람들에게 예언을 보낸 거야. 그중 만 명에게는 그들 연고 팀이 이길 거라는 엽서를 보내고, 나머지 만 명에게는 연고 팀이 질 거라고 엽서를 보낸 거지. 그다음 주에는 제대로 맞은 예언을 받은 사람들만 가려 내서 다시 또 엽서를 보낸 거야. 다시 절반에게는 연고 팀이 이길 거라고 예언을 하고 나머지 반에게는 질 거라는 예언을 했지. 한 주 한 주가 지나갈 때마다 그 애는 이런 방식으로 명단을 줄여 나가다가 열세 번째 경기에까지 이르게 된 거야. 그때에 명단에 남은 사람은 딱 스물두 명이었어. 그중 스무 명이 그의 예언을 사라는 말에 낚였지. 그리고 그다음 주, 잘 속아 넘어 가는 갑부 열두 닝 중에 여섯 명이 5만 달러를 주고 열다섯 번째 경기 결과를 산 거야. 그 애는 바로 그 주에 나를 포함한 네 명의 고객을 잃었어. 하지만 둘은 살아 있었고 둘 다 제임스의 열여섯 번째 예측에 10만 달러를 내겠다고 했어. 그중 하나의 예언이 적중했지. 그러니 고객 한 명은 여전히 그의 손에 있었어. 피츠버그의 철강 재벌이라는 그 사람은 제임스에 대한 믿음이 굳건했지. 그는 슈퍼볼의 내부 정보를 알려 달라며 이미 제임스에게 백만 달러를 보낸 상태였어.

내가 제임스를 잡았을 때는 풋볼 사기로 이미 엄청난 돈을 번 뒤였어. 꽤 돈이 많이 들어가는 사업이었지만 다른 사기에서 번 돈으로 자금을 댔지. 이미 그 나이에 사기를 수백 건도 더 쳤다고 하더군. 매번 조금씩 더 대담해졌고.

네 시간에 걸친 심문이 끝난 뒤에 내가 누구인지 소개하자 그 애가 이렇게 말했어. '날 죽일 거예요?'

'무슨 그런 말도 안 되는 소리를! 너에게 일자리를 줄 참인데!'

엘리엇은 서재 밖에서 두껍고 오래된 군사 서적을 읽고 있었다.

"왜 얘기 중간에 나간 거야?" 내가 물었다.

"예전에 들은 얘기야."

"그런 사람을 고용하다니 너희 아버지도 참 대단한 것 같아."

엘리엇이 손을 내저었다.

"우리 가문에서는 늘 사기꾼을 적어도 한 명씩은 고용했었어. 우리 가문에서 우리 아빠가 처음으로 그런 생각을 한 사람은 아니라고."

"범죄자를 고용하는 건 좀 위험하지 않나?"

"네가 그 범죄에 대해 아는 유일한 사람이라면 얘기가 좀 달라지지. 제임스가 우리 가족을 해칠 마음을 먹으면 우리가 제임스의 죄를 신고하면 되니까. 우리 손 안에 있는 거지."

"제임스가 너희 가족을 해치고 싶어 한다고 생각해?"

"아닐걸. 엄청난 월급을 주고, 거기에다 업무 비용은 따로 처리해 주거든. 그리고 세계를 여행하며 전속 외국 창녀들을 찾아갈 수 있도록 매년 한 달씩 휴가도 주고."

엘리엇은 펜 뚜껑을 열고 자기 책의 긴 문단을 찾아 밑줄을 치기 시작했다.

"엘리엇? 너희 아버지, 저런 비슷한 얘기들을 많이 알고 계셔?"

엘리엇이 책을 덮었다.

"서재 문 두드리고 들어가 직접 알아보지 그래?" 엘리엇이 쏘아붙였다. "아빠가 네가 오나 안 오나 문짝에다 귀를 갖다 붙이고 기다리고 있을지도 모를 텐데! 어서 가 보시지!"

그러더니 주머니에서 손수건을 꺼내어 거기 대고 심하게 기침을 해 댔다. 그 애의 작은 몸이 심하게 흔들렸다. 등을 두드려 줄까 잠시 생각했지만 결국은 그러지 않기로 했다. 얼마 후, 발작이 가라앉자 엘리엇은 지칠 대로 지쳐 벽에 등을 기댔다.

"재미있는 얘기를 듣고 싶으면." 엘리엇이 씩씩 숨을 몰아쉬었다. "애쉴리를 제거할 내 계획에 대해서나 듣지 그래."

갑자기 죄책감이 엄습했다. 엘리엇이 랜스나 윈체스터를 상대로 계략을 짤 때는 별로 상관하지 않았다. 하지만 애쉴리는 정말 좋은 아이였다. 자기가 잘 가지도 않는 학급 댄스파티 준비에도 늘 자발적으로 참여했다. 1학년 때에는 과자로 만든 집 미술 프로젝트를 하는데 헨드릭스 선생님이 애쉴리와 나를 짝지어 줘서 오후 내내 애쉴리네 집에서 둘이 드라마를 함께 보기도 하고 과제로 만든 걸 먹기도 하며 시간을 보냈다. 우리가 딱히 친구라고 말할 수 있는 사이는 아니지만, 애쉴리는 별명 부르기가 최고로 유행할 때도 한 번도 나를 뚱땡이라고 부르지 않았다. 한 번은 정수기에서 물을 먹고 교실로 오는 길에 내가 '바비 걸'이라는 노래를 부르는 걸 애쉴리가 목격한 적이 있다. '나는 바비 걸, 바비 세상에 살지.' 뭐 이런 가사였는데 제법 큰 목소리로 그 노래를 부르고 있었다. 그 얘기를 다른 사람한테 할 법도 했는데, 애쉴리는 그러지 않았다.

"개한테 진짜 나쁜 짓을 하려는 건 아니지?"

엘리엇은 내 말을 듣지도 않는 것 같았다. 제임스에게 전화를 걸고 있었다.

"이건 별로 좋은 생각이 아닌 것 같아." 내가 마침내 입을 열었다. "내 말은, 이건 그냥 학생회장 선거잖아. 딱히 그렇게 이기고 싶은 생각도 없어."

"이 모든 게 그깟 학생회장 따위 때문이라고 생각했다면 넌 내가 생각했던 것보다 훨씬 더 멍청한 놈인 거야! 이건 단순히 발판에 불과해. 그다음 발판을 위한 발판, 그 발판은 또 그다음으로 이어지는 발판……."

엘리엇이 갑자기 말을 멈추더니 기괴한 웃음을 지었다.

"이것 봐. 네 생각이 어떻든 난 아무 상관없어. 이건 내가 하는 게임일 뿐이야."

그러더니 어깨를 으쓱했다.

"어쩌면 네 말이 맞을지도 몰라. 학생회장 따위 누가 하고 싶겠어? 그렇잖아. 솔직히, 그 거지 같은 사진들 찍어 대느라 뻗치고 서 있을 만큼 참을성 있는 사람이 누가 있겠냐고?"

"맞아. 네 생각도 그렇지?" 내가 받았다.

엘리엇이 고개를 끄덕였다.

"그래. 그리고 학생회와 해야 하는 그 바보 같은 회의들은 또 다 어쩔 거야? 「글렌데일 가제트」 지와의 그 웃기지도 않는 인터뷰들은 또 뭐고!"

"그래…… 허튼짓의 연속이지."

"허튼짓 정도가 아니야! 이거저거 얻어 낼 생각에 다들 너한테 아부 떠느라 바쁘겠지! 그리고 제시카랑 그 덜떨어진 댄스 그룹은 어떻고! 그 애 집으로 가서 그 혐오스러운 행사의 계획을 짜는 모습이 상상이나 돼?"

"으응……"

"게다가, 너희 부모님도 선거에서 네가 지든지 말든지 상관도 안 하시잖아. 사실, 네가 떨어지길 은근히 바랄지도 모르지."

엘리엇은 책을 펼치더니 아까 치다 만 밑줄을 다시 긋기 시작했다.

"물론, 흥미로운 경험이 되긴 할 거야." 엘리엇이 부드럽게 덧붙였다.

나는 엘리엇 옆에 가 앉았다.

"애쉴리에게 무슨 짓을 할 건데?"

엘리엇이 어깨를 으쓱했다.

“뭔가 좀 고상한 방법으로.”

“못된 짓이야?”

엘리엇이 웃었다.

“체스를 할 때, 룩으로 비숍을 치는 게 ‘못된’ 짓이야? 당구 칠 때, 손가락으로 브릿지를 만들어 공을 치면 못된 걸까? 아니잖아. 내가 하는 것도 그냥 정치일 뿐이야!”

“네 말이 맞는 것 같기도 하네.”

“당연하지. 자, 이제 포켓볼이나 치자고.”

엘리엇의 구체적인 계획에 대해 내가 묻지 않았다는 것을 나는 선거가 끝난 뒤에야 깨달았다. 그저 어떡하다 보니 엘리엇의 계략에 대해 알지 못한 것이라고, 내가 어떤 일에 말려들고 있는지 모른 건 그저 실수였을 뿐이라고 나는 스스로를 납득시키고 넘어갔다.

“우리는 아직도 엘리엇을 만나지 못 했잖니.” 아빠가 말씀하셨다. “네 생일에 초대하는 게 어떨까? 너무 바쁘지만 않다면 엘리엇 아버지도 함께 오시면 더 좋고.”

“글쎄요. 엘리엇 개가 입이 워낙 까다로워서요.”

“뭔가 생각해 보자고. 내가 버거를 구워도 되잖아. 버거를 싫어하는 사람은 없잖아. 그치? 케첩 좀 줄래?”

아빠는 내가 준 케첩을 치킨 위에 뿌렸다. 빨간 액체만 찍 뿜어져 나왔다.

"이런, 젠장."

아빠는 케첩을 거꾸로 세워 놓고 아래쪽으로 흘러내리길 기다렸다.

"나가서 먹어도 괜찮지 않겠어요?" 엄마가 말했다. "세인트 레지스에 가도 좋고, 태번이나 그런 같은 데도 좋잖아? 뭐 그런 데 아무 데나."

아빠가 웃었다.

"아무 데나가 어딘데?"

"아무 데나…… 신나는 데. 그게, 이번엔 좀 특별하잖아요. 열네 살은 이제 어린 나이가 아니라고요!"

아빠가 고개를 끄덕이더니 말했다.

"그럼 우리 케이크를 구워 보자고."

우리 아빠는 포드햄 대학의 경제학부 조교수였다. 저널에 논문을 쓰기도 했고, 각주가 달리고 도표와 그래프가 등장하는 긴 글을 기고하기도 했다. 최근에는 책도 써서 에이전트가 출판사에 보내기도 했다. 나는 우리 아빠가 책 한 권을 통째로 다 쓰셨다는 게 정말 자랑스러웠다. 하지만 엘리엇이 어떤 책이냐고 묻자 그때서야 그게 무슨 내용인지도 모르고 있었다는 생각이 들었다. "마르크스에 대한 책이래." 이게 내가 고작 생각해 낼 수 있는 대답이었다.

"아, 그런 책들 중에 하나로군."

나는 움찔했다. 다른 사람들이 이미 마르크스라는 아저씨에 대한 책을 썼다는 건 전혀 몰랐던 사실이다. 아빠가 이 사실을 미리 아셨어야 하는데.

언어치료사인 엄마는 오후에만 일하셨지만 앨러거시 부자를 초대한 저녁에는 병가를 내고 요리에 집중했다. 내가 학교에서 돌아왔을 때는 주방 기계들이 동시에 너무 많이 돌아가고 있어서 소리를 질러 대야 간신히 서로의 말을 들을 수 있었다.

"책상 위를 봐! 아빠랑 같이 주는 선물이야!" 엄마가 소리쳤다.

나는 엄마를 와락 껴안고 복도를 질주했다. 그 해에 나는 딱 한 가지만 원한다고 했다. NBA 슬램 98. 그리고 그걸 받는 데 별 무리가 없을 거라 생각했다. 부모님이 비디오 게임을 좋아하지는 않았지만 작년에 NBA 슬램 97을 사 주신 것만 봐도 올해도 장담할 수 있다. 게임을 손에 쥔 뒤 엄마에게 보여 줄 화들짝 놀라는 표정을 머릿속으로 연습하면서 나는 천천히 포장을 뜯었다.

옷이었다. 갈색 벨트, 빳빳한 옷깃이 달린 짙은 남색 셔츠. 그리고 신발 끈이 달려 있지 않은 요상하게 생긴 갈색 신발이었다. 엄마가 나를 놀리려고 옷 밑에 게임을 숨겨 놓았을까 싶어 포장지 맨 밑까지 더듬어 봤다. 결국 포기한 후에는 내가 연출해 낼 수 있는 한 가장 기쁜 목소리로 고맙다고 엄마에게 소리를 질렀다.

그러고는 평소 가장 즐겨 입는 닉스 티셔츠로 갈아입고 이 아픔을 초코 우유로 달래 보려고 부엌으로 갔다. 엄마 앞을 지나가는데 엄마가 당황한 표정을 지었다.

"새 옷은 입어 보지도 않을 거야?" 엄마가 물었다.

몇 번을 다시 시도한 끝에 단추를 제대로 채울 수 있었다. 그리고 초코 우유를 하나 더 먹으려고 부엌에 나가 보니 부모님이 뭔가로 다투고 있었다.

"아니라니까." 아빠가 말하고 있었다. "이게 바로 우리가 아껴 뒀던 거라고. 이탈리아에서 온 그거라고."

"확실해?" 엄마가 물었다. "난 다른 병인 줄 알았단 말이야."

아빠가 웃었다.

"이제 상관없잖아. 당신이 이미 따 버렸으니까."

아빠가 나를 보더니…… 다시 엄마를 봤다.

"저…… 게 그 새로 장만했다는 옷이야?"

내가 어릴 때 나왔던 영화 중에 〈젯슨 가족이 플린트 스톤 가족을 만났을 때〉라는 영화가 있었다. 만나자마자 친해진 두 가족이 끝에는 함께 지구를 구한다는 내용이었다. 앨러거시 부자와의 저녁에 대해 내가 너무 낙관했던 건 어쩌면 이 영화를 하도 많이 본 탓인지도 모르겠다.

엘리엇과 테리는 중절모를 쓰고 집에 들어섰다. 아빠는 그 모자에 완전히 맛이 간 것 같았다. 하지만 얼른 수습하고 손을 내밀었다.

"와 주셔서 감사합니다. 바쁘실 텐데 이렇게 와 주셔서 정말 기쁩니다."

"드디어 이렇게 뵙게 돼서 저도 정말 좋습니다!" 테리 아저씨가 말했다.

테리 아저씨는 코트를 벗은 뒤 목을 살짝 빼고 거실 쪽을 기웃거렸다. 자기 코트와 서류 가방을 받아 줄 하인이 없다는 걸 깨닫기까지는 시간이 꽤 걸렸다. 결국 테리 아저씨는 의자 위에 코트를 어정쩡하게 걸쳐 뒀다. 어른들은 날씨 이야기를 시작했고 엘리엇과 나는 내 방으로 갔다.

"저건 설치류 같은데?" 엘리엇이 내 애완용 쥐를 가리키며 말했다.

"쥐야. 이름은 호우디니. 두 발로 서는 걸 훈련시키는 중인데 이제 거의 다됐어."

"보여 줘."

나는 음식 알갱이를 그 녀석의 머리 위로 들고 "서!"라고 몇 번 소리쳤다. 호우디니는 좀 고민하는 것 같더니 결국은 힘겹게 뒷다리로 서서 앞발로 음식 알갱이를 잡았다. 나는 녀석의 목덜미를 쓰다듬어 주고 상으로 알갱이를 하나 더 줬다.

"나쁘지 않군." 엘리엇이 말했다.

"너도 애완동물 있어?"

엘리엇이 나를 잠깐 빤히 보더니 말했다.

"꼭 있다고 할 순 없고."

"케이크를 잘 드시니 정말 좋네요." 엄마가 말했다.

"정말 끝내 주네요. 후식을 먹을 공간을 남겨 두길 진짜 잘했네요."

테리 아저씨가 말했다.

"햄버거를 좋아하지 않는 걸 우리가 몰랐어." 아빠가 엘리엇에게 말했다. "혹시 아직 배고프니? 냉장고에 브리스킷이 좀 있는데, 남은 음식도 괜찮다면 말이다."

엘리엇이 혼란스럽다는 듯 아빠를 쳐다봤다.

"남은…… 음식이요?"

꽤 긴 침묵이 흘렀다. 마침내 테리 아저씨가 헛기침을 하더니 아빠를 보고 미소 지었다.

"엘리엇 말로는 책을 쓰셨다고요. 축하합니다!"

"책을 낼 만한 출판사를 찾는 중이에요. 서랍 속에서 그냥 끝날 운명이기 쉽지만요."

"겸손 떠는 거예요. 대학 출판사 두 곳에서 꽤 관심을 보이고 있어요. 하나는 세인트루이스이고 하나는 캐나다에 있는 대학이에요." 엄마가 말하자 아빠는 한숨을 쉬었다.

"정말 잘됐네요." 테리 아저씨가 말했다. "저도 출판업계에 친구들이 좀 있죠. 비숍 하우스라고 혹시 아십니까?"

"그럼요. 실은, 처음에 제 책을 거절한 출판사들 중에 하나죠."

"너무 '학구적'이라는 게 그쪽 얘기였어요." 엄마가 굳이 설명했다.

"사실, '지루하다'는 소릴 한 거 아니겠어요." 아빠가 말했다. "엎어치나 메치나. 근데, 정말 와인은 전혀 안 하시겠어요? 이거 정말 좋은 이탈리아 와인인데."

"괜찮습니다."

아빠는 한 잔 더 따랐다. 그러고 보니 와인을 마시는 사람은 아빠 뿐이었다.

엄마는 엘리엇이 손도 대지 않은 케이크 조각을 걱정스러운 표정으로 보고 있었다. 엘리엇이 입도 대지 않을 것이 확실해지자 엄마는 큰 잔에다 우유를 따라 앙상한 엘리엇의 손 옆에 놓아 줬다.

"엘리엇, 너 거의 농구 선수 수준이라며!" 엄마가 입을 뗐다. "너희 둘이 어쩜 그렇게 연습을 많이 하는지 아주 놀랐어. 농구를 정말 좋아하나 봐!"

나는 엘리엇에게 애원하는 눈길을 보냈고 엘리엇은 지친다는 듯 한숨을 쉬었다.

"네." 무표정한 대답. "제가 제일 좋아하는 스포츠가 농구예요."

"정말 잘됐네! 정말 잘된 일이야." 그러더니 엄마는 엘리엇이 한입도 대지 않은 컵에 우유를 더 따랐다.

"농구랑 석면 클럽이랑 세이무어의 선거 운동 매니저까지…… 그런 거 다 하면서 숙제할 시간은 어떻게 내는지 몰라! 과외 활동은 몇 개나 하고 있는 거니?"

"많이요." 엘리엇이 대답했다.

아빠는 와인 잔을 불빛 쪽으로 들고 살짝 돌려가며 바닥에 가라앉은 침전물을 눈을 가늘게 뜨고 봤다.

"와인을 즐기시나요?" 아빠가 테리 아저씨에게 물었다.

"네. 실은, 오늘 오후에 와인 시음회에 다녀오는 길입니다. 거기서 너무 많이 마시지만 않았어도 같이 한잔 했을 텐데요. 하지만 이 상태로는 이렇게 늦은 시간에 도저히 더 마실 수가 없네요."

아빠는 고개를 끄덕이고 식탁 건너편에 앉은 엄마 쪽을 봤다.

"저는 특별한 일이 있을 때만 와인을 마십니다. 예를 들면 이런 거죠. 제 친구 하나가 이탈리아에 계신 부모님을 뵈러 갔다가 그곳 와인을 한 병 가져다 줬어요. 저는 그 와인을 제 책이 팔린 날 따려고 아껴 뒀죠. 그런데 이제 와서 그런 생각이 드는 겁니다. 아예 안 팔리면? 실패한 책에 와인을 낭비할 이유가 없잖아요, 안 그래요?"

테리 아저씨가 헛기침을 했다.

"이런, 세이무어. 여태 네 선물도 안 줬구나!"

테리 아저씨가 일어서더니 커다란 서류 가방을 열고 선물 꾸러미를 꺼냈다. 선물은 얼굴이 비치는 은색 포장지와 금빛 리본으로 포장돼 있었다.

"이러실 것까지는 없는데요!" 엄마가 큰 소리로 말했다.

어찌나 공을 들여 포장을 해 놓았던지 그걸 다 뜯는 데 시간이 꽤나 걸렸다. 겨우 포장을 다 뜯고 마침내 선물이 식탁 위로 모습을 드러내자 온 방이 조용해졌다. 그것은 세가 드림캐스트 비디오 게임 시스템이었다.

출시 소식을 잡지 기사에서 읽기는 했어도, 이 물건을 직접 본 적은 한 번도 없었다. 그것은 은빛 광택이 나는 아름다운 기계였다. 그걸 상자에서 꺼내면서 나도 모르게 탄성을 질렀다. 상자 밑에는 열 개도 넘는 게임이 들어 있었다.

"우와. 우와."

정신을 수습하고 보니 나는 벌떡 일어나 우뚝 서 있었다. 나는 마음을 가라앉히고 다시 자리에 앉아 테리 아저씨에게 깊이 감사드렸다.

"정말로 이러지 않으셔도 되는데." 엄마가 했던 말을 또 했다.

테리 아저씨는 손을 내저었다.

"제가 하고 싶어 한 건데요, 뭐."

"아뇨." 아빠가 입을 열었다. "정말로. 이러실 필요는 없습니다."

선물을 내 방에 가지고 와서 보니 손으로 쓴 메모가 상자에서 떨어졌다. 그 메모는 게임 더미 밑에 숨겨져 있어서 처음에는 그게 있는지도 몰랐다.

세이무어에게,

나의 괴상하고도 괴상한 아들과 친하게 지내 주어서 정말 고맙다. 그래, 같이 지내 보니 어떻든?
언제 다시 나랑 얘기 좀 나눠 보자.

테리.

나는 그 이상한 메모를 책상 서랍 속에 넣어 두고 생일 파티를 계속하기 위해 밖으로 나왔다. 하지만 파티는 이미 끝나 있었다. 식탁에 앉아 와인을 마저 마시며 다 구겨진 선물 포장을 응시하고 있는 우리 아빠만 빼고는 모두 현관 앞에 서 있었다.

"정말 남아서 게임 같은 거 안 하고 그냥 가시겠어요?" 엄마가 물었다. "낱말 맞히기나, 픽셔너리(그림 그리는 것을 보고 단어를 알아맞히는 게임-옮긴이) 같은 거요."

"아, 글쎄요, 너무 늦어서요."

테리 아저씨는 코트를 입기 시작했다.

"우노 카드 게임이나 보글(알파벳이 새겨진 큐빅으로 단어를 만드는 게임-옮긴이)도 있는데요."

"말씀은 고맙지만 우리 둘 다 너무 피곤해서요."

아빠가 큰 소리로 잔을 내려놓았다.

"모노폴리 한 판 어때요?"

테리 아저씨가 우뚝 멈춰 섰다.

"방금 모노폴리라고 하셨습니까?"

엘리엇 부자는 보드판 한쪽 끝에, 우리 아빠를 마주하고 앉아 있었다. 엄마와 나는 게임 시작하고 겨우 30분 만에 완전 다 털려 버렸다. 그렇게 해서 결국 한 팀을 이룬 앨러거시 부자와 우리 아빠만 남게 됐다.

"10시에는 자야 하니까, 5분 후에 이기고 있는 사람이 이기는 길로 해요!" 엄마가 제안했다.

"그거 괜찮은 생각이네요." 테리 아저씨가 말했다.

"3, 4, 6만 안 나오면 돼." 아빠가 주사위를 쥐고 흔들며 중얼거렸다. "3, 4, 6만 나오지 마."

아빠가 주사위를 좀 더 흔들었다. 누가 봐도 시간을 끄는 거였다.

앨러거시 팀은 주황색 땅 세 군데에 모두 호텔을 세워 놓고 있었고 아빠는 주사위를 한 번만 잘못 던졌다가는 바로 파산이었다.

"우리 거래를 받아들이기에 아직 늦지 않았어요. 펜실베이니아 가에 1,300달러면 정말 후한 가격입니다."

"사실 우리가 부른 가격은 1,200이었죠." 엘리엇이 자기 아빠 말을 정정했다. "그것도 사실 후한 가격이죠."

아빠가 주사위를 내려놓더니 두 사람을 노려봤다.

"이미 말했는데요. 내 모노폴리 사전에 포기란 없어요. 돈은 상관없다고요."

테리 아저씨가 싱긋 웃었다.

"좋을 대로 하시죠."

이 게임에는 내가 모르는 뭔가가 많이 있는 것 같았다. 내가 아빠한테 거래를 제안하면 아빠는 대개는 바로 응해 주셨다. 하지만 '감옥 무료 출감 카드'와 '숏라인 철도 회사'를 바꾸자고 하면 무 자르듯 거절해 치웠다. 아빠가 주사위를 굴리자 나는 주사위가 보드판 위로 굴러가는 것을 숨을 죽이고 지켜봤다. 주사위들은 앨러거시 팀의 호텔들과 부딪히더니 카드들 옆에서 멈췄다. 3…… 그리고 4였다.

"7이다!" 내가 소리쳤다. "그럼 프리 파킹(공식적으로는 말이 이 칸에 도착하면 받는 것 없이 1회 쉬게 되지만, 대부분의 가정에서는 꽤 많은 현금을 가져갈 수 있는 기회로 인정한다 – 옮긴이)이에요!"

아빠는 허공에 주먹을 휘두르며 꽥꽥거렸다.

"아자! 아자!"

내가 손을 내밀자 아빠가 손으로 맞받아쳤다, 엄청 세게.

"몇 시예요? 10시 됐어요, 엄마?" 내가 물었다.

"으응……"

"10시야!" 아빠가 손목시계를 허공에다 흔들어 대며 말했다. "딱 10시야, 10시! 게임 끝!"

아빠는 몸을 앞으로 내밀고, 껄껄거리며 내 머리를 헝클어뜨리더니 게임 판 중앙에 엄청나게 쌓여 있는 현금을 싹싹 긁어 왔다.

"축하합니다." 테리 아저씨가 손을 내밀었다.

아빠는 그 손을 철썩 마주쳤다.

"졌다고 너무 상심 마세요. 제가 명색이 경제학 교순데 이 게임을 못 하면 안 되죠."

"그런데요." 엘리엇이 입을 뗐다. "엄밀히 따져 볼 때 프리 파킹은 공식적으로는……"

테리 아저씨가 엘리엇 말을 잘랐다.

"초대해 주셔서 감사합니다. 정말 즐거웠어요."

엄마가 식탁을 닦는 동안 아빠는 의자에서 몸을 뒤로 젖히고 앉아 있었다.

"7이 나왔을 때 엘리엇 아빠 표정 봤어?"

엄마는 대꾸도 않고 음식 부스러기를 손바닥으로 쓸어담더니 부엌으로 들어가 버렸다.

"진짜 멋졌어요, 아빠. 진짜, 완전 죽였어요."

"대 기업가는 모노폴리에 대해 잘 알 줄 알았지? 특히나 테리 앨러거시 같은 악덕 자본가라면 더더욱! 아…… 저 가문은 셔먼법(1890년에 미국 연방의회에서 독점 및 거래 제한을 금지하기 위해 제정된 법률-옮긴이) 제정 이후로 이런 완패를 당해 본 적은 없을 거야!"

그게 대체 뭔 소린지는 나야 알 턱이 없었지만 그냥 따라 웃었다. 6주 전에 책을 넘긴 이후로 아빠가 저렇게 행복해 하는 모습은 본 적이 없었다.

"게임 판을 장악하는 게 관건이야. 두 사람이 내 손바닥 안에 있다는 걸 난 알았거든, 그래서 내가……"

전화벨이 울렸다. 아빠는 기분 좋게 "여보세요!" 했지만 곧 미소는 싹 사라졌다.

"네…… 알겠어요…… 이해합니다……."

아빠는 전화기를 방으로 들고 들어가더니 문을 닫았다. 부엌에서 그 모습을 보고 있던 엄마가 내 옆에 와서 앉았다.

"무슨 일일까요?"

엄마는 대답하지 않았다. 엄마는 계속 닫힌 방문을 바라볼 뿐이었다. 한참 만에 아빠가 나오더니 우리 옆에 털썩 앉았다. 아빠 얼굴이 창백했다. 그리고 아무 말도 없었다.

"무슨 일이에요? 누구였어요?" 엄마가 속삭였다.

"내 에이전트. 내 책이 팔렸대."

“어머나 세상에!” 엄마가 아빠 목을 팔로 감싸 안으며 소리쳤다. “당신이 정말 자랑스러워요! 축하파티를 해야지!”

엄마가 마지막 남은 와인을 잔에 따라 아빠에게 건넸다.

“어느 출판사? 세인트루이스?”

“아니.”

“그럼 캐나다 출판사?”

“아니.”

“그럼 대체 어디예요?”

“비숍이래.” 아빠가 억지 미소를 지어 보이며 말했다. “마음을 바꿨대. 이 오밤중에 갑자기.”

아빠가 와인 잔을 물끄러미 보고 있다가 엄마 쪽으로 들어 보였다.

“건배.”

평소에 부모님은 내가 텔레비전 보는 것을 제한했지만, 지금은 방에서 뭔가로 언쟁을 벌이느라 나와 상대할 시간이 없었다. 나는 몇 시간째 거실 소파에 앉아 옛날 시트콤을 보며 저 멀리서 들려 오는 엄마 아빠의 얘기를 알아들으려고 노력하고 있었다. 한참 만에 두 분이 나오더니 내 양 옆에 앉았다. 늦게까지 텔레비전을 봐서 죄송하다고 말했지만 그것 때문에 화가 난 것처럼 보이지는 않았다. 엄마는 내 셔츠의 단추를 풀어 주더니 내 목을 문질러 줬다.

“이렇게 따가운 셔츠를 입으라고 해서 미안해.”

“괜찮아요.”

“싫으면 다시는 입지 않아도 돼.”

아빠는 텔레비전을 끄고 물을 한 잔 가져와서 내게 건네주고 다시 앉았다.

“아빠? 거기서 아빠 책 출판한대요?”

엄마와 아빠가 서로 눈길을 주고받았다.

“그래.” 아빠가 뜸을 들였다가 대답했다. “정말로 한대.”

나는 아빠를 안아 드렸다.

“와. 첨엔 모노폴리를 이기더니 이젠 책도 출판하고!”

아빠가 웃었다.

“프리 파킹 자리는 아무나 갈 수 있는 자린데 뭐. 어쨌든 고맙다, 아들.”

엄마는 내 치아교정기를 가져다 줬고 두 분이 함께 내 이불을 잘 덮어 주고는 화장실 불도 켜 주고 나갔다.

깊은 잠에 빠져들고 있는데 갑자기 온 집 안의 전화가 일제히 요란하게 울렸다. 엘리엇이라는 것을 직감했다. (아니면 대체 누구겠어?) 부모님까지 깨우겠다는 생각이 들었다. 하지만 곧바로 받기에는 아직 잠이 덜 깬 상태였다. 침대 건너편으로 기어가서 수화기를 들었을 때는 엄마가 이미 다른 전화로 받고 있었다. 엄마는 상황파악이 안 되는 것 같았다. 이렇게 늦은 시간에 전화가 온 적은 한 번도 없었던 것 같다.

“괜찮아요, 엄마. 제가 받았어요.”

“잘 자라, 잘 자, 아들.” 엄마가 중얼거렸다.

엄마가 전화를 내려놓자마자 엘리엇이 독백을 쏟아내기 시작했다. 어찌나 빨리 얘기를 하는지 처음에는 도무지 알아들을 수가 없었다.

“엘리엇, 미안. 지금 당장은 선거 얘기를 하기 힘들어.”

“이건 선거 얘기가 아니야. 완전 다른 얘기라고. 더글러스 선생 일을 방해하는 과정에서 기말고사 문제를 손에 넣는 법을 알아냈어.”

“엘리엇, 뭐 하러 커닝을 해? 너 역사 잘 알잖아. 전쟁이랑 뭐 그런 책을 끼고 살면서.”

“그래, 바로 그게 역사야. 더글러스 선생의 감상에 쩐 사회주의자 동화 퍼레이드 따위가 역사가 아니라고! 그 인간이 원하는 답을 생각해 내기 위해서 내 정신적 노력을 단 1초도 허비하고 싶지 않아! 인종의 용광로? 수잔 B. 앤서니?(미국에 여성 참정권 도입을 위한 시민운동의 선두에 섰던 19세기 시민운동가 - 옮긴이), 사카가위어?(미국의 3대 대통령 토머스 제퍼슨이 지금 미국 서부 땅으로 탐험대를 보냈을 때, 길을 인도하고 통역을 맡았던 인디언 여인 - 옮긴이) 사카가위어는 하녀였다고!”

“뭐라고?”

“이건 너무나 확실해!” 엘리엇이 소리를 질렀다. “더글러스 선생은 큰 시험은 주말에 출제하니까 그 선생 책상에서 빼낼 방법은 없어. 하지만 윗선에서 시험 문제를 미리 보자고 하게 되면 가져와야 하지 않겠어? 네가 무슨 생각하는지 알아. 윗선이 누구냐, 그거지?”

“엘리엇……”

“가짜로 만들어 내면 돼! 제임스 시켜서 학술대상 기관 회장을 사칭하라고 했어. 금박 두른 편지지에 더글러스 선생에게 편지를 써서 밀랍으로 봉하라고 하는 거야. ‘친애하는 더글러스 선생님. 귀하의 시험 문제 출제 능력이 익히 알려진 바, 명망 있는 글래디스 바이올렛 대상 수상자 후보로 지명되었음을 알려 드립니다……’”

“엘리엇, 저기 있잖아…….”

“제임스가 곧 다가올 역사 기말고사 문제 샘플을 보내 달라고 요구할 거야. 그럼 난 답안을 외우고 완벽한 점수를 받겠지. 그리고 뜻밖의 결말이 기다리고 있어! 내 답안을 보라색 잉크로 적는 거야! 이해가 가? 글래디스 바이올렛? 보라색? 더글러스 선생은 내가 이 모든 걸 지휘했다는 걸 알게 될 거야. 물론, 아무것도 증명할 방법은 없을 거야. 설사 있다 쳐도 굴욕감 때문에 도저히 나와 대면하지는 못할 거야. 어쩌면 그 모든 게 다 우연이었고 자기는 정말로 학술대상 후보에 올랐던 거라고 스스로를 납득시키려 할지도 모르지. 하지만 내면 저 깊은 곳에서, 심장이 치욕으로 곪기 시작할 테고 그게 매년 점점 커져서 그의 자존심을 갉아먹을 테고, 미치기 직전까지 몰아갈……”

“엘리엇, 늦었어. 나, 자야 한다고.”

“절대 안 돼. 우리는 할 일이 있어.”

“나 정말 피곤해.”

“내 말 믿어, 넌 이걸 직접 목격하지 않고는 못 배길 거야! 지금 아래층으로 내려가. 제임스가 5분 안에 태우러 갈 거니까 우리 집에 와서 자."

"나 내일 일찍 일어나야 해. 아빠가 와플을 만드신단 말이야."

"넌 와플 좋아하지도 않잖아. 여기에 오면 제임스가 아침으로 파이를 구워 줄 거야. 맨 위에 설탕을 처바른, 네가 죽고 못 사는 그 역겨운 파이들 있잖아."

"진짜 안 돼. 대신 내일 내가 최대한 빨리 간다고 약속할게."

"기 막혀. 네가 오거나 말거나 내가 상관하는 줄 알아? 젠장! 왜 좋아하는 음식을 놔두고 싫어하는 걸 먹겠다는 건지 나는 이해가 안 가."

"일요일에 우리 아빠는 늘 와플을 만들어. 그리고 침대에 있는 엄마에게 차려 준단 말이야. 일종의 전통 같은 거야. 왜냐하면……"

"좋아, 그러든지 말든지! 상관 안 해!"

"그래, 내일 만나, 엘리엇. 엘리엇? 듣고 있어?"

오늘은 구내식당에서 타코 데이가 열리는 날이라 불어 수업을 끝내고 반을 박차고 뛰쳐나오는데 헨드릭스 선생님이 내 어깨를 두드렸다.

"세이무어, 잠깐 얘기 좀 할 수 있을까?"

내가 바짝 겁먹은 것을 알아채셨는지 얼른 덧붙이셨다. "걱정 마, 뭘 잘못해서 그러는 건 아니야."

나는 한숨을 내쉬고 선생님을 따라 빈 교실로 따라갔다.

“클럽은 어떻게 돼 가니?”

“네?”

“그, 석면 퇴치 클럽.”

“아, 그거! 잘돼 가고 있어요.”

선생님은 고개를 열심히 끄덕였다.

“그거 잘됐네. 선거 운동은? 아직 포스터를 하나도 안 붙인 것 같던데.”

“엘리엇이 선거 캠프 매니저니까 그건 엘리엇이 알아서 할 거예요.”

헨드릭스 선생님이 고개를 끄덕였다.

“애쉴리는 정말 포스터를 많이 붙여 놨더라.”

“네. 정말 잘 만들었더라고요.”

“애쉴리는 이 선거 일로 아주 흥분한 모양이야. 너도 알고 있는지는 모르겠는데, 내년에 내가 위원회 상담 교사가 될 예정이야.”

“축하드려요.”

“그래! 정말 신나는 일이야, 안 그래? 어쨌든, 애쉴리는 벌써 나한테 제안서를 다섯 개나 보냈어! 빵 바자회, 무도회, 자선 걷기 대회 같은 것들. 정말 멋지지 않니?”

선생님의 의도가 파악이 안 된 나는 그저 천천히 고개를 끄덕였다.

“어쨌든, 내가 오늘 너를 부른 건, 요즘 내가 이런저런 생각을 많이 해 보고 있는데, 너한테도 한번 들려 주고 싶어서야. 오늘 아침에 공원길을 걷다가 이런 생각을 하게 됐어. ‘가만, 공익을 위한 일에 열정적인 아주 훌륭한 후보가 둘이나 있는데…… 두 사람이 같이 일하면 얼마나 좋을까? 그렇게 되면 번거롭게 포스터나 연설 따위 신경 쓸 필요가 전혀 없잖아.' 그냥 이 선거는 취소해 버리고 공동 회장으로 가는 거야! 네 생각은 어떠니?"

"정말 좋은 생각 같아요. 엘리엇 생각은 어떤지 한번 들어 볼게요."

헨드릭스 선생님은 복도에 누가 있는지 보려고 목을 길게 뺐다. 그러더니 다시 내게 가까이 다가와 소리 죽여 말했다.

"세이무어, 내 말 잘 들어. 네가 다른 사람한테 얘기하지 않을 만큼 성숙하다고 믿기 때문에 너한테만 얘기한 거야. 올해는 애쉴리가 꽤 고전하고 있는 거 알지?"

"그게 무슨 말씀이세요?"

"너랑 엘리엇은 석면 퇴치 연합을 결성했고, 랜스는 농구 팀이 있잖아. 애쉴리는 그런 뭔가가 아무것도 없다고. 그런데 학생회장에서도 떨어지면 정말 실망할 거야. 공동 회장 아이디어를 애쉴리에게는 말 안 했는데, 만약 네가 나서서 제안한다면 정말 좋아할 거다. 사실, 안 좋아할 사람이 없을 거야."

나는 고개를 끄덕였다. 부모님도 내가 공동 회장이 된다고 해도 여전히 기뻐할 테고, 졸업 앨범에 사진도 그대로 실릴 거나. 게다가 나는 학생회장 노릇을 어떻게 하는지도 잘 모르잖아. 혼자 하는 것보단 애쉴리랑 하는 게 훨씬 쉬울 테고 아마 재미도 더 있을 거다. 과자로 만든 집 콘테스트 같은 걸 또 해 볼 수도 있을 테고, 우리가 심판이 되면 출품작을 어떻게 하든 그건 우리 마음 아니겠어.

"그래, 생각해 보겠니?"

"그럼요."

"아, 정말 잘됐다!"

"그래도…… 엘리엇하고는 먼저 상의해 봐야 할 것 같아요."

헨드릭스 선생님이 한숨을 쉬었다.

"그래야겠지."

엘리엇은 빈 마티니 잔을 다시 채우기 위해 음식 승강기에 내려 보냈다.

"두 사람이 출마한 선거에서 '공동 회장'이 뭘 의미하는 줄 알아?" 엘리엇이 물었다.

"뭔데?"

"꼴찌."

엘리엇은 있는 힘껏 공을 후려치고 당구대 주위를 계속 서성거렸다. 그 사이 새로 올라온 마티니를 잡아채느라 잠깐 멈췄을 뿐이다.

"좋은 생각인 것 같기도 해. 애쉴리의 감정을 상하게 하거나 패배의 위험을 감수하지 않고도 나는 여전히 회장이 될 수 있는 거잖아."

엘리엇이 그 조막만한 주먹으로 당구대를 내리쳤다. 녹색 펠트 천 때문에 충격음은 거의 들리지 않았다.

"내가 네 선거 운동을 맡은 이상, 위험 따위는 없어!"

엘리엇은 자기 잔을 나한테 건네고 다음 샷을 위해 당구대에 엎드렸다. 잔이 넘치는 걸 보고 엎지르지 않으려고 나도 모르게 한 모금을 홀짝였다. 마치 바퀴벌레 약 스프레이 같은 충격적인 맛 때문에 나는 한동안 기침을 해 댔다.

"지금 이게 무슨 상황인지 정말 몰라서 이래?" 엘리엇이 얘길 시작했다. "헨드릭스 선생은 너를 두려워하고 있는 거라고. 네가 애쉴리를 밟아 버릴까 봐 겁먹은 거야! 우린 아직 아무것도 시작하지 않았는데도 넌 이미 이기고 있어!"

엘리엇은 굉장히 치기 어려운 공을 조준했다.

"헨드릭스 선생은 너를 멍텅구리라고 생각하고 있는 거야. 네가 학생회장이 됐을 때 그 선생의 표정을 보고 싶어!"

작년 선거에서 애쉴리가 얼마나 실망한 얼굴을 하고 있었는지 기억이 났다. 눈물을 참으며 자기의 유일한 동지인 외국인 교환학생 한 위를 위로하고 있었다. 그러면서도 나는 교장 선생님이 무대 위에서, 모든 학생들이 지켜보는 가운데 내 이름을 발표하는 모습도 상상해 봤다. 이제는 살이 빠져 너무나 커져 버린 옛날 양복 대신, 부모님이 새로 맞춰 주신 양복을 입고 졸업 앨범 사진을 찍기 위해 포즈를 취하고 있는 모습도 떠올려 봤다.

"정말 근사할 것 같긴 해." 내가 말했다.

나는 엘리엇의 잔에 든 것을 한 모금 더 마셨다. 처음 마셨을 때만큼 끔찍한 맛이었지만 아까처럼 기침이 폭발하진 않았다.

"너를 따로 불렀을 때 헨드릭스 선생이 뭘 입고 있었지?" 엘리엇이 물었다. "내가 한번 맞혀 봐? 격자무늬에 나무 단추가 달린 재킷 아니었어?"

"맞아, 어떻게 알았어?"

"그 양반은 재킷이 두 벌밖에 없거든. 어제 갈색 재킷 입었으니까."

"단순 추리네."

"바로 그거야!"

엘리엇은 또 한 번 공을 때려 넣고 초크를 집었다. 엘리엇의 잔을 다시 건네주려고 했지만 엘리엇은 손을 내저었다.

"그건 너 마셔. 난 새로 한 잔 받을게."

"그럼 연설문부터 준비해야 할까?" 내가 물었다.

"내일 잠깐 들러. 그보다 먼저 할 일이 있어."

"세이무어, 정말 잘 왔어. 엘리엇은 제임스랑 잠깐 드라이브 나갔는데. 한 시간 안에 돌아올 테니까 가지 말고 있어. 거기 잠깐 앉지 그러니, 내 곰 옆에. 아주 길고 재미난 이야기가 있는데 지금 당장 해 줄게. 중간에 말 끊지 말고 들어."

"이 바보 같은 트로피 보이지? 이게 내가 가장 자랑스러워하는 물건이란다. 1954년 하버드 체스 챔피언. 체스를 잘한 적은 한 번도 없었지만, 나는 늘 재능 있는 사기꾼이었지. 이 트로피가 바로 그 증거란다.

하버드 연회장에 있는 체스 사다리(층계처럼 생긴 체스 순위 판―옮긴이)를 처음 봤던 그날을 잊을 수가 없어. 정말 아름다운 물건이었어. 견고한 마호가니 판에 금으로 된 이름패가 달려 있었지. 자기보다 실력 있는 자에게 도전하고 이길 때마다 한 계단씩 올라갈 수 있는 거야. 1년 내내 누구든지 참가할 수 있는데, 졸업할 때에 맨 꼭대기에 오른 사람이 그 해의 챔피언으로 등극하는 거지.

그 사다리에 있는 이름들을 쭉 봤는데 아는 이름이 하나도 없더라. 엑스터나 앤도버 말고도 내가 자주 가는 사교 클럽에는 한 번도 오지 않은 사람들이었어. 어떤 이름은 아예 외국인 이름 같았지. 완전한 실력자들 이름만 올라 있었고, 내 인생에서 처음으로 나는 소외감을 느꼈단다.

그때까지는 한 번도 체스를 해 본 적이 없었고 흥미도 전혀 없었어. 하지만 그 사다리 판을 본 순간, 그것을 정복하겠다고 결심했지.

첫 단계는 내가 사기를 치도록 도움을 줄 수 있는 체스 전문가를 찾는 일이었어. 자기 학교의 체스 사다리에서 몇 년간 1위 자리를 독차지한 피쉬맨이라는 신경이 과민한 청년을 MIT에서 찾아냈어. 그자는 학자금 대출을 갚아야 할 처지였기 때문에 쉽게 끌어들일 수 있었지.

처음 다섯 경기에서는 간단한 신호를 이용하는 방법을 썼어. 나와 내 상대가 자리에 앉으면 피쉬맨과 그의 친구가 가까운 테이블에서 자기들 게임을 하기 시작했지. 내 상대가 말을 움직이면 나는 한숨, 머리 긁기, 욕설 등으로 정해진 신호를 이용해서 피쉬맨과 소통했어. 그러면 피쉬맨이 같은 암호를 이용해서 내가 어떻게 움직여야 할지를 알려 줬지. 우리가 사용한 신호들은 사실상 내 게임에 몰입해 있는 피쉬맨을 자기 게임에 몰입한 것처럼 보이게 했어. 이 시스템이 간혹 의심을 받을 만한 때도 있었어. 한 번은 내 상대가 자기 룩을 판의 끝에서 끝으로 옮긴 거야. 그러니 나는 '개 같은 놈'이란 욕을 연달아 여덟 번이나 해야 했어, 그것도 큰 소리로. '개 같은 놈, 개 같은 놈, 개 같은 놈, 개 같은 놈, 개 같은 놈, 개 같은 놈, 개 같은 놈, 개 같은 놈, 개 같은 놈.'

내 상대는 황당해 했지만, 체스 플레이어들은 워낙 저마다 괴벽이 한 가지씩은 있었기 때문에 별 시비 없이 넘어갔어. 나는 게임 때마다 늘 차분했지만 가엾은 피쉬맨은 늘 긴장해 있었지. 내가 승리할 때마다 나는 거액의 돈을 그에게 쥐여 줬어. 로즈 장학금(로즈 장학재단에서 매년 세계 각국 대학생들을 선발, 옥스퍼드 대학에서 무료로 공부하게 해 주는 장학 제도-옮긴이)에 상당하는 돈이라고 할 수 있지. 게임이 끝으로 치달을 땐 피쉬맨도 땀에 흠뻑 젖어 있었어.

체스 사다리에서 내 위치가 올라가면 갈수록 사기 치는 것도 점점 어려워졌어. 상위 단계의 경기는 하버드 체스 클럽의 제한된 공간에서만 열렸기 때문에 클럽 회원들만 입장해서 경기를 관전할 수 있었는데, 피쉬맨은 회원이 아니었잖아. 화장실까지는 몰래 들어오게 할 수 있었지만 화장실을 너무 드나들어도 사람들이 의심하기 시작했을 테니까. 그 당시에는 신기술이었던 양자간 무전도 시험해 봤어. 하지만 그걸 사용하려면 옷깃에 대고 내가 계속 쭝얼거려야 했지.

'아!' 나는 손톱만 한 마이크 쪽에 입을 대며 말했지. '그러니까 당

신은 비숍으로 내 룩을 쳤단 말이지. 퀸 근처에 있는 왼쪽 룩 말고 다른 룩을.'

체스 플레이어들은 선천적으로 대립하는 걸 좋아하지 않아. 하지만 내가 5위로 올라섰을 때 나의 적수들은 대담해졌어.

'당신이 부정한 수법 쓰는 거 다 알고 있소.' 그들은 그렇게 말했어. '당신이 사기 친다는 건 누가 봐도 명백해.' 이렇게 말하는 사람도 있었지. '테리, 이제 그만 좀 하지 그래?'

하지만 그들은 아무것도 증명하지 못 했고, 시합은 계속됐어. 학기 마지막 주가 됐을 때, 내가 꼭대기에 오르기 위해서 쓰러뜨려야 할 사람은 단 한 명만 남았지. 뼈만 앙상하고 커다란 구슬 같은 눈망울에, 턱수염을 기른 사랑스러운 러시아 사회주의자였지. 이름은 생각이 안 나네.

내 앞에는 몇 가지 장애물이 있었어. 그때엔 이미 체스 위원회가 나를 밀착 감시하고 있었기 때문에 그동안 사용한 전략들은 아무 소용이 없었지. 그 사회주의자는 내가 딴짓을 못하게 할 의도로 굴욕적인 조건들을 몇 가지 받아들여야만 도전에 응하겠다고 했어. 우리는 그자가 제공하는 텅 빈 천막 안에서, 어떤 관중의 입장도 허락하지 않고 체스 시합을 벌여야 했어. 커닝 페이퍼나 전기 장비를 걸러 내기 위해 경기 전에 알몸 수색도 받아야 했지. 그리고 이유를 불문하고 내가 경기 중에 천막을 떠나면 나는 자동으로 패배하게 되는 조건이었지.

그래도 나는 방법을 찾을 수 있을 거라 자신했어. 나는 피쉬맨과 늘 만나던 곳, 찰스 강 중간쯤에 있는 벤치에서 만났어. 그 전 경기에 대한 돈을 지불하고 다음 경기에 대해 말해 줬지. 내가 태연하게 나의 마지막 적수 이름을 말하기 전까지만 해도 우리의 회동은 평소처럼 흘러가고 있었어.

'누, 누구랑 붙는다고요?' 피쉬맨이 평소보다 더 더듬으면서 물었어.

나는 이름을 다시 말해 줬지.

피쉬맨은 얼이 빠져서는 강물만 쳐다봤어. 그자의 싸구려 옥스퍼드 셔츠는 이미 축축하게 젖어들며 얼룩덜룩해졌지.

'그러니까…… 그 사람 이름을 한 번도 못 들어 봤단 말이에요?' 피쉬맨이 물었어.

'당연히 못 들어 봤지. 한낱 체스플레이어 따위 아냐.'

피쉬맨은 그 남자의 '경력'을 낮고 경외에 찬 목소리로 말해 주기 시작했어. 그런데 말이야, 아무리 그 터프한 사회주의자가 자기를 무슨 혁명적인 인물이라고 생각한다고 해도, 그 애들 장난 같은 게임에 평생을 바친 거잖아. 그러니 당연히 체스를 잘할 수밖에.

'저는 그 사람의 경기를 연구했어요. 취리히 세계 선수권 대회에서 그가 우승했을 때 국제 체스 연맹에서 그의 이름을 딴 토너먼트를 만들었어요. 그때 그의 나이는 겨우 열다섯이었죠.'

그러더니 먼 곳을 응시하더군.

'미안해요. 이번에는 도와드릴 수가 없네요.'

'괜찮아. 대신 추천해 줄 만한 사람을 대 봐.'

피쉬맨이 미친 듯이 웃어 대더군.

'이해를 못 하시나 본데, 그 사람이 최고라고요. 당신이 누굴 고용하던 마찬가지예요. 무조건 지게 돼 있어요.'

다음날 아침, 낡은 그의 아파트에서 그 사회주의자를 만났어. 무슨 모임을 주재하던 중이었는데 내가 문을 여니까 마침 큰 소리로 고함을 지르고 있더군.

'소리 지르던 거 좀 이따 계속 지를 수 있게 해 드리죠. 하지만 먼저 당신의 조건들에 대해 얘기를 좀 해야겠어요.'

사회주의자는 눈동자를 굴리더니 내가 여태껏 본 사람들 중에 최고로 지저분해 보이는 자기 동료에게 뭐라고 중얼거렸어.

'좋은 조건입니다.' 나는 그 방 안에 있는 어떤 것에도 내 몸이 닿지 않게 하려고 신경 쓰면서 말했지. '그리고 모두 따르겠어요. 다만, 두 가지 조건이 있어요. 첫째, 경기를 일주일만 연기해 주세요.'

'뭣 때문에?' 그자가 날 비웃더군.

'공부 좀 더 하려고요. 내가 이걸 시작한 지 겨우 한 달밖에 안 됐거든요. 아직 모든 게 너무 생소해서요.'

그자는 입맛이 쓴 눈치더군.

'다른 조건은 뭔가?'

'당신도 나와 같은 조건에 따라야 한다는 겁니다. 내가 수색을 당해야 하면 당신도 당해야 합니다. 내가 천막을 떠날 수 없다면 당신도 그럴 수 없습니다.'

사회주의자는 고개를 뒤로 확 젖히며 웃었어.

'정말로 내가 자네 같은 사람을 상대로 부정행위를 할 거라고 생각

하는 건가?'

나는 미소를 짓고 어깨를 으쓱해 보였지.

'늘 공정한 걸 우선시한다고밖에, 달리 할 말은 없습니다.'

나는 나의 적수와 악수를 나누고 근처 수도에서 손을 박박 씻은 후 클럽으로 돌아왔지. 나이 많은 직원이 내가 오후에 늘 마시던 술을 만들어 왔지만, 거절했어. 그 직원은 제대로 잘 만들었는지 확인하려고 잔을 살펴보고 나서, 바로 몸이 안 좋은 건 아니냐고 묻더군.

'아니야, 클래벌리. 그냥 중요한 체스 경기를 앞두고 있어서.'

'뭐 따로 필요한 게 있으신가요?' 그가 물었어.

'사실 있긴 해, 책들이 좀 필요해.'

'체스에 관한 책이요?'

'아니, 영양학에 관한 책들로.'

체스 경기 당일 아침에 하버드 대학 정원에는 소수의 사람들이 무리 지어 모여 있었어. 체스 클럽 회원이 대부분이었지만 학생 신문의 기자와 사진기자들을 포함해서 일반인들도 몇몇 보였지. 나와 사회주의자는 천막 앞에서 사진을 찍기 위해 포즈를 한 번 잡은 뒤에 체스 클럽 회장을 따라 가까운 화장실로 가서 몸수색을 받았어.

'살이 좀 빠졌나 봐?' 내가 셔츠를 벗자 회장이 말했어.

나는 어깨를 으쓱하고 대답했어.

'공부를 너무 열심히 한 모양이지.'

귓속까지 들여다보고 전선 같은 것이 없나 몸수색을 마친 후에 회장은 우리를 햇볕이 내리쬐는 하버드 정원으로 이끌었어. 천막이 이미 세워져 있더군. 그 안은 약속대로 텅 비어 있었고 꽤 넓었어.

'커피를 좀 달라고 해도 될까요?' 내가 사회주의자에게 물었어. '혹시 그것도 조건에 위배되는 건가요?'

사회주의자 양반은 약간 망설이더군.

'괜찮아. 커피는.' 그가 말했어.

클럽 회장이 보온병 두 개에 커피를 담아 와 챔피언 트로피가 놓여 있는 테이블에 내려놓았어. 그리고 천막을 닫았어.

사회주의자가 먼저 말을 움직였어. 나이트를 옮겼던 것 같아. 나는 뒤로 기대 앉아 팔짱을 끼고 미소를 지어 보였어.

10분이 지나갔어.

'꽤나 시간을 *끄는군*.' 그가 말했어.

'이건 스피드 체스(한 참가자에게 60-180분의 시간을 제한하는 체스 게임-옮긴이)도 아니잖아요. 내가 원하는 만큼 끌 겁니다.'

다시 10분이 지나갔어.

'그렇게 미뤄 봤자 피해 갈 수는 없어. 얼른 움직이라고.'

나는 사회주의자에게 미소를 지어 보이고 몸을 가까이 기울였다.

'아, 저는 이미 제 방식대로 움직이고 있는데요. 지금 말하면서도 움직이고 있다고요.'

그의 구슬 같은 눈동자가 천막 안을 마구 훑었어.

'그게 무슨 뜻이야?'

나는 내 커피를 천천히 잔디에 쏟았어.

'누구든지 어떤 이유로든 천막을 먼저 떠나면 몰수패가 되죠.'

'그래서?'

'그래서 지난 나흘간 단백질 식단만 이용했죠. 일주일간은 이뇨제가 들어간 것은 먹지 않았고, 지난 36시간 사이에는 어떤 액체나 고체도 섭취하지 않았어요. 당신은 보온병 하나 가득 담긴 커피를 다 해치웠네요.'

분노와 충격으로 그의 덥수룩한 갈색 눈썹이 찌그러졌어.

'너는 미쳤어. 너는 미친놈이야.' 그가 그러더군.

나는 다시 의자에 기대앉았어.

'뭐 그거야 차차 알게 되겠죠.'

열두 시간 뒤, 나는 되는 대로 아무 거나 움직였고 그자가 나이트로 그걸 받았어. 그리고 네 시간이 더 흘러갔지.

사회주의자는 침착하려고 갖은 애를 썼지만 심각한 생리적 곤란을 겪고 있는 게 분명했지. 몇 분에 한 번씩 주먹을 꽉 움켜쥐고 오만상을 찡그렸지. 그렇게 찡그리는 빈도가 점점 잦아들고 있다는 걸 나는 눈치 챘지.

'넌 개자식이야, 지옥에서 온 개자식이라고.'

'사회주의자들은 지옥 같은 건 안 믿는 줄 알았는데요.' 내가 받아쳤어.

'좋아. 비긴 걸로 하는 게 어떻겠나.'

그자는 다리를 꽈배기처럼 꼬고 앉아 있더군.

'그걸 왜 받아들이겠어요? 내가 이기고 있는데.'

땀방울이 천천히 그의 이마 위에서 흘러내렸어. 자기가 할 수 있는 몇 가지 선택을 놓고 저울질을 하는 것 같더군. 천막 안에서 볼일을 봐도 안 될 건 없었어. 하지만 품위는 어쩐다? 사회주의자고 나발이고 간에 어쨌든 인간이잖아.

스물두 시간을 채운 후, 그가 내게 역겹다는 표정을 한 번 지어 보이고 천막을 뛰쳐나가는데 두 손은 이미 바지의 싸구려 벨트를 더듬고 있더군. 나는 몇 초 기다렸다가 트로피를 챙겨 들고 슬슬 걸어 나갔어. 나의 대학 생활 중 가장 자랑스러운 순간이었지. 어찌 됐든 간에, 나는 내가 사기꾼이라는 오명을 역이용해서 체스 역사상 가장 치욕스러운 사기를 칠 수 있었던 거 아냐!

다른 구경꾼들은 모두 떠나고 분노로 얼굴이 벌겋게 된 체스 클럽 회장만 남아 있었어.

'당신의 이름 옆에 별표를 해 놓게 될 거야.'

'당연히 그래야지.'

그가 경멸하며 날 비웃더군.

'그래, 당신이 트로피를 가졌어. 그래서 뭐? 아무 의미도 없다면 그게 다 무슨 소용인데?'

내가 웃었어.

'아무 의미도 없어? 원 세상에. 이 사람아, 시야를 좀 넓히라고. 이 세상에 게임이 체스만 있는 건 아니라네.'"

"그래, 다 알아. 백만 번은 들었다고. 단백질 식이요법. 아주 영리했어."

"넌 그 얘기 맘에 안 들어?"

"그 얘기의 어디에 감동해야 하는 거야? 아무리 좋게 보려고 해도 속속들이 천박해." 엘리엇이 말했다.

선거 날이었다. 아직까지 엘리엇이 한 마디도 언급하지 않은 나의 연설에 대해 의논하기 위해 제임스가 학교 가는 길에 나를 태우러 왔다.

"애쉴리가 연설 끝에 깜짝 놀랄 만한 발표를 준비했다던데. 그게 뭘까?" 내가 물었다.

"걔 연설 따위는 걱정하지 마. 네 것 외우는 데만 집중하라고."

엘리엇이 종이 한 장을 넘겨 줬다. 단어가 쉰 개도 안 되는 연설문이었다.

"결국 준다는 게…… 이게 뭐야?"

"구호야. 계속해서 반복하다 보면 애들이 다같이 따라하게 될 거야."

"정말로 이게 먹힐 거라고 생각하는 거야?"

엘리엇이 고개를 끄덕였다.

"구호는, 정치 선전도 마찬가지고, 군중을 조종하는 데 가장 효과적인 수단이야."

"그런 건 어디서 배웠어?"

"걱정하지 마."

엘리엇은 내게 학교의 공식 마스코트인 사자가 수놓아진 글렌데일 모자를 건넸다.

"연단으로 불려나갈 때, 이걸 쓰도록 해. 하지만 구호를 외치기 전
까진 쓰면 안 돼."

리무진이 학교 앞에 멈췄다.

"그게 다야?"

엘리엇이 고개를 끄덕였다.

"그게 다야."

엘리엇은 '애쉴리를 제거'하겠다고 맹세했지만 선거 날 아침까지
애쉴리는 멀쩡하게 열심히 달리고 있었다. 애쉴리의 '활동, 에너지, 효
율'을 홍보하는 깔끔한 노란 전단지들이 복도에 쭉 붙어 있었다. 선거
며칠 전에는 배지도 배포했다. 강당에 우물쭈물 들어가 보니 몇몇 아
이들이 그걸 달고 있었다.

"투표가 시작되기 전에 애쉴리의 후보 자격을 박탈해 버릴 수도 있
지만, 그렇게 해서 회장이 되는 게 패배랑 뭐가 다르겠어. 적수를 물
리쳐야만, 그것도 잔혹하게 물리쳐야만 승리가 빛을 발하는 법이라
고." 엘리엇이 설명했다.

엘리엇의 논리는 이해할 수 있었다. 하지만 엘리엇의 연설문이 아
무리 잘 빠졌다고 해도 내가 도대체 애쉴리를 어떻게 이긴다는 건지
알 수가 없었다.

애쉴리의 이름이 불리자 성인용 바지 정장 차림의 애쉴리가 조심스

럽게 자신감을 내보이며 연단으로 올라갔다. 그 모습을 보자 나의 자신감은 더 쪼그라들었다. 애쉴리는 자료와 통계를 들먹이며 온갖 문자를 써 가면서 연설을 이어갔다. 애쉴리는 가능한 한 많은 학생들과 눈을 맞추려고 애를 쓰는 것 같았다. 그 애의 땋은 머리가 마치 추처럼 흔들거렸다.

"우리가 빵 바자회의 수익을 20퍼센트만 끌어올린다면," 애쉴리가 외쳤다. "그래서 우리의 기금을 재분배한다면 학생들을 위한 오락 활동을 엄청나게 늘릴 수 있습니다."

학생회 체제를 전혀 모르는 나로서는 그 애의 연설을 따라가기가 어려웠다. 하지만 애쉴리의 연설이 마무리 단계로 들어섰을 때는 내 귀도 번쩍 뜨였다.

"오늘 제가 여러분 모두를 위한 깜짝 발표를 할 거라는 소문이 나돌았습니다. 그 소문이 사실임을 밝힙니다! 지난 몇 년간 많은 후보들이 스코어보드를 설치하겠다고 약속했었죠. 저는 매번 그게 정말 신나는 아이디어라고 생각했습니다. 그리고 제가 이 말씀을 여러분께 전하게 되어 얼마나 벅찬지 모르겠습니다. 드디어, 헨드릭스 선생님과 샴바 전자의 후원으로 우리도 우리의 스코어보드를 갖게 됐습니다!"

녹색 작업복을 입은 대머리 전기 기사가 옆문으로 들어왔다.

"늦어서 죄송합니다." 무대 한쪽 끝에서 그가 속삭였다.

"괜찮아요. 시간을 딱 맞추셨네요."

연설하는 내내 애쉴리는 손목시계를 보고 있었다. 나는 그게 5분이라는 제한 시간을 초과하지 않으려고 그러는 거라 생각했다. 하지만 실은, 스코어보드가 도착하길 기다리고 있었던 것이다. 배신감이 밀려들었다. 헨드릭스 선생님이 애쉴리를 지지하는 건 상관없었지만, 스코어보드를 마련하는 것을 도와줄 것까진 없잖아.

전기 기사가 하얀 천으로 덮인 커다란 검정색 판을 무대 위로 밀어 올리자 모두 환호하기 시작했다. 공정성을 유지하기 위해 선생님들은 흥분을 감추려고 애쓰고 있었지만, 잠시 후 선생님들도 결국 박수를 치기 시작했고, 누군가는 휘파람을 불기도 했다.

나는 엘리엇을 찾으려고 관중들을 훑어봤다. 엘리엇은 냉랭한 표정으로 뒤편에 앉아 있었다.

나는 내 연설문을 내려다봤다. 고맙게도 짧았다. 난 그저 저 위로 뛰어올라 후딱 해치우고 떠나기만 하면 되는 거야. 패배는 당황스러웠지만 애쉴리 같은 아이에게 지는 건 부끄럽지 않은 거라고 나 스스로를 위로했다. 애쉴리는 몇 달씩 열심히 노력했고, 누가 봐도 나보다 더 이 자리를 원했다. 그리고 아무리 헨드릭스 선생님이 서류 작업을 도맡아 줬다고 해도 저 스코어보드를 얻어 내기 위해 엄청난 시간을 투자했을 게 분명했다.

나는 벌써 부모님께 선거 결과를 어떻게 말씀드릴지 머릿속으로 리허설을 하고 있었다. 그런데 전기 기사가 내 쪽을 보더니 고개를 끄덕해 보였다. 그의 얼굴을 자세히 보기도 전에 전기 기사는 문을 향해 걸어 나갔다. 하지만 아무리 대머리 가발과 콧수염으로 변장했다고 해도 나는 알 수 있었다. 그는 제임스였다.

"신사 숙녀 여러분," 애쉴리가 선언했다. "더 이상 지체하지 않고 글렌데일의 사자들, 여러분께 스코어보드를 공개합니다!"

애쉴리가 천을 젖히자 박수와 환호가 서서히 사그라졌다.

내 자리에서는 스코어보드가 보이지 않았지만 애쉴리의 얼굴은 똑똑히 보였다. 그 아이의 얼굴이 창백해졌고 눈은 겁에 질려 커다래졌다. 남자애들 한두 명이 낄낄거리기 시작하더니 웃음 소리는 마치 도미노처럼 강당의 열을 따라 퍼져 나갔다. 애쉴리는 미친 듯이 전기기사를 찾아 사방을 둘러봤지만, 물론 그는 이미 떠난 뒤였다.

나는 목을 빼고 스코어보드를 보았다. 그건 그냥 '웨스트사이드 학교 파이팅!'이라고만 적힌 평범한 판때기였다.

애쉴리는 넋이 나간 채 뭐라고 중얼대더니 자기 자리로 물러났다. 그때 교장선생님이 소동을 잠재우기 위해 진행용 망치를 두드리고 내 이름을 불렀다. 나는 연설문을 다시 한 번 읽은 뒤 주머니에 넣고 연단 위로 올라갔다.

"저는 제 경쟁자만큼 조사를 많이 하지 못했습니다. 그리고 학교 정책에 대해서도 그만큼 알지 못합니다. 하지만 한 가지는 압니다. 오직 사자들만이 지배한다는 것입니다!"

나는 어색하게 모자를 쓰고 구호를 외치기 시작했다.

"라이언스! 라이언스! 라이언스!"

"라이언스!" 엘리엇이 손수건으로 목소리를 뭉개며 따라 외쳤다.

곧 랜스를 비롯한 남자애들 몇몇이 동참했고, 얼마 지나지 않아 모두가 외치고 있었다. 물론 애쉴리를 제외한 모두였다. 애쉴리가 조용

히 강당 문을 빠져나가 화장실로 고독을 찾아 뛰어가는 모습을 지켜
보며, 나는 계속해서 구호를 외치고 있었다.

"축하해. 연설, 정말 끝내 주던데." 랜스가 말을 걸어 왔다.

랜스가 내민 주먹을 어색하게 내 주먹으로 마주 쳤다.

"농구 팀 유니폼에 대한 죽여 주는 아이디어가 있거든. 내일 점심
시간에 내가 자리 맡아 둘게."

엘리엇과 나는 로비를 향해 함께 층계를 내려갔다. 애쉴리에게 일
어난 일에 대해 죄책감이 밀려들었지만 그 생각에 빠져 있을 시간이
없었다. 너무나 많은 사람들이 몰려들어 나의 승리를 축하해 줬기 때
문이다.

"그게 먹힐지 어떻게 알았어?" 내가 엘리엇에게 물었다.

"사람들은 짐승이니까. 그저 그들을 그렇게만 다뤄 주면……"

"이봐, 세이무어!"

돌아서 보니 노란 반바지에 가슴이 확 파인 탱크 탑을 입은 제시카
가 내 앞에 서 있었다. 조회 때 어떤 선생님이 체육복을 건네줬지만
갈아입을 생각은 없었던 모양이다. 제시카는 체육복을 가까운 의자
에 휙 던져 버리고 맨 팔로 나를 끌어안았다.

"축하해! 댄스파티에 대한 아이디어가 좀 있거든~ 곧 만나 얘기해
보자!"

제시카는 체육복을 집어 들고 화장실로 향해 가다가 한 번 빙그르
르 돌아서서 나에게 미소를 날려 줬다.

"하느님 맙소사."

"내 말 잘 들어." 엘리엇이 말씀을 시작했다. "이제 너는 랜스 테이블에 앉게 됐으니까 내가 기초적인 힘의 논리에 대해 가르쳐 줄게."

"방금 봤어?" 내가 속삭였다.

"무조건 랜스 왼쪽에 앉도록 해. 그 녀석 오른쪽에 앉게 되면 절대로 너를 위협적으로 느끼지 않을 거야. 이건 맨 손으로 결투하던 시대에서부터 유래한 거야. 네가 오른손으로 칼을 들고 있는 경우에는 상대가 네 왼편에 있는 게 그 사람을 베기에 좋겠지."

"댄스파티 얘기를 나와 하고 싶어 하다니! 그건 곧 제시카가 나에게 전화를 할 거란 말일까?"

"랜스가 얘기를 하기 시작하면 아무 말도 하지 말고 화장실에 가 버려. 별로 공격적으로 들리진 않는다는 거 알아. 하지만 내 말 믿어, 그게 분명한 메시지가 될 거야. 그리고 절대로 식판을 옆으로 돌려놓지 마! 테이블은 일종의 영토이고 너는 가능한 한 많이 차지해야 한다고."

그제서야 그럼 엘리엇만 세 번째 테이블에 혼자 남게 될 거라는 생각이 들었다.

"엘리엇, 내일 우리랑 같이 앉자."

엘리엇이 갑자기 멈췄다.

"뭐라고?"

"그러자, 개들이 너도 껴 앉게 해 줄 거야. 그러니까 내 말은, 내가 넌 내 친구라고 말하면 네 자리도 얻어 낼 수 있을 거라고."

엘리엇이 눈을 가늘게 떴다.

“네가…… 나한테…… 얻·어·준·다·고?”

“그래! 안 될 게 뭐 있어?”

엘리엇이 입을 앙 다물고 콧김을 거칠게 내뿜었다. 나는 사과를 하려고 했지만, 단 한 마디도 꺼내기 전에 그 애는 휙 돌아서서 마구 걸어갔다. 어찌나 빨리 움직이는지 애쉴리가 자기 리무진 운전석 창문 안을 들여다보고 서 있는 것도 알아채지 못한 것 같았다.

“정말 대단해. 3학년 학생회장님!” 엄마가 말했다.

“진짜 신나는 경험이 될 거야. 하지만 권력은 부패한다는 걸 기억해야 한다!” 아빠가 말했다.

그 말과 함께 두 분이 웃음을 터뜨렸지만 그 웃음은 갑자기 걸려온 전화로 중단됐다. 엄마가 전화를 받으러 부엌으로 갔다.

“제시카일 거예요.” 내가 말했다.

아빠가 깜짝 놀라 나를 빤히 봤다.

“제시카가 누구니?”

“그냥 아는 여자애예요.”

물을 마시고 있던 아빠는 기침을 해 댔다.

“내가 뭐 하나 말해 줄까?” 기침이 멈추자 아빠가 말했다. “네가 엄청 자랑스럽다. 내가 네 나이였을 때는 그렇게 나설 만큼 성숙하지 못했어. 하지만 널 봐. 새로운 사람들을 만나고 새로운 친구들을 만들고 있잖니."

"랜스가 내일 점심시간에 자기 옆에 앉아도 된다고 했어요."

"잘됐네. 걔는 괜찮은 애니?"

나는 어깨를 으쓱했다.

"아마도 우리 학년에서 가장 영향력 있는 애일 거예요."

아빠는 내게 눈을 찡긋해 보였다. 그리고 엄마가 돌아와 접시들을 치우기 시작할 때까지 말없이 그냥 앉아 있었다.

"누구예요?" 내가 묻자 엄마는 "별것 아냐." 하더니 억지웃음을 지어 보였다. "그냥…… 웬 말 같지도 않은 소리를 하잖아."

엄마가 눈동자를 굴렸다.

"애쉴리 엄만데."

"뭐라는데?" 아빠가 물었다.

"아 정말 어이가 없어서. 그 여자애 얘기가 너랑 엘리엇이 작당해서…… 입에 올리기도 그러네, 말이 안 되는 소리도 정도껏 해야지."

"대체 뭘 작당했다는 거야?"

"나야 모르죠. 음모를 꾸몄대나 어쨌대나. 패배를 깨끗이 인정하기 싫은 사람도 있는 거지 뭐."

엄마가 내게 부드러운 미소를 지었다.

"세이무어, 그 여편네가 대체 무슨 소리를 하는 건지…… 넌 모르는 거지?"

"몰라요." 나는 얼른 말했다. "당연히 모르죠."

자연스럽게 행동하기 위해 나는 얼른 접시에 있는 브리스킷 조각을 하나 더 집었다. 하지만 부모님은 내가 고기를 자르는 내내 처음 보는 낯선 표정으로 나를 지켜봤다. 내가 마지막 브리스킷 조각을 가 져왔다는 것을 깨달은 건, 고기를 막 삼키려던 찰나였다.

# 2

# 창살 없는 감옥

# 하버드 입학원서

이름: 세이무어 허슨
출생지: 뉴욕 시
현재 위치: 글렌데일 사립 고등학교 3학년 재학중
평점: 4.0
인종: 백인, 아메리칸 인디언(보충자료 참조, "게네자로 인디언 공식 부족 문서")
부모 직업: 경제학과 조교수, 비숍 하우스 작가

관심도가 높은 순으로 주요 학과 외 활동을 기입 바랍니다.
구체적인 세부 활동이나 주목할 만한 성과도 포함해 주세요.

| 활동 | 활동 학년 | 시간/주 | 세부사항 |
| --- | --- | --- | --- |
| 석면 퇴치 활동 | 중3, 고1, 고2, 고3 | 20 | 사회봉사 |
| 학생회장 | 중3, 고1, 고2, 고3 | 20 | 리더십 개발 |
| 독자적 실험 연구 | 중3, 고1, 고2, 고3 | 4 | 파스테르나크슈월칠드 질병치료를 위해 노력함 |
| 그림 | 중3, 고1, 고2, 고3 | 20 | 추상화 연작 (보충 자료 참조, '그린 워터') |

징계를 받을 일을 한 적이 있습니까?
아니오.

범죄를 저지른 적이 있습니까?
아니오.

자유 주제로 에세이를 제출하시오. 이 개인 에세이는 수강 과목, 학점, 시험 성적과 별도로 귀하가 어떤 사람인지 이해하기 위한 자료입니다.

## "희망이라는 목걸이"

세이무어 허슨

세상을 바꿀 수는 없다고, 그러니 이 세상에 대한 희망을 버리라고 사람들이 얘기할 때마다 나는 가만히 눈을 감고 내 생애 최고의 스승을 떠올려 본다. 그는 내게 적분을 어떻게 풀어야 하는지, 참고 문헌 목록을 어떻게 작성해야 하는지를 가르쳐 주지는 않았다. 사실 그는 읽고 쓰는 법도 모른다. 하지만 나는 그분으로부터 수천 권의 교과서를 채울 만큼 많은 것을 배웠다. 그의 교실은 길거리였다. 그분이 가르친 과목은? 인생이었다.

대부분의 사람들에게 할 세이걸은 그저 전형적인 노숙자일 뿐이었다. 무시하고 침 뱉고, 잊어버리면 그만인 '놈팽이', '부랑자'에 지나지 않았다. 하지만 다리 밑에서 그를 처음 만난 순간, 질긴 가죽 같은 적황빛 얼굴 뒤에 위대한 지혜가 숨겨져 있다는 것을 나는 알았다.

친구들은 나더러 미쳤다고 했다.

"왜 그 남자랑 그렇게 자주 어울리는 거야? 그 사람은 그냥 노숙자 잖아."

그냥 노숙자. 할이 싸워 내고 있는 전쟁에 대해서 그들이 대체 뭘 안단 말인가? 그가 머무는 다리 밑에서 그가 돌보는 동물들, 다시 건강하게 살려 내는 동물들에 대해서는?

우리는 너무나 냉소적이 되기 쉬운 세상을 살고 있다. 나 역시도 친구들의 말을 듣고 할에게서 등을 돌려 버릴 뻔한 적도 있었다. 하지만 그건 그가 병들고, 내게 가장 큰 교훈을 일깨워 주기 전의 일이다.

그 잔인한 겨울, 나는 석 달 내내 그의 곁을 지켰다. 그에게 음식과 담요를 갖다 주고 어쩌면 가장 중요했던 것, 그가 잡을 수 있도록 내 손을 내줬다.

"제발 병원에 가세요!" 내가 사정했다. "아니면 정부 기관의 도움을 받든지요!"

그러면 그는 지혜로운 머리를 흔들며 미소를 지을 뿐이었다. 처음에는 이해할 수 없었다. 하지만 이제 나는 깨달았다. 그만큼 충만한 삶을 살고 난 뒤에는 두려울 것이 없다는 것을.

할이 세상을 뜨기 직전, 그는 나무로 된 목걸이를 빼서 내 손에 쥐여 주었다. 최신 유행의 목걸이는 아닐지 모르겠다. 하지만 나는 죽을 때까지 자랑스럽게 걸고 있으려고 한다.

그것은 나의 졸업장이다.

---

## 학교 추천

붙어를 가르쳐 온 내 경력을 통틀어 세이무어만큼 놀라운 발전을 이룬 학생은 본 적이 없습니다. 중학교 2학년의 세이무어를 처음 만났을 때, 다른 학생들에 비해 너무나 심하게 뒤처져서 세이무어 부모님께 학습 장애 검사를 받아 보라는 편지를 보내야 할 정도였습니다. 세이무어는 보통명사에 관한 기초적인 단어 퀴즈는 물론이고 시험에서도 계속 낙제를 했습니다.

하지만 중학교 2학년 어느 날부턴가 세이무어가 완전히 달라졌습니다. 지금도 이해하기 힘들 정도로 갑작스럽게 낙제 학생에서 A플러스 슈퍼스타로 변신했습니다.

세이무어만큼 불어에 선천적인 능력을 보이는 사람을 프랑스가 아닌 곳에서는 찾기 힘듭니다. 흠 한 점 찾을 수 없는 그의 시험 점수만을 얘기하는 것이 아닙니다. 타고난 회화 실력을 말씀드리는 것입니다. 이 학생은 제가 무엇을 물어보려고 하는지 본능적으로 이미 다 알고 있는 것 같습니다. 올해는 세이무어가 몇 번이나 제가 문제를 다 읽어 주기도 전에 정확한 답을 얘기했습니다. 이런 게 유창한 것이 아니라면 도대체 어떤 걸 유창하다고 해야 할지 모르겠습니다.

세이무어의 언어 능력이 너무나 탁월해서 때로는 우리 반이 이 학생의 발전을 막고 있는 건 아닌가 하는 염려가 들기도 합니다. 둘만 있는 자리에서 세이무어는 수업 시간에 자발적으로 말하는 것이 불편하다고 고백했습니다. 월등하게 유창한 불어로 말했다가 다른 친구들이 불편해할까 봐 걱정한 것입니다. 하버드에 진학한 뒤에는 세이무어의 재능에 걸맞는 환경을 만날 수 있게 되기를 희망해 봅니다.

헨드릭스

---

**외부 추천**

저는 이 학생을 좋아합니다.

테리 앨러거시

입학원서와 에세이를 포함해서 입학 절차에 필요한 모든 정보는 제 손으로 작성한 것이고, 모두 사실이며 정직하게 기술했음을 증명합니다.

서명: 세이무어 허슨 *Seymour Herson*

결과 

"엘리엇? '적황빛'이 무슨 뜻이야?"

"아무 뜻도 없어. 말도 안 되는 단어야."

"뭐야. 무슨 뜻이라도 있겠지."

엘리엇이 큐대를 닦더니 뱅크샷을 쳤다.

"적황이 무슨 뜻인지 알고 싶어? 그건 '난 적황이란 단어를 안다'라는 뜻이야!"

"그 에세이를 진짜라고 생각하다니 정말 믿을 수가 없어. 완전 말도 안 되는 소리를."

"뭘 기대해? 대학 입학원서는 자기 비하 연습장이 돼 버렸다고! 자기가 가졌다고 착각하는 권력에 죄책감을 느끼는 자유 중산층 계급의 비굴한 사과문이라고나 할까! 어쨌든…… 축하해."

나는 음식 승강기로 걸어갔다.

“뭐 마실래?”

“난 이미 몇 잔 마셨어.”

나는 고개를 끄덕이고 큰 유리잔에 레몬과 함께 스카치를 주문해서 내려 보냈다.

“엘리엇, 내년에 독방 쓰게 좀 해 줄 수 있어? 학교 정원에 있는 기숙사는 너무 좁아 보이더라.”

“그냥 무작위로 배정하는 걸 거야.”

“무작위로?” 내가 웃었다. “이거 왜 이래, 다 방법이 있지 않겠어? 장애가 있다고 하면 어때? 크론병(만성 장염)이 있다고 하면 되잖아.”

“네가 학교에 도착하는 순간 학교에서 다 눈치 챌걸?”

“들키면 진단서가 잘못 됐다고 하면 되잖아! 검사 자료가 뒤바뀌었다고 말해 줄 만한 의사를 매수해 봐!”

엘리엇이 자랑스럽다는 듯 미소를 지었다.

“지금 게임은 어떻게 돼 가고 있지?” 엘리엇이 물었다.

“비긴 것 같은데.”

“대단한데!”

음식 승강기에 패스트리 한 바구니와 함께 내가 주문한 스카치가 실려 올라왔다.

“저 망할 놈의 주방장. 우리 아빠가 고용한 사람 중에 최고 아첨꾼이라니까.” 엘리엇이 중얼거렸다.

나는 크루아상을 집어 들어 따뜻하고 얇은 껍질을 한입 베어 물었다. 초코 크림이 내 입 속으로 쭉 흘러 나왔다. 그 맛이 어찌나 진하고 풍부한지 자리에 주저앉을 수밖에 없었다. 벌써 엘리엇을 안 지 몇 년이 흘렀지만 나는 아직도 그 애를 둘러싼 고급스러움에 종종 놀라곤 했다.

"새로 들어왔어?" 내가 물었다.

엘리엇이 한숨을 쉬었다.

"정말 말도 안 되고, 얘기하려면 길어."

나는 크루아상을 한입 더 베어 물고 엘리엇이 얘기를 시작하기를 기다렸다.

"아빠가 두 번째 심장마비를 일으킨 후에 아빠 주치의들이 개인 전속 트레이너를 고용하라고 거의 애원을 하다시피 했어. 결국 아빠는 귀찮은 의사들을 떼어 내려고 전직 올림픽 선수였던 돌프라는 독일인을 고용했지. 그런데 같은 날 파사드도 고용했어."

"누굴?"

"자크 파사드. 아마도 이 시대의 가장 뛰어난 셰프일 거야."

"세상에." 나는 빵 부스러기를 입에 가득 문 채 말했다. "그럼 그 두 사람이 서로 알아?"

"지금 장난해? 아빠 취미가 두 사람 싸움 붙이긴데. 둘이 한 집에 살아. 자꾸 말 끊을 거야?"

나는 크루아상을 다 해치우고 또 하나를 움켜잡았다.

"아빠는 두 사람에게 월급은 그냥 보통으로 줘. 하지만 두 사람 대부분의 수입은 성과급으로 지급돼."

"그게 무슨 소리야?"

“매달, 아빠는 두 사람이 사는 아파트로 가서 거액의 수표를 내놓지. 그러고는 저울에 올라가. 지난 달보다 체중이 줄었으면 그 수표는 트레이너가 가져가고, 체중이 늘었으면 셰프 차지가 되지.”

“그러니까 둘은 늘 전쟁 중이겠구나.”

엘리엇이 고개를 끄덕였다.

“자크가 머랭을 구울 때 돌프 표정을 봐야 해. 볼은 시뻘게지고 목에 있는 근육까지 다 튀어나온다니까. 두 사람이 얼마나 서로를 미워하는지 상상도 못할 거야.”

엘리엇이 다음 게임을 준비할 때 생각해 보니 자기 아빠가 심장마비를 일으켰다는 것을 한 번도 얘기하지 않았다는 걸 깨닫게 됐다. 얼마나 심각했는지 묻고 싶었지만 물론 그러지 않는 편이 낫다는 걸 알았다.

엘리엇에게 패스트리를 권했지만 늘 그러듯 특유의 손목 털기로 손사래를 치며 거절했다. 엘리엇에게도 전속 주치의 팀이 있을까? 만약 있다면 그들의 충고를 전혀 듣지 않는 게 분명했다. 내가 엘리엇을 찾아올 때마다 이 아이는 전보다 작아지고 약해지는 것 같았다. 얼마간은 착시 현상일 거라고 생각했다. 내가 급격한 성장을 하는 중이어서인지 우리 반 애들은 다 줄어드는 것 같았다. 하지만 엘리엇만큼 눈에 띄게 줄어드는 애는 없었다. 엘리엇은 기본적으로 매일 새 옷을 입고 나타났지만, 나는 때때로 2년, 심지어 3년 전 바지를 알아볼 때도 있었다. 한번은 맹세하건데 중학교 2학년 때, 그러니까 글렌데일에 온 첫날 신었던 보트슈즈를 신은 걸 보기도 했다. 엘리엇이 어쩌면 전혀 자라지 않았을 수도 있겠다는 생각을 가끔 했다.

엘리엇이 볼을 치려고 돌아섰고, 나는 그 기회를 잡아 '적황'이라는 단어를 적었다. 잊어버리지 않기 위해서였다. 중학교 2학년이 끝나 가던 어느 시점에서 나는 두꺼운 빨간 수첩을 주머니에 넣고 다니기 시작했다. 엘리엇은 늘 헨드릭스 선생님이 예고 없이 치는 돌발 쪽지 시험에 대해 미리 꿰고 있었고, 언제 공부를 해야 하는지 알고 싶어 나도 그 날짜를 적어 두기 시작했다. 오래지 않아 나는 시험 문제도 적어 두기 시작했고, 그러고 나서 정답까지 적어 두는 데는 얼마 걸리지 않았다. 죄책감은 느끼지 않았다. 불어는 누가 봐도 써먹을 데가 없는 언어였다. 커닝은 나를 좀 더 가치 있는 수업에 전념할 수 있게 해 주어 다른 걸 배울 수 있는 역량을 키우도록 도왔다.

고1이 됐을 때, 나는 모든 과목, 심지어 도예과목에서까지 부정행위를 저지르고 있었다. 그리고 졸업하던 해에는 학교 수업과는 전혀 상관없는 정보들로 수첩이 가득 차 있었다. 내가 읽어야 했던 책들의 줄거리, 내가 그렸다고 거짓말한 그림의 의미, 내가 치료 방법을 찾아내려 애쓰고 있다고 알려진 병의 맞춤법 그리고 나와 친구가 됐다고 알려진 노숙자들의 대박 긴 명단. 그 수첩이 범죄로 얼룩진 뒤로부터 그것을 내 몸에 지니고 있는지 확인하기 위해 수시로 몸을 더듬는 습관까지 생겼다. 그것을 없애 버리고 싶었지만 그럴 수 없었다. 놓치면 안 되는 정보가 너무나 많았다.

내 성공에 대해 간혹 죄책감이 들기도 했지만, 이 정도는 누릴 자격이 있다는 생각도 들었다. 내가 열심히 노력하지 않았다고는 할 수 없었다. 그 많은 거짓말을 계속 이어 나가는 일은 정말 힘들었고, 나는 혼자 힘으로 해내고 있었다. 아니, 대부분은 내 힘으로 하고 있었다.

내 휴대전화가 울렸다. 엘리엇은 당구 테이블 쪽으로 엎드려 있었는데도 휴대전화가 진동으로 울리는 걸 바로 알아차리고 말했다.

"받지 마."

전화기가 다 울릴 때까지 기다렸다가 새로 들어온 음성을 들으려고 전화기를 열었다.

"스피커로." 엘리엇이 요구했다.

나는 휴대전화기를 테이블에 올려놓았다. 우리는 조용히 함께 들었다.

"헤이, 세이무어. 아까 음성 메시지 남겼는데, 그래도 아직 파티가 진행 중이라는 거 알려 주려고. 너 바쁠 거라는 건 아는데, 다들 넌 어디 있냐고 묻더라. 널 기다리나 봐. 어쨌든, 우리 집 주소 필요하면 전화해."

내가 전화기를 집어 들고 전화를 걸려고 하는데 엘리엇이 손가락으로 딱딱 소리를 냈다.

"지금 뭐하는 거야?"

"랜스한테 전화해 주려고. 벌써 세 번이나 걸었잖아."

"그러니까 더 씹어야지! 내 말은, 지금 걔 하는 짓이 얼마나 처절한 건지 모르겠어?"

"그게, 그래, 하지만…… 오늘은 랜스 생일이잖아."

"만약에 랜스가 너한테 전화를 하지 않았거나 초대하지 않았다면,

그러면 그 파티에 나타나 줄 필요성이 있을지도 모르지만."

"그러니까 난 사람들이 초대하지 않은 파티에만 가야 한다는 거야?"

"넌 그 어느 파티에도 가면 안 돼." 엘리엇이 말했다. "네가 그 정도는 감당할 수 있다면."

"이미 간다고 약속했단 말야. 나중에 뭐라고 말해?"

"아무 말 마. 너의 움직임을 드러내지 않으면 않을수록 사람들은 그걸 더 대단하다고 여기는 거야. 이 얘기 천 번도 더 하지 않았나?"

"하지만 내가 파티에 아예 안 가면 사람들이 나를 초대하지 않으려고 하지 않을까? 내 말은, 벌써 반 년만 있으면 졸업인데 아직도 파티라는 데는 한 번도 안 가 봤잖아."

"당연히 한 번도 안 갔지. 그런 곳에 가기엔 넌 너무 인기가 높으니까."

나는 웃었다.

"나는 그 누구와도 어울려 다니지 않았어, 엘리엇, 단 한 번도. 난 그저 서류상 인기인일 뿐이라고."

"그럼 인기 있다는 게 뭐 다른 건 줄 알았어?"

엘리엇은 메모를 휘갈겨 쓰더니 음식 승강기에 던져 넣었다.

"너한테 보여 줄 게 있어. 그건 앨러거시 가문이 모아 온 수집품 중에서도 가장 큰 선망과 질투의 대상이 됐던 물건이야."

"갔다 와서 보면 안 될까?"

엘리엇은 내 말을 무시해 버리고 승강기 손잡이를 돌렸다. 승강기는 쿵 소리를 내며 아래층에 도착했다. 몇 초 후, 숙련된 딸깍, 찰각

소리가 몇 번 나더니 누군가 달려가는 소리가 들렸다.

"늘 잠가 놓고 보관하거든." 엘리엇이 설명했다.

다시 딸깍, 찰칵 소리가 들렸다. 그러더니 승강기 운전대가 반대 방향으로 돌기 시작했고 승강기가 돌아왔다.

엘리엇은 천천히 느긋하게 마티니를 한 모금 마셨다. 일부러 시간을 끄는 게 분명했다.

"얼른." 내가 참다 참다 말했다. "그 안에 뭐가 있는데?"

엘리엇은 천천히 또 한 모금을 넘기더니 마침내 상자를 열었다.

그 안에는 심하게 녹슨 작은 열쇠가 들어 있었다. 짙은 녹색에 갈색 얼룩이 져 있었지만 원래는 금이거나 은이었다는 것을 알 수 있었다.

"세븐 서클 클럽이라고 들어 본 적 있어?" 엘리엇이 내게 물었다.

"당연히 없지." 내가 대답했다.

"그럼 잘 들어. 중간에 말 끊지 말고."

1835년 대화재로 뉴욕이 잿더미가 되기 전까지는 세븐 서클 클럽이 뉴욕의 문화를 지배했다. 그 당시는 저명한 신사 사교 클럽이 흔하던 시절이었다. 익셀시오 클럽에는 어찌나 돈이 넘쳐났던지 그곳의 화장실 시종 둘은 은퇴 후에 유명한 자선 사업가가 되기도 했다. 베니타스 클럽은 너무 오래된 클럽이라 24 럼 가라는 주소는 더 이상 존재하지도 않는다. 하지만 세븐 서클 클럽은 이 두 클럽보다 더 부유

했고 역사도 더 오래되었으며 그 어떤 클럽보다도 들어가기 힘든 곳이었다. 보통은 가입된 유명 인사 수에 따라 클럽의 등급이 결정되기 마련이었다. 하지만 세븐 서클 클럽은 가입된 사람보다 가입을 거부당한 사람들로 더 유명했다. 클럽이 생긴 후 처음 10년 사이에 운영진은 백만장자 세 명, 상원위원 다섯 명, 괴혈병 치유법을 개발한 사람, 루이스와 클락(토머스 제퍼슨 대통령이 미국의 북서부 쪽 영토를 조사하기 위해 보낸 탐험대의 수장-옮긴이) 그리고 조지 워싱턴의 외아들의 가입을 거부했다.

"조지 워싱턴 외아들을 왜 거부해?" 내가 물었다.

"왜냐하면 아버지가 전직 농부였으니까."

세븐 서클 클럽은 피터 스태브선트(뉴 네덜란드가 뉴욕으로 개명되기 전, 그 지역 마지막 총독, 뉴욕 시 초창기 역사의 주요 인물-옮긴이) 소유였던 대저택 부지 중에서 돔 형태의 건물 하나를 사용했다. 그 건물은 마치 토성의 고리처럼 일곱 개의 동심원이 겹쳐서 이어져 있었다. 가장 바깥 원은 뉴욕이나 파리, 런던의 여느 클럽과 같이 향락적인 모습이었다. 원형 벽에는 르네상스 시대의 걸작들로 도배되어 있었다. 제복을 입은 집사들이 끊임없이 드나들며 회원들에게 영국산 수입 진과 터키에서 건너온 담배를 제공했다. 하지만 두 번째 원과 비교해 보면 첫 번째 원은 수도원이나 마찬가지였다. 클럽의 회원 40명 중에 단 20명만이 다음 고리 모양의 방으로 이어지는 거대한 황동 문의 열쇠를 갖고 있었다.

다음 단계의 방으로 들어가면 회원들에게는 프랑스 압생트와 브라

질 코카인이 제공됐고 르네상스 명작 진품들을 볼 수 있었다. (첫 번째 원에 걸려 있는 그림들은 일급 모조품인 것으로 밝혀졌다. 급이 낮은 회원들에 대한 조롱이었다.)

세 번째 고리로 들어갈 수 있는 열쇠를 가진 회원은 딱 열 명이었다. 그 방은 스테인드글라스와 기독교의 성물로 장식되었고 첫 번째, 두 번째 방과는 달리 하인들이 하나도 없었다. 이 방에 들어서고 나서야 회원들은 세븐 서클 클럽의 미션이 무엇인지 깨달을 수 있었다. 악을 거부하고 그리스도의 품에 안기기. 그곳에는 세 번째 방에 들어오기 전까지 지은 죄에 대해 회원들이 기도하고 탄원할 수 있는 화강암 재질의 무릎 받침돌이 줄지어 있었다.

네 번째 원은 아편굴이었다. 열쇠를 가진 다섯 명의 회원들은 루비로 만든 파이프로 아편을 피우고 동양에서 건너온 창녀들과 뒹굴며 아직도 세 번째 방에 갇혀 있는 바보들이 자기들의 장난에 농락당하고 있음을 축하했다.

다섯 번째 원은 카이사르 시대 이후 멸종된 고대 유대의 야자나무 목재로 만들어져 있었다. 여섯 번째 원은, 예상대로 고대 유대의 야자나무 진품으로 만들어져 있었다. 그리고 일곱 번째 방은―사실, 아직까지 논란이 되고 있다. 어떤 현직 성직자는 그 방 안에 예수가 못 박혔던 실제 십자가가 놓여 있다고 주장했다. 콜롬비아 대학의 과학자 두 사람은 최후의 도도새(1681년에 멸종한 날지 못 하는 큰 새―옮긴이) 한 마리가 그 방 안에 살고 있다고 주장했다. 진을 주로 섭취하는 식이요법으로 힘겹게 버티고 있긴 해도 아직 살아 있다고 했다. 소문은 무성했지만 그 방에 무엇이 들었는지 확실히 아는 유일한 사람, 모두가 탐내는 세븐 서클 클럽의 일곱 번째 열쇠를 지닌 유일한 회원은 그 클럽의 창시자인 엘리엇의 조상, 미국 땅의 첫 번째 앨러거시였다!

"그래서 일곱 번째 방엔 뭐가 있는데?"

"의자." 엘리엇이 의기양양하게 말했다. "나무 의자."

"멸종된 나무?"

"뭐? 아니. 그냥 나무."

"아."

엘리엇은 내 반응에 격분해서 눈을 몇 번이나 깜빡였다.

"이해를 못 하겠니? 안에 뭐가 들었는지는 아무 상관이 없었던 거야! 문제는 두꺼운 벽과 열리지 않는 자물쇠였던 거야! 그 열쇠를 손에 넣기 위해 코넬리우스를 암살하려고 했던 사람이 네 명이나 있었어. 그 누구도 진실을 알아내기 전에 불태워 버릴 목적으로 대 화재를 일으킨 범인이 바로 코넬리우스 자신이었다는 소문도 돌았지. 그는 하루에 여덟 시간씩 그 작은 방에 틀어박혀 매 1초가 흐를 때마다 권력과 명예를 쌓아 올렸던 거야. 그냥 앉아 있는 것만으로! '그게' 바로 게임의 법칙이야!"

엘리엇의 조상이 웃음소리와 술잔 부딪히는 소리에 둘러싸인 채 껌껌한 방에서 홀로 앉아 있는 모습을 상상해 봤다.

"다른 방에 가서 같이 어울리는 게 훨씬 재미있지 않았을까? 그 아편이 있는 방 같은 데 말이야."

엘리엇은 열쇠를 다시 소형 승강기에 던져 넣고 지친 듯 자리에 앉았다.

랜스가 또 전화를 걸어왔다. 내 휴대전화기는 나무 탁자 위에서 어정쩡하게 덜덜덜 돌아다녔다.

"받아." 엘리엇이 힘들게 숨을 쉬었다. "상관 안 할 테니까."

"계속 가 주세요." 나는 택시 기사에게 말했다.

"여기가 76번가 렉스 로인데."

"아…… 75번가로 가 달라는 거였어요."

나는 택시에서 내린 뒤, 나무 뒤에 숨어 랜스네 집 안으로 들어가는 친구들을 바라봤다. 새벽 2시 45분이었는데도 2층에서는 아직도 음악이 흘러나오고 있었다. 랜스는 우리 학년 애들을 전부 초대했고 거의 다 온 것 같았다.

나는 여러 파티에 초대를 받았지만 엘리엇은 늘 가지 못하도록 설득했다. 때때로 나는 엘리엇과 언쟁을 벌이기도 했지만 엘리엇은 늘 그럴듯한 구실을 댔다. 늘 몇 시간씩 그 파티에 초대받은 다른 아이들의 '천한 신분'에 대해 부르짖었다. 그 애들을 가리킬 때 '짐승'과 '쓰레기 짐승'이란 말을 교대로 들먹였다. 엘리엇의 장황한 비난이 끝났을 때는 대개 어디에 가기에도 늦어 버린 뒤였고 나는 그냥 엘리엇네 집에서 밤을 보냈다.

그렇지만 엘리엇이 나를 랜스의 생일 파티에도 못 가게 할 수는 없었다. 이건 한 해의 가장 큰 행사였다. 랜스는 전단지도 뿌렸다. 내가 이 파티에도 가지 않는다면 대체 어딜 가라고? 학교에서 나의 사회적 교류는 주로 사람들이 복도에서 내게 다가와 이런저런 일에 대해 축하해 주는 것이었다. (학생회장에 재선된 것이라든가, 하버드에 입학한 것, 또는 노숙자의 생명을 구해 준 것.) 엘리엇은 가능한 한 학생 단체에서 멀찍이 떨어져 거리를 유지하라고 충고했고 나도 그 애의 논리를 이해했다. 하지만 가끔씩 복도를 뛰어가다가 어떤 애들이 파티에서 있었던 일에 대해 웃는 것을 듣게 되면 내가 그 파티에 초대를 받았음에도 불구하고 소외감을 느꼈다.

나는 주차된 차 유리에 내 머리를 비춰 보며 상태를 점검하고 나무 뒤에서 걸어 나왔다. 우리 반 애들 몇 명이 현관 계단에 앉아 다른 학교에서 온 아이들과 서로의 번호를 따고 있었다. 다른 학년 애들도 보였다. 우리 바로 아래 학년 애들도 있었고 심지어 신입생 애들도 있었다. 신입생까지 오다니 이보다 더 신나는 파티가 또 있을까?

나는 다시 내 머리를 살폈다. 최근 들어 밀란에서 정통 헤어샵을 운영하는, 엘리엇의 헤어스타일리스트에게 관리를 받기 시작했다. 그 사람이 내 머리를 하는 데는 장장 네 시간씩 걸렸고, 끝난 뒤에는 그의 조수가 사진까지 찍었기 때문에 나는 그가 내 머리를 잘 깎는다고 생각했다. 하지만 이 스타일을 유지하는 건 너무 힘들었다. 매일 아침에 양 옆에 젤을 발라야 했고, 매주 토요일마다 시내까지 가서 머리를 만져야 했다.

이제 거의 새벽 3시였다. 내가 이렇게 늦게 파티에 나타나면 현관에 앉아 있는 애들이 어디 갔다 오냐고 물을 게 뻔했다. 이렇게 심하게 늦은 것을 정당화하려면 엄청나게 획기적인 이벤트를 핑계로 대야 했다. 좀 더 재미난 다른 파티에 갔다고 말해 볼까? 하지만 애들이 그 대답을 물고 늘어지면 어떡하지? 그날 밤에 열린 다른 신나는 파티에 대해선 전혀 정보가 없었고 지난 몇 달간 단 한 권의 책도 읽은 게 없었다. 나는 생각을 정리하기 위해 다시 나무 뒤로 숨었다.

실은 랜스의 생일 파티도 다 끝나 가고 있었다. 다들 돌아가는 시간에 나타난다는 건 정말 무의미했다. 한 가지는 확실했다. 내가 서 있는 이 자리에 더 오래 서 있을 수는 없다는 것. 내가 숨어 있는 걸 누가 보기라도 한다면, 이 밤은 완전 망하는 것이다. 뱃속이 요동쳤다. 벌써 누가 날 봤으면 어떡하지? 지금 이 순간 날 보고 있으면 어떡해?

나는 난데없이 휴대전화를 꺼내 들고 막 통화하는 연기를 했다. 만약에 누군가 나를 보고 있어도 내가 뭔가 매우 중요한 일을 하고 있다고 생각하도록 할 생각이었다.

누군가가 말하는 걸 상상해 봤다. '아까 한 말 신경 쓰지 마. 내가 잘못 봤어. 나무 뒤에 숨어 있던 게 아니었어. 여기 들어오다가 전화 통화를 하고 있었던 거야.'

'그래, 맞아. 세이무어 갠 워낙 바쁘잖아, 안 그래?'

'그래, 그래서 매번 파티에 늦거나 아예 못 오기도 하잖아.'

나는 눈썹을 추켜올리고 심각한 표정으로 고개를 끄덕였다.

'저것 봐. 아주 급한 소식을 들었나 봐.'

'대체 누구랑 통화하는 걸까? 아마 아주 중요한 사람일 거야, 이렇게 늦은 시간에 하는 거 보면, 연예인 같은 사람.'

'어 저것 봐…… 그냥 돌아가는데?'

'되게 급히 가네.'

'아주 중요한 데 가나 봐. 1초도 더 있을 수가 없나 봐.'

'너무 아쉽다. 쟤랑 놀고 싶었는데.'

'우리 다 그렇지 뭐.'

내 뒤에서 음악 소리가 점점 작아지자 내 호흡도 정상 빠르기로 돌아왔다. 나는 허둥지둥 모퉁이를 돌아서 휴대전화를 주머니에 쑤셔 넣었다. 도대체 무슨 짓을 하고 온 거야?

"세이무어?"

제시카가 나를 와락 껴안는 사이 랜스는 담뱃불을 발로 비벼 껐다.

"너 왔다 가는 것도 모를 뻔했잖아! 우린 잠깐 담배 피우러 나왔어."

"시간 가는 줄 몰랐네." 랜스가 능글맞게 웃었다.

내가 듣기로는 랜스도 꽤 괜찮은 학교에 합격했지만 디비션 2(전미 대학 스포츠 협회의 중급 리그-옮긴이) 팀에서 농구를 하기 위해 모두 거절했다고 한다. 랜스는 여전히 우리 반에서 키가 제일 컸다. 내가 랜스를 바싹 따라붙긴 했지만 여전히 내 눈높이에서 랜스의 콧털이 보였다.

"그래, 내 파티는 잘 돌아 가고 있어?" 랜스가 물었다.

"그럼! 정말…… 죽여."

제시카가 랜스의 허리에 팔을 두르며 물었다.

"랜스가 연주하는 거 봤니?"

"내 밴드가 노래를 몇 개 했거든. 거의 다 다른 밴드 곡이었지만."

"정말 끝내 줬어. 그리고 티셔츠도 나눠 줬어." 제시카가 말했다.

제시카는 자기가 걸친 티셔츠를 보여 주려고 모델처럼 몇 바퀴 돌아 보였다. 그 밝은 핑크색 티셔츠는 마치 유아용으로 디자인한 것처럼 보였다. 제시카는 배꼽의 고리에 새로운 보석을 달고 있었다.

이제 선생님들은 제시카를 복장 위반으로 처벌하지 않는다. 제시카의 위반 사항을 일일이 감시하는 데 너무 지친 나머지 어느 시점부터는 그냥 다 포기해 버렸다. 그래도 제시카는 때때로 반성실에 가야 했는데, 그 모두가 랜스의 협조 덕이었다. 이 커플이 공공장소에서의 애정행각으로 처음 불려 갔던 건 중3 때의 어느 날이었다. 졸업반이 됐을 때는 그 횟수가 어찌나 많아졌는지 복도에서 선생님이 "야!" 하는 소리가 들리기만 해도 이번에는 대체 어떤 행각을 펼쳐 보이나 구경하려고 모두들 전자동으로 랜스와 제시카 쪽을 돌아보게 됐다.

"우리 밴드 이름 바꿨어. 이젠 이름이 퍼즈야." 랜스가 말했다.

"멋진 이름이네." 내가 받았다.

"그렇다고 했지!" 제시카가 랜스에게 속삭였다.

랜스가 어이없다는 듯 눈동자를 굴렸다. 제시카가 나를 밴드 이름의 권위자인 것처럼 말하는 것이 확 짜증난 모양이었다.

"몰라, 또 바꿀지도."

랜스가 제시카의 청바지 뒤쪽으로 손을 집어넣는 모습을 멍하게 보고 있지 않으려고 나는 무진 애를 썼다. 처음에는 손가락 끝만 찔러 넣는 것 같더니 어느새 손바닥 전체가 쑥 들어가 있었다. 랜스의 손이 조금씩, 조금씩 더 깊이 내려갈 때마다 목구멍이 마르고 조여드는 것만 같았다. 정신을 챙기고 보니 제시카가 나한테 뭔가 말을 하고 있었다.

"연구는 어떻게 돼 가?"

"뭐?"

"왜 있잖아. 연구, 그 병을 위해서 한다는…… 네가 고치려고 노력한다는 병 있잖아?"

"아! 그거, 그게…… 좀 복잡해."

제시카가 진지하게 고개를 끄덕였다. 제시카는 나를, 아니면 적어도 내가 이루어 냈다고 주장하고 있는 것들을 존경하고 있었다. 나는 너무나 많은 거짓말들을 손에 얹고 저글링을 하고 있었기 때문에 제시카가 나한테 말을 걸 때마다 모든 게 와르르 무너져 내릴까 봐 두려웠다.

"그래, 우리 머리로 어떻게 따라가겠어." 제시카가 말했다.

그 말에 어떤 대답을 해야 할지 몰라 나는 그저 입 다물고 제시카를 하염없이 쳐다보기만 했다.

"뭐, 그래도 우리 모두 널 응원하고 있다." 랜스가 제시카의 팔을 끌며 말했다. "저기, 우리 이제 들어가 봐야지……."

"그래!" 내가 대답했다. "아니…… 난 가 봐야 해. 정말 할 일이 많거든."

나는 어색하게 두 사람과 악수를 하고 두 사람이 손을 꼭 잡고 모통이를 돌아가는 모습을 지켜봤다. 두 사람이 시야에서 벗어나자마자 휴대전화가 울려 댔다. 나는 번호를 확인하지도 않았다. 개 말고 누구겠어?

"파티는 어땠어? 아무 걱정 없이 그저 즐겁기만 했나?" 그 애가 물었다.

나는 잠깐 거짓말을 할까도 생각해 봤다. 하지만 엘리엇은 이미 웃어 대기 시작했다. 아주 크게, 미친 사람처럼 낄낄댔다. 그리고 나는 그 애가 이미 무슨 일이 있었는지 정확하게 다 파악하고 있다는 것을 알 수 있었다.

아빠의 말은 애처로운 마지막 모습 그대로 놓여 있었다. 주사위의 5와 6이 아빠의 말을 그 평화롭던 워터 웍스 공장에서 게임판 저 멀리에 있는 보드워크 호텔로 날려 버린 것이다. 아빠의 여러 빛깔 지폐가 어지럽게 널려 있었다. 세어 볼 필요도 없었다. 아빠는 파산한 것이다.

아빠가 주사위를 손에 쥐고 6 두 개가 나오길 신께 사정사정하는 모습, 주사위를 판에 던진 그 순간의 숨 막힐 듯한 침묵, 얼마 후 엄마가 팔짝팔짝 뛰며 웃고, 손뼉치면서 2천 달러를 내놓으라고 하는 모습까지 모두 눈앞에 그릴 수 있었다. 엄마는 잠깐 고소해하며 승리를 기뻐한 후, 곧 기어를 바꿔 넣고 스스로 지지리 운도 없다고 툴툴거리는 아빠의 볼에 뽀뽀를 해 줬겠지.

나는 중학교 때쯤 '모노폴리 밤'을 졸업했지만, 부모님은 여전히 금요일 밤마다 게임을 했다. 그리고 혹시라도 내가, 게임이 어떻게 끝났는지 궁금해할까 봐 토요일 아침까지 보드 판을 그대로 놔뒀다. 부모님이 아직도 내가 저런 유치한 게임에 연연한다고 생각하는 게 기분 나빠, 대개는 그 옆을 그냥 막 달려서 지나가 버리곤 했다. 하지만 최근 몇 주간은 내가 놓친 것이 무엇인지 짜 맞추어 보며, 때로는 제법 긴 시간 동안 게임 판을 연구했다.

나는 거실을 지나서 복도를 따라 걸어 들어갔다. 우리는 지난 번 집보다 방이 몇 개 더 많은 새 집으로 이사를 했다. 아직도 전등 스위치가 어디에 있는지 파악하는 중이었다. 나는 벽을 몇 번 쳐 보다가 곧 포기하고 앞을 보지 못하는 사람처럼 두 팔을 앞으로 내밀었다. 몇 초 후, 엄마가 벽에 아직 걸다 만 액자들을 담아 둔 상자 위로 넘어졌다. 나는 벽을 내리치며 욕을 내뱉고 방으로 기어들어 갔다.

전등 스위치를 찾아 켜 보니 부모님이 내 방문 앞에 서 계셨다.

"괜찮은 거야?"

"네. 안녕히 주무세요."

"불쑥 들어와서 미안하다. 그냥 네 소리가 났는데…… 복도에서. 엄청 아팠겠다."

"네, 뭐, 괜찮아요."

"배 안 고파? 브리스킷 있는데." 엄마가 물었다.

"엘리엇네 집에서 먹었어요."

부모님이 고개를 끄덕였다.

"너 오늘 정말 재미있는 게임을 놓쳤어." 아빠가 말했다. "게임 판 봤어?"

"아뇨."

"아, 그래…… 재미있었어. 엄마가 이겼어."

이것이 지난 몇 달간 부모님과 나눈 가장 긴 대화라는 데 생각이 미쳤다. 부모님이 내 삶에 관심이 없어진 건 아니었다. 두 분은 마치 점집의 영매처럼 내 말 한마디 한마디를 놓치지 않고 붙들었다. 하지만 그 어떤 질문도 하지 않았다. 내 생각에는 묻고 싶은 게 너무 많아서 어디에서부터 시작해야 할지 엄두를 내지 못하는 것 같다.

내가 엘리엇과 함께 하버드 대학에 가게 될 거라고 말씀드린 날에는 거의 1분 동안 아무 말씀도 하지 않으셨다. 부모님께 말씀드리지 않고 조금 일찍 지원했기 때문에 내가 하버드를 지원했다는 사실을 부모님은 그때 처음 들었다. 물론 두 분은 나를 진심으로 축하해 주셨지만 두 분의 목소리에서 불안함을 감지할 수 있었다. 마치 내가 외계인이고 이제 고향별로 돌아오라는 명령을 받았다고 말씀드리기라도 한 것 같았다. 부모님은 서류에 서명을 하고 크림슨 색(하버드 대학의 상징 색-옮긴이) 티셔츠를 두 벌 주문해 주셨다. 하지만 한 번도 지원서를 보자는 얘기는 하지 않으셨다.

내가 문을 닫으려고 하는데 아빠가 팔로 막았다.

"뭘 떨어뜨렸네." 엄마가 문틈 사이로 손을 넣으며 말했다.

나는 엄마 손에서 빨간 수첩을 잡아채고는 문을 탁 닫았다. 끔찍한 생각이 들면서 심장이 미친 듯이 뛰었다. '만약 엄마가 원하기만 했으면 이걸 읽을 수도 있었어.' 그러고 나자 더 무서운 생각이 엄습했다.

그런데도 부모님은 읽지 않았던 것이다.

"하버드는 정말 좋은 곳이야, 세이무어. 내가 처음 갔을 때보다 넌 더 잘 적응할 거야. 이 말이 이상하게 들리겠지만 내가 처음 하버드에 들어갔을 때 나는 순수하게 학구적인 것에 관심이 높았어! 정말이야. 전통 있는 강의를 전부 신청했지. 철학 세미나, 역사 선택과목, 심지어 무슨 경제 과목도 들었어. 하지만 엄청난 강도의 음주 스케줄도 감당해야 했고, 좀 있으니 내 수업들이 그 스케줄에 방해가 된다는 걸 깨달았지.

다행히도 내 클럽 친구들이 하버드의 다른 과목을 소개해 줬어. 부자들의 요구를 충족시키려고 개설된 과정들이었지. 개중에는 일자무식 풋볼 선수들 몇 명 빼면 수강생들이 전부 석유나 운송업의 상속자들인 경우도 여러 과목 있었어. '보트'라고 불리는 과목도 있었지. 원래 이름은 좀 더 길었는데, 대서양 탐험이었던가 뭐 아무튼 그런 류의 이름인데 한 번도 제대로 알지 못했어. 그 수업은 셔우드라는 이름의 여든다섯 먹은 늙은 교수가 가르쳤는데, 자기 아버지가 19세기 후반에 하버드 대학에 열 개가 넘는 도서관을 지어 줬다더군. 셔우드 교수는 일주일에 두 번, 4시부터 대략 4시 15분까지 강의했지. 여러 탐험가들과 그들의 배에 대해 논했지만 자기 저택의 역사나 '이민 문제' 같은 다른 주제로 가끔 새기도 했어. 그 교수는 강의 중에 대놓고 술을 마셨지. 때때로 담배도 피웠어. 강의를 따라가기가 어려웠지만 우린 열정이 넘치는 그의 강의를 즐겼단다. 강의가 끝났음을 알리며 교수가 두 손을 높이 들어 보이면 우리는 박수로 답했지.

출석은 필수였지만 과제는 '이 수업과 관련된 주제' 중에 아무거나 골라 열 장 분량의 리포트를 써서 학기말까지 제출하는 게 전부였어. 다른 과목의 과제는 우리 클럽 졸업생들이 물려주는 학기말 리포트를 받아 새로 타이핑해서 자기 것처럼 제출해서 해결했지. 하지만 '보트' 수업은 우리 클럽에서 해마다 너무 많이들 들었기 때문에 우리 스스로 자제할 필요를 느꼈어. 모두가 다 예전 리포트를 베껴서 낼 수는 없잖아. 아무리 교수가 여든다섯 먹은 노친네라고 해도 그 정도는 눈치 챌 테니까. 그래서 딱 한 사람만 선배의 리포트를 베끼기로 했지. 그 리포트의 제목은 '헨리 허드슨의 낚시 습관'이었어. 우리 클럽의 비서가 원본을 유리 케이스에 넣어 보관했고, 매년 리포트를 제출하기 하루 전날 밤, 우리는 그 리포트를 베낄 사람을 뽑기 위한 술 마시기 시합을 벌였지. 그건 그냥 보통 에세이였어. 단순한 논지에 흔해빠진 결말이었지. 초등학생 수준의 대충 그린 듯한 물고기 그림 표지가 유일하게 독특한 점이었어. 정말 말도 안 되게 불필요한 짓이었지만 지금까지 그 리포트를 제출한 사람들은 모두 그림까지 그려서 새로 타이핑한 열 장의 리포트와 함께 묶어 제출했다고 했어. 내가 '보트' 수업을 신청했을 때는 이미 서른 명의 클럽 회원들이 그 리포트를 제출한 뒤였고 모두 A 마이너스를 받았다고 했지.

나는 쉽게 술 마시기 시합에서 이기고 리포트의 타이핑을 끝낼 때까지 깨어 있으려고 아침 일찍 클럽 서재에서 아이리시 커피를 마셨어. 물고기를 그리다 말고 시간이 모자라 그만뒀지만 그래도 내용과 각주는 전부 옮겨 적은 뒤, 마감 10분 전에 정원을 산책하듯 걸어가서 제출했어.

두 달 후 우리의 리포트 점수 결과가 우편으로 도착했어. 셔우드 교수는 에세이와는 상관없어 보이는 내용을 모두의 에세이 여백에 전혀 알아볼 수 없는 글씨체로 길게 남겼어. 그리고 모두에게 합격점을 줬지. 나는 친구들을 따라 포커 룸으로 들어가다 내 시험지, 적어도 내가 제출한 시험지라고 할 수 있는 걸 발견했지. 점수를 확인하고 옆으로 치워 놓으려다 말고 다시 확인했어. 믿을 수가 없었지. 그 노인네가 나에게 B 플러스를 준 거야.

나는 무슨 심사평이 있나 찾으려고 리포트를 뒤적여 봤어. 하지만 여백은 모두 비어 있었어. 마지막 장에 딱 한마디 쓰여 있더군. 만년필로 급하게 끼적인 짧은 문장이었어.

'물고기는 어디 있지?'

그러니까 너도 알겠지만, 세이무어. 넌 적응 잘할 거야. 거긴 정말 너한테 딱이야!"

"왜 온 사방에 내가 그 말도 안 되는 병을 고치려 애쓴다고 떠들고 다니는 거야?"

"온 사방에 말한 적 없어. 지역 신문에 얘기했을 뿐이야."

"「뉴욕타임스」에 얘기했잖아."

"그러니까 지역 신문 맞잖아. 여기요?"

조끼를 입은 웨이터가 손에 메모지를 들고 나타났다.

"블러드 메리로 주세요."

웨이터가 망설였다.

"죄송합니다만, 바텐더는 9시가 돼야 출근합니다."

엘리엇이 어이없다는 표정을 지었다.

"깨워서 데려와요."

내가 가방에서 불어 단어책을 꺼내자 엘리엇이 바로 잡아채 갔다.

"이게 다 뭐지?"

"1교시에 돌발 쪽지 시험을 볼 예정이라. 다 맞혀야 해. 헨드릭스 선생님이 의심하기 시작한 것 같아."

"그 말은 믿기 힘든데. 그 사람은 널 극찬하는 추천서를 써 줬잖아."

"엘리엇, 지금 심각하다고. 어제 선생님이랑 엘리베이터에 같이 탔는데 갑자기 나한테 불어로 막 떠드는 거야. 뭔 말인지 하나도 모르겠더라. 내가 전혀 이해 못 했다는 거 눈치 챈 게 분명해."

엘리엇이 웃었다.

"이런, 정말 못 말리겠다. 내가 딱 나흘 파리에 가 있는 사이에 도미노가 쓰러지기 시작했군."

"파리에 갔었어? 파리에 가서 뭐했는데?"

엘리엇이 어깨를 으쓱했다.

"그럼 뉴욕에서는 내가 뭘 하는데?"

웨이터가 블러드 메리를 가져오자 엘리엇은 맛도 보기 전에 두 번째 잔을 주문했다.

"넌 여기서 학교에 다니잖아. 고등학교에 다니는 학생이라고." 내가 일깨워 줬다.

엘리엇은 잊고 싶다는 듯 손을 흔들었다.

"그런 건 일깨우지 말아 줘."

지난 4년간 엘리엇은 학교에 다녀야 한다는 치욕을 모면하기 위해 별짓을 다했다. 중3 때와 고1 때, 카드뮴 중독으로 시작해서 세인트 비투스라는 질병으로 절정을 친 엘리엇의 가짜 희귀병 시리즈는 매번 그 정도가 더 심해졌다. 하지만 매번 새로운 병을 가장하고 합당한 의료 문서를 위조하기 위해서는 많은 시간을 바치고 연구해야 했기에 결국에는 엘리엇도 그짓에 지쳐 버렸다. 졸업반 때에는 '해외 장례식' 참가로 결석 일수를 늘려 가며 선열이라는 병명을 진단받은 것 하나로 쭉 밀고 나갔다. 엘리엇은 1년에 졸업을 위해 요구되는 최소 일자인 36일만 출석했다. 그나마도 듣도 보도 못한 무슨 중독 승상에 시달린다며 그 다음날은 집에서 쉴 만한 타당한 이유를 만들어 냈다.

"그 정도 출석해 주는 것도 아주 죽겠어. 내가 뭐, 여기저기 얼굴을 내밀어야 하는 평화시대의 영국 여왕도 아니잖아?"

“이제 일어나야 돼.” 나는 내 불어책을 돌려받으며 말했다. “늦겠어.”

엘리엇이 웨이터에게 손짓을 하자 나는 안도의 한숨을 쉬었다. 벌써 8시 15분이었지만 5분 안에만 출발하고, 차가 막히지만 않으면 첫 종이 치기 전에 제임스가 우리를 학교까지 데려다 줄 수 있었다. 배낭의 지퍼를 닫는데 엘리엇이 세 번째 블러드 메리를 주문하고 있었다.

“이번에는 긴 잔에 주세요. 위에 아무것도 얹지 마시고.”

그러더니 픽 웃으며 말했다.

“진짜 왜 이래? 아, 토마토 주스도 섞지 말고요.”

내가 주먹을 내리치자 테이블 위의 접시들이 식탁보 위에서 가만히 흔들렸다. 웨이터는 수첩에서 눈을 들었고, 엘리엇은 서서히 내 쪽을 돌아봤다.

“제발.” 내가 우물우물 말했다. “이러다 늦겠어.”

엘리엇이 주머니 안에서 시계를 꺼내더니 씩 웃었다.

“뭐, 나는 이미 늦기로 했어. 세이무어, 진작 얘길 하지 그랬어.”

“우리가 여기서 아침 먹고 있다는 거 제임스도 알아? 전화해 줘야 하는 거 아냐?”

엘리엇은 고개를 끄덕이더니 조끼 안을 더듬어 휴대용 술병을 꺼냈다. 나는 속으로 욕을 퍼붓고 내 휴대전화를 꺼냈다.

“번호가 뭐지?” 내가 물었다.

엘리엇은 어깨를 으쓱했다.

“제임스는 늘 그냥 내가 있는 곳으로 와. 나의 개인 데우스 엑스 마키나[고대 그리스 연극에서 줄거리를 풀어 나가고 해결하기 위해 위급할 때에 기계 장치로 신(神)을 때맞춰 출현시켜 긴박한 국면을 타개하고 이를 결말로 이끌어가는 수법. 라틴어로 '기계 장치로 내려온 신'을 의미한다 - 옮긴이]라고나 할까!"

엘리엇은 약을 올리듯 술병을 들여다봤다.

"재미난 얘기 하나 해 줄까? 이 술병 훔친 거야. 런던의 어느 상점에서 훔쳤어. 옆에 사람이 많이 있었지만 제임스를 시켜서 주의를 딴 데로 돌렸지. 믿어져?"

엘리엇은 천천히 잔을 기울였다.

"이 안에 든 스카치 역시 훔친 거지. 그건 어느 날 오후였어."

"이런 빌어먹을. 전철을 타자." 내가 말했다.

엘리엇이 낄낄댔다.

"뭘 타?"

나는 뼈만 톡 튀어나온 엘리엇의 손목을 붙들고 59번가에 있는 전철역 입구로 끌고 갔다. 에스컬레이터에 도착했을 때는 엘리엇이 너무나 심하게 웃어서 그 애의 철사 같은 팔 다리가 비틀리고 있었다.

"그러니까 지하철 말하는 거였어?"

엘리엇이 단 한 번도 전철을 타 본 적이 없다는 게 뭐 그리 놀랄 일이었는지 모르겠다. 사실 타 봤다면 그게 더 놀랄 일이었을 것이다.

나는 다 구겨진 1달러짜리들을 주머니에서 꺼내어 지하철 표 발급기에 급하게 밀어 넣었다. 아무리 구멍으로 돈을 집어넣으려고 해도 기계는 자꾸만 돈을 뱉어냈다.

"엘리엇, 1달러짜리 있어?"

“뭐가 있냐고?”

“됐어.”

나는 배낭에서 25센트짜리를 몇 개 찾아내 편도 표를 두 장 샀다. 뒤를 돌아보니 엘리엇은 가까운 벤치 위에 올라서서 마치 옛무덤을 발굴해 낸 탐험가처럼 경이에 차 전철역 안을 둘러보고 있었다. 엘리엇은 눈을 가늘게 뜨고 벽에 붙은 노선표를 들여다봤다.

“그러니까 이게 버스하고도 연결되는 거야? 오, 제법 영리한데!”

그러더니 작업복을 입고 선로의 일부분을 수리하러 가는 무리의 남자들을 가리켰다.

“저것들 좀 봐! 쥐떼 같아!”

그중 한 명이 등을 돌리려 하는 순간 나는 잽싸게 엘리엇을 벤치에서 끌어내렸다.

“전철 오는 소리가 들려, 얼른 가자.”

나는 엘리엇에게 표를 건넸다. 엘리엇은 그것이 무슨 외국 화폐라도 되는 듯 들어 올려 불빛에 비춰 봤다. 기차가 굉음을 내며 역으로 들어섰다.

“얼른!” 내가 소리쳤다.

나는 급히 회전문 사이를 통과해 가장 가까운 칸으로 질주했고, 두 팔을 차 안쪽에 끼워 넣었다. 몇몇 사람들이 내 손을 잡아 줬다. 잠깐 동안의 긴박한 순간이 지나고 문이 다시 열렸고 사람들이 나를 전철 안으로 홱 잡아당겼다. 전철이 움직이기 시작하자 다른 승객들이 박수를 쳐 줬다. 나이 든 한 아주머니는 내 어깨를 토닥여 줬다.

"하마터면 놓칠 뻔했어!" 그분이 웃으며 말했다.

전철이 역을 떠나기 직전, 엘리엇이 에스컬레이터 맨 아랫부분에 서 있는 모습이 눈에 띄었다. 에스컬레이터는 반대방향으로 올라갔다. 엘리엇은 계단을 택해야 했다. 엘리엇은 믿을 수 없다는 듯 고개를 몇 번 흔들었다. 그러더니 난간을 잡고 혼자 걸어가기 시작했다.

나는 복도를 달려 붙어 수업 시간에 뛰어 들어갔다. 펜은 이미 손에 쥔 채였다.

"제가 놓쳤나요?"

헨드릭스 선생님이 나를 빤히 쳐다봤다.

"무슨 소리지, 세이무어?" 선생님이 이마를 문지르며 물었다. "뭘 놓쳐?"

대체 뭔 짓을 한 거야! 이건 돌발 쪽지 시험이었잖아. 나는 시험을 보는지도 모르고 있어야 한다고.

나는 목청을 가다듬었다.

"제가 수업을 놓쳤나 해서요." 나는 힘차게 말했다.

선생님 표정이 다시 밝아졌다.

"아! 아! 아니다, 세이무어. 제 시간에 왔어!"

이제 내 자리로 통하는 앞줄 가운데 자리에 가 앉자 반 아이들의 낮은 신음 소리가 들려왔다. 이런 때가 바로 엘리엇이 정의하는 '인기'라는 것에 의문이 드는 순간이었다. 나는 엘리엇의 지위 등급 명단의 밑바닥에서 꼭대기까지 올라갔다. 하지만 그 두 자리는 비슷한 점이 너무나 많았다.

헨드릭스 선생님은 나와 눈을 고정하고는 속사포 같은 횡설수설 독백을 마구 쏟아내기 시작했다. 나는 미소를 띠고 고개를 끄덕여 가며 듣다가 쪽지 시험지를 받아들었다. 시험지를 받아 다 채우고 제출한 뒤 최대한 빨리 그 자리에서 도망쳤다.

오늘 일을 이번 달에 있었던 아슬아슬한 순간들과 비교해 봤다. 이 정도는 5위 안에도 못 들었다. 수학 시간에 선생님이 담배를 피우러 나가며 자기가 자리를 비운 사이 내게 수업을 끌어가라고 했을 때는 공포에 가까운 순간이 몇 번이나 있었다. 그리고 식당에서 급식 아줌마와 대화를 나눈 순간은 악몽 그 자체였다.

"세이무어, 네가 하는 일에 대해 정말 고맙게 생각해. 그게, 우리 삼촌이 파스테르나크 슈월칠드 병을 앓고 있거든."

"아! 정말 안됐네요. 그래도 마음은 밝게 먹고 사시죠?"

"삼촌은 혼수상태이셔. 그게…… 당연하잖아. 파스테르나크 슈월칠드 병인데."

"마, 맞아요. 당연하죠. 맞아요."

나는 계단 뒤로 숨어 천천히 옥상 쪽으로 올라갔다.

　학생들의 옥상 출입은 금지되어 있었고, 학교 측에서는 이 규칙을 아주 철저하게 적용했다. 옥상 쪽으로 올라가는 계단에는 보안 카메라가 줄줄이 설치돼 있어서 모니터에 찍히는 순간, 자동 정학이었다. 하지만 나는 엘리엇이 만든 지도의 도움을 받아 다른 길을 찾아냈다. 일단 보일러실로 가는 뒷계단으로 내려간다. 그러고는 이제는 쓰이지 않는 마대 걸레들이 줄지어 서 있는 관리인 창고 앞을 지난다. 그러면 버려진 책장들 사이로 숨어 있는 학교의 낡은 환기구 입구가 보인다. 거기까지 가고 나면 자물쇠 비밀번호를 누르고 (엘리엇이 번호를 어떻게 알아냈는지는 모르겠지만) 끝없이 이어지는 사다리를 기어 올라가면 끝이다. 10분 정도 기어 올라가면, 학교가 석탄 난방을 그만둔 이후 80년간 사용하지 않고 있는 환기구 밖으로 나오게 된다.

　급수탑과 파이프 몇 개를 빼고 옥상에는 아무것도 없었다. 강 두 개와 공원이 거의 다 내려다보였고, 끔찍한 교통사고가 나도 별로 놀라지도 않을 만큼 자동차들은 아주 멀리 보였다. 검정 타르가 깔려 있는 표면은 햇볕 덕분에 언제나 따뜻했지만 절대 뜨거운 법은 없었다. 옥상까지 가려면 25분 정도 걸렸지만 나는 적어도 하루에 한 번씩은 꼭 올라갔다.

　처음 옥상으로 오는 길을 발견했을 때는 내 자신이 너무나 대견해서 곧장 엘리엇에게 전화를 걸어 내가 발견한 것을 자랑하려고 했다. 하지만 엘리엇이 전화를 받고 내가 어디에 있는지 묻자 나도 모르게 내 방 침대에 있다고 해 버렸다. 엘리엇에게 처음으로 한 거짓말이었다.

　급수탑의 그늘 아래 앉아 오늘 내게 닥칠 두 번째 돌발 시험은 뭘까 생각하고 있는데 이곳에는 나 혼자만 있는 게 아니라는 느낌이 들었다. 내 몸은 '공포 체험 3단계'에 따라 움직이기 시작했다. 심장박동이 빨라졌고, 목구멍은 수축했으며, 손바닥에는 진땀이 흥건했다.

'바로 이거야.' 나는 생각했다. 오늘만 세 번짼가 네 번째였다. '바로 이렇게 끝장이 나는 거야.'

하지만 늘 그렇듯, 그건 그냥 허위 경보였다. 애쉴리였다.

"세이무어, 안녕." 애쉴리가 말했다. "너도 해냈구나."

"넌 여기에 어떻게 올라온 거야?" 내가 따지듯 물었다.

애쉴리는 어깨를 으쓱했다.

"계단으로."

"뭐라고? 지금 장난해?"

나는 내 물건을 챙기기 시작했다.

"지금 당장 이리로 쫓아 올라오고 있을 거라고!"

애쉴리가 웃었다.

"어머머, 어떡하니! 빨리 도망가야겠다!"

나는 마리화나에 대해선 잘 몰랐다. 엘리엇은 마리화나를 '길거리 약'으로 분류하고 절대로 손대지 않았다. 실은, 어쩌면 나는 그걸 한 번도 본 적이 없는 것도 같다. 하지만 애쉴리가 약에 취해 있다는 건 확실히 알 수 있었다.

"난 여기 매일 올라와." 나는 애쉴리에게 단호하게 말했다. "벌써 한 반 년쯤 됐어."

"나는 그보다 더 오래됐는데. 봐, 내 전용 의자도 있잖아."

그러더니 급수탑 아래로 손을 뻗어 빨간색과 흰색 줄무늬가 있는 정원용 접이식 의자를 꺼냈다. 꽤 낡아 보이는 의자였다.

"너도 의자 하나 장만하지 그래."

애쉴리는 중2, 3학년 때에 글렌데일을 떠나 있었다. 애쉴리가 왜, 어디로 갔는지를 놓고 소문이 무성했지만 정확한 사실을 아는 사람은 아무도 없었다. 애쉴리가 자기 선거 매니저였던 외국인 교환 학생 한 위의 쌍둥이를 낳았다고 주장하는 사람들도 있었지만, 대부분은 그 애가 일종의 신경쇠약에 걸렸다고 생각했다. 분명한 건 애쉴리가 돌아왔을 때 완전히 딴사람이 돼 있다는 거였다. 애쉴리는 하나로 땋고 다니던 머리를 잘라 버렸는데 그 모습은 마치 그 애가 팔 다리를 절단하고 나타난 것만큼이나 충격적이었다. 성적은 바닥을 기었고, 절대로, 절대로 그 무엇도 자진해서 하는 법이 없었다. 나는 애쉴리가 여러 가지 이유로 글렌데일을 떠났을 뿐, 그 말도 안 되는 중2 시절 치른 선거 때문에 학교를 떠난 것은 아니라고 생각하고 싶었다. 하지만, 절대로 이유를 묻지는 않았다. 아무도, 수학 클럽의 오랜 친구들조차도 그걸 묻지는 못했을 것이다. 식당에서도 애쉴리는 그 누구와도 함께 앉지 않았다. 그냥 식판을 받아들고는 없어졌다. 아마도 여기에 왔었나 보다.

"랜스 생일 파티가 있던 토요일에 널 봤어." 애쉴리가 말했다. "휴대 전화에 대고 누구랑 전화하는 척하더라. 정말 뭐하는 짓이야."

애쉴리는 고개를 가로젓더니 웃었다.

"그니까, 너 그날 정말 미친 사람 같더라니까."

"나 갈래."

"걱정 마. 아무도 못 봤어. 나만 빼고."

내가 수첩을 잡으려고 손을 뻗는데 내 손이 닿기도 전에 애쉴리가 낚아채 버렸다.

"돌려줘!" 내가 소리쳤다. 애쉴리가 찔끔하도록 협박처럼 들리게 할 의도였는데 어린애의 애원 같은 소리가 나왔다.

"돌려줘." 나는 낮은 목소리로 다시 말했다. 애쉴리는 애들이 누구 놀릴 때 부르는 노래 같은 걸 이상한 음정으로 흥얼거리며 내 수첩을 옥상 끝에서 달랑달랑 들고 있었다. 애쉴리가 그걸 던져 버릴 정도로 무자비한 애였나? 자기가 피우는 약을 나도 하라고 협박하려는 걸까? 이보다 상황이 더 나빠질 순 없다고 생각하는데 애쉴리가 페이지를 넘기더니 수첩을 읽기 시작했다.

"영어 돌발 시험? 이야~ 대박이다."

나는 무슨 되도 않는 거짓말을 주워섬기기 시작했지만 애쉴리는 전혀 듣고 있지 않았다.

"왜 커닝을 하는 거야?" 애쉴리가 물었다.

"네가 그런 말 하는 거 위선 아냐?" 내가 더듬거렸다. "내 말은……
넌 약도 하면서."

애쉴리가 웃었다.

"너보고 커닝을 하면 안 된다고 말하는 게 아냐. 그냥 너무 힘들어 보여서 그래. 그렇잖아, 그냥 쪽지 시험일 뿐인데."

애쉴리는 눈을 덮는 연갈색 앞머리를 뒤로 넘기며 날 보고 미소 지었다.

"내가 좀 도와줘? 내가 문제 낼게, 네가 답해 볼래?"

나는 그 애 손에서 수첩을 되찾아서 환기구 안으로 기어들어 갔다.

"행운을 빌게." 애쉴리가 말했다.

테리 아저씨가 승마 재킷과 부츠 차림으로 나를 맞았다.

"어서 와!"

"안녕하세요. 승마는 재미있으셨어요?"

"나흘째 집 밖에 나가지도 않았는걸. 스콘 먹을래?"

"괜찮아요. 저기요, 엘리엇한테 올라가 봐야겠어요. 제임스가 찾아와서 학교 끝나자마자 오라고 했거든요."

"제임스는 엘리엇이 보낸 게 아니야." 테리 아저씨가 말했다. "우리 아드님이 좋게 말하면 좀 '안 좋은 날'을 보내고 계셔서 말이야."

"아."

대화가 잠시 끊어졌다. 멀리서 희미하게 뭔가가 부서지는 소리가 들렸다.

"제임스는 내가 보냈어." 테리 아저씨가 밝게 말했다. "엘리엇 기분이 별로라고 우리까지 어울리지 말라는 법은 없잖니."

그러더니 내 팔꿈치를 덥석 잡았다.

"서재로 가자. 내가 엄청나게 긴 이야기를 하나 해 줄게."

그때가 겨우 3시 반이었지만 테리 아저씨의 책상에는 술병이 죽 널려 있었다. 서재는 평소답지 않게 어질러져 있었다. 책들은 바닥에, 쿠션은 소파에 흩어져 있었다. 그러고 보니 곰도 테리 아저씨의 중절모를 쓰고 있었다.

"저는 이제 가 봐야겠어요. 저…… 엘리엇이 몸이 안 좋으면요."

"무슨 소리야! 자, 가만 있어 보자…… 아직 네가 못 들은 얘기가 있을 건데. 포도주에 GHB(감마 히드록시부티르산, 마약으로 이용되는 불법 화학 물질―옮긴이)를 타서 「와인 스펙테이터」지 편집장이 연초 연설하는 내내 취해 보였다는 얘기 했나?"

나는 고개를 끄덕였다.

"내 마흔 번째 생일 파티는? 억지로 록밴드들을 재결성하게 만들었던 얘긴?"

"녹화한 거 보여 주셨어요."

"그 오만한 문학잡지를 어떻게 손 봐 줬는지도 들었어?"

"잡지 지면을 몽땅 사서 광고로 화보 책을 만들어 버린 얘기요?"

"그래, 그런데 어떤 종류의 화보였는지도 기억하니?"

"그게…… 야한 화보였나요?"

테리 아저씨가 한숨을 쉬었다.

"재미있는 건 다 들었구나."

나는 이렇게 이른 시간에 아저씨의 서재에 온 적이 없었다. 이렇게 밝을 때 들어와 있으려니 좀 이상했다. 아저씨의 가죽 의자는 햇볕에 거의 붉은 색으로 보였고, 방 안에 떠다니는 먼지까지 다 보였다. 테리 아저씨는 스콘을 하나 집어 들고 잠깐 들여다보더니 도로 바구니에 내려놓았다. 그러고는 나에게 바싹 다가왔다.

"걘 좀 어떠니?"

"엘리엇이요? 걘…… 그게…… 몸이 안 좋은 거 아닌가요?"

테리 아저씨는 주머니에서 손수건을 꺼내더니 빨갛게 부은 얼굴을 닦았다. 이 자릴 뜨고 싶다는 욕구가 확 올라왔지만 예의바르게 떠날 방법이 떠오르질 않았다.

"몸이 안 좋은 건 알아." 아저씨가 말했다. "다른 건?"

나는 아저씨가 나의 중2 생일 때 선물에 꽂아 두었던 메모를 기억했다. 아저씨가 제안했던 대화를 나누는 데는 4년이란 시간이 걸렸다.

아저씨는 뭔가 결심하려는 듯 나를 위아래로 훑어보더니 마침내 입을 열었다.

"좋다, 세이무어. 네가 아직 듣지 못한 얘기가 한 가지 있다."

"우리가 결혼했을 때, 내 아내는 우스꽝스러울 정도로 나보다 한참 어렸어. 정확한 나이는 말하지 않겠다. 이렇게만 말해 두자. 나이차가 너무 심해서 주례를 보는 목사가 결혼식 주재 자체를 거부했지. 우리 가문이 그 교회 건축을 해 줬는데도 말이야.

공식 칭호를 써서 부르면 얼굴을 붉히며 싫어했지만, 엄밀히 말해서 내 아내는 공주였어. 몬테카를로에서 그녀를 처음 만났어. 결혼식 아니면 장례식이었을 텐데, 난 그녀에게 완전히 넋을 잃어서 다른 건 안중에도 없었어. 바티칸의 신성한 정원 한가운데에는 순금으로 만들어진 그녀의 조각상이 있지. 뭐, 팻말은 물론 동정녀 마리아라고 되어 있어. 하지만 교황이 조각가에게 내 어린 아내를 모델로 쓰라고 했지. 그녀의 얼굴을 본 사람들은 그녀를 경배할 수밖에 없었어.

　정식 학교 교육을 받은 적은 전혀 없어. 학문 쪽으로는 말이야. 성 안에서 하인들의 손에 컸으니까. 하프를 켤 줄은 알았지만 운전은 할 줄 몰랐지. 스페인어, 독어, 불어, 영어를 유창하게 썼지만 수를 셀 때는 손가락을 꼽아야 했어. 물론, 그 모습은 너무나 사랑스러웠지. 그녀의 아버지는 나이가 너무 많았어. 그녀가 열한 번째 아이였거든. 우리가 결혼할 때 내가 아버님 전속 의료진을 꾸려 드리겠다고 했지만 아내는 모시고 살겠다고 우겼지. 늙은 아비를 스스로 돌봐드리고 싶었던 거야. 우리 집에 모셔 왔을 때는 이미 정신을 놓은 상태였어. 그분은 제2차 세계대전에서 훈장까지 받은 참전용사였지. 1939년 드골 밑에서 무공 십자훈장을 받았거든. 그런데 지금도 전쟁이 진행 중이라고 믿고 계셨어. 매일 아침 신문을 뒤적이며 유럽에서 벌어지는 전투를 아무도 다루지 않는다는 사실에 격분했지. 아버님의 환각이 계속되자 내 아내는 온 집안 사람들을 모아 놓고 하인들에게 아버지의 말을 반박하지 말아 달라고 사정했어. 장인이 전쟁의 근황을 물으면, 이렇게 말하라고 명령했어. '러시아 군대가 접근 중입니다.' 혹은 '히틀러가 도망가는 중입니다.' 그분은 나일론 옷을 입은 여자를 볼 때마다 길길이 뛰었어. 전쟁을 지원하는 데 필요한 물품이었기 때문이야. 그래서 아내는 집안에서 스타킹 금지령을 내렸어. 장인이 혼란스러워 하셨기 때문에 TV 시청도 금지했어. 우리 집은 그해 내내 제 2차 세계대전 중이었고, 장인이 돌아가시는 침상에서 아내는 우리가 승리했다고 말씀드렸어. 그런 여자였지.

엘리엇이 태어나고 몇 년 후, 그리스로 가는 유람선에서 아내가 기절했어. 바람을 쐬겠다고 갑판으로 올라갔는데, 내가 따라가지 않았다면 발견될 때까지 얼마나 오래 그냥 방치됐을지 모를 일이었지. 그 배의 의사가, 그 무능력하고, 원숭이같이 생긴 바보 놈이 아스피린을 처방해 줬어. 그리고 의사의 전문 지식을 믿었던 선장은 항로 돌리기를 거부했어. 알아듣게 설명도 하고, 목숨을 위협하기도 했지만 소용없었어. 결국 한 40만 달러에 합의를 했어.

한 시간 안에 배를 부두에 댔고, 가장 가까운 병원까지 택시를 탔어. 아내는 이제 괜찮아지고 있다고 했지만 나는 절대로 그냥 넘어갈 생각이 없었어.

그동안 진단받은 적이 없던 신장 문제라는 게 밝혀졌어. 내가 찾아간 의사마다 같은 의견을 냈어. 몇 주 안에 기증자를 찾아야 했지. 그 분야 최고 권위자인 파크 가의 외과 의사는 지금 미국에는 장기가 부족해서 내 아내도 정부에서 정한 무슨 대기자 명단에 이름을 올려야 한다고 했어. 나는 뇌물을 달라는 뜻이라 생각하고 고개를 끄덕이며 주머니를 뒤졌어. 하지만 그 명단은 엄연히 존재했고 아주 엄격한 거였지.

몇 시간 안에 제임스가 무슨 상을 수상했다는 옥스퍼드의 교수,

하이스미스라는 박사를 연결해 줬어. 그자는 여러 귀족들과 영국 왕실의 주치의였는데 환자들로부터 사례금을 받아 오다가 면허를 박탈당한 자였지. 나는 영국으로 날아가 그에게 백지 수표를 쥐여 줬어.

그 의사는 48시간 후에 태국에서 전화를 걸어왔어. 시골에서 어느 수녀원을 찾아냈다고 했어. 그곳에는 마흔 명의 수녀가 있는데 금욕적인 삶 덕분에 모두 건강이 완벽한 상태라고 했지. 그중 여덟 명이 내 아내와 혈액형이 일치했고, 그중에서 네 명이 신장을 팔아야 할 정도로 경제 상황이 절박하다고 했어. 그는 네 사람의 생체 수치를 모두 비교하고 대조했지. 나이, 유전학적 전력, 등등. 하지만 결국에는 그 사람들의 몸에서 신장을 꺼내서 직접 검사하기 전에는 신장의 품질이 어떤지 결정할 수가 없다고 고백하더군. 어느 수녀의 몸을 갈라야 하는지 정할 수가 없다고 했지.

그때까지만 해도 나는 하이스미스 박사를 감상적인 사람이 아니라고 생각했어. 내 눈을 똑바로 보고 뭐든 곧이곧대로 말하는 사람이었거든. 그런데 내가 신장 네 개를 모두 꺼내서 최고의 신장을 쓰자고 제안했더니 거부하더군.

'그럼 남은 신장 세 개는 나보고 어쩌라는 얘깁니까?' 그가 물었지.

'어디 자선 병원 같은 데 보내면 되잖소.'

'그 즉시 우리는 잡혀 갈 겁니다.'

'그럼 내가 보관하죠. 내 아내에게 여분이 필요할 경우에 대비해서.'

'그게 무슨 등심 스테이크인 줄 아십니까. 보관할 수 있는 게 아니라고요.'

'그럼 내다버려요. 쓰레기 봉지에 담아서 쓰레기통에 던지라고.'

긴 침묵이 이어졌지.

'선생님, 법을 어떻게 적용하든 간에 장기를 매매하는 것 자체가 엄청난 불법행위입니다. 그런데 장기를 사서 버리기까지 하는 건……'

나는 내 사랑스러운 아내를 생각했어. 자기 아버지와 스탈린 군대의 진격에 대해 이야기를 나누던 모습을.

'나는 이럴 시간이 없어요. 10초 내에 대답해요.'

막 끊으려고 하는데 박사가 목청을 가다듬더군.

'알겠습니다. 하지만 이 행위에는 또 요금이 발생합니다.'

그래서 우리는 태국으로 날아갔지. 관리들을 매수하고, 제대로 된 장비도 구입하고 자격 있는 의사도 고용해서 적절한 신장들을 샀어. 그중에 최상의 것을 고르고 나머지는 버렸어. 그랬는데…… 아내는 죽어 버렸어."

테리 아저씨는 시가에 다시 불을 붙이고 아무렇지도 않게 다시 피우기 시작했다.

"정말 형편없는 얘기야. 곰 얘기를 해 줄걸 그랬어." 그러더니 곰을 가리켰다.

"그 얘기는 꽤 재미있는데."

"엘리엇은 몇 살이었나요?" 내가 물었다. "그 모든 일이 일어났을 때?”

그는 어깨를 으쓱했다.

“그걸 누가 알겠어?”

“엘리엇은 한 번도 그 얘기를 하지 않았어요.”

“걘 모르거든. 걔가 언젠가는 물어보길 바랄 뿐.”

테리 아저씨는 큰 잔에 술을 자작했다.

“나는 그 애의 뒤를 캐지 않아, 그거 아니?”

“네?”

“스파이쯤은 쉽게 붙일 수 있어. 내 밑에 전속 개인 탐정이 셋이나 있거든. 엘리엇의 뒤를 쫓으라고 할 수 있지만 그러지 않아. 더 이상은 안 해. 왜냐하면 세이무어, 난 상관 안 하거든. 이보다 더 신경을 안 쓸 수도 없어. 제임스가 벌써 몇 년째, 나한테 주간 보고서를 써 올리지만 난 그걸 그냥 버려. 쓰레기통에 던져 버린다고.”

해가 졌지만 테리 아저씨는 불을 하나도 켜지 않았다. 나는 일어나 어두워진 서재를 가로질러 갔다.

“가지 마!” 그가 말했다. “앉아, 브랜디 한잔 하라고.”

“너무 늦었어요.”

“내가 곰 얘기를 해 줄게. 아주 재미있다고!”

“저 진짜로 가⋯⋯”

“서커스에서 일어난 일인데 뚱뚱한 여자도 등장한다니까.”

“괜찮아요.”

“야한 얘기야.”

“안 되겠어요.”

“그럼 너…… 그림 보고 싶니? 내 수집품 중에 하나를 보여 줄게. 여태껏 아무도 보지 못한 그림이야!”

“아저씨, 죄송해요. 하지만 집에 가야 해요. 부모님이 걱정하고 계실 것 같아요.”

테리 아저씨는 눈을 몇 번 깜빡이더니 커다란 미소를 지었다.

“좋아. 그래, 그러는 게 좋겠다. 알았다.”

복도로 걸어 나오니 밝은 빛에 눈이 부셨다. 나는 내 뒤로 육중한 문을 닫았다.

내 기억으로, 부모님과 나는 한동안 포스트잇 메모로 소통하며 지냈다. 부모님은 누가 전화를 했고, 저녁은 냉장고 어디에 넣어두었다는 내용의 메모를 보통 하루에 두세 개 정도 남겨 놓았다. 그 메모들은 부모님이 나를 어떻게 생각하는지 보여 주는 장치였다. 몇 글자 겨우 들어가는 작은 노란색 네모에 적힌 내용으로 그걸 알 수 있다는 건 아니었다. 바로 그 메모를 붙여 두는 장소로 알 수 있었다. 예를 들어 내가 중학교 2학년이었을 때는 내게 남기는 모든 메모들을 오레오 상자에 붙여 두셨다. 그 과자야말로 내가 우리 집에서 꼭 찾아낼 유일한 것이라고 생각하신 것이다. 고등학생이 된 어느 날부턴가는 내 책꽂이에 붙여 놓기 시작했다. 내가 학자가 됐다고 생각하신 게 분명했다. 그런데 최근에는 내 거울에다 붙여 놓기 시작했다.



첫 번째 메모는 무시해 버리고, 내가 잘못 읽은 게 분명한 거라 생각하며 두 번째 메모를 뚫어져라 쳐다봤다. 제시카가 내 번호는 어떻게 알았을까? 학급 전화번호부에는 아직도 예전 아파트 번호가 적혀 있었다. 나는 거울에서 포스트잇을 떼어 내어 불빛에 대고 봤다. 그 애의 이름이 종이에 무게를 불어넣기라도 한 듯 설명할 수 없는 무게감이 느껴졌다.

나는 전화번호부를 뒤져 전화를 걸었다.

"로라?" 그 애가 물었다.

"어, 아니야, 나 세이무언데."

"누구?"

"세이무어라고."

"아!"

"전화했었어?"

"아, 그래! 헨드릭스 선생님이 네 번호를 주셨어. '불어 시험 전에 넌 과외 선생이 필요할 것 같은데.'라고 말씀하셔서 내가 '세이무어는 어떨까요?' 그랬더니 '좋지.' 그러시더라고. 그래서 걸었지!"

나는 수화기를 손으로 막고 헛기침을 했다.

“시험을 얼마나 자주 보는지는 너도 알지?” 나는 애를 써 봤다. “그 정도로는 택도 없어.”

제시카가 웃기 시작했다. 마치 슬롯머신에서 동전이 쏟아져 나오는 소리처럼 믿을 수 없는 소리였다.

“그만해.” 제시카가 깔깔거리며 말했다. “그만해! 하지 마!”

부스럭거리는 소리가 나더니 날카로운 비명 소리가 이어졌다.

“제시카?”

“미안.” 제시카가 숨을 헐떡이며 말했다. “랜스가 저질처럼 굴잖아.”

“으응.” 내가 대답했다.

“수요일에 시간 있어? 왜냐하면 시험이……”

제시카가 다시 꺅꺅거렸다. 이번에는 더 큰 소리로. 그러더니 수화기를 아예 단단한 어딘가에 떨어뜨린 것 같았다. 이제는 두 사람 소리가 다 들렸지만 너무 작게 들려서 무슨 소린지 알아들을 수 없었다. 끊어 버리고 싶었지만 무례하게 대하고 싶지는 않았다. 그래서 뭔 짓인지는 모르겠으나 그 짓이 끝날 때까지 기다리며 몇 분을 그냥 그대로 앉아 있었다.

내가 제시카를 가르칠 수는 없었다. 그런 재앙이 또 어디 있겠어.

말할 줄도 모르는 언어를 대체 무슨 수로 가르치라고.

제시카가 수화기에 대고 한숨을 쉬었다.

“미안해.”

“저기, 제시카. 아무래도 안 되겠어.”

“뭐?”

“그게, 내가 너무 바빠.”

“그럼 화요일은 어때?”

“아니, 아예 못할 것 같아. 끊어야겠다.”

“아, 그래. 저기 있잖아, 귀찮게 해서 미안해! 난 그냥, 알지, 네가 불어를 너무 잘하니까……”

“아냐, 괜찮아. 근데 지금은 끊어야겠다. 안녕.”

“그래, 안녕.”

나는 전화를 끊고, 전화번호부를 덮어 버리고, 포스트잇을 쓰레기통에 버렸다.

이런 일로 전화를 걸었다는 걸 진작 알았어야 했다. 내게 전화를 할 다른 이유가 대체 뭐가 있겠냐고. 제시카가 헨드릭스 선생님 앞에서 내 전화번호를 진지하게 받아적는 모습을 떠올려 봤다. 그리고 랜스가 뭔 짓거리인지는 아무도 모를 그 짓을 하는 동안 제시카가 마지못해 전화를 거는 모습도 그려 봤다. 하지만 그 모든 것들을 생각하고 있을 겨를이 없었다. 내겐 더 큰 문제가 있었으니까. 내가 제시카의 과외 지도를 거부했다는 것을 헨드릭스 선생님이 알게 되면 그 이유를 묻기 위해 나를 호출할 게 뻔했다. 지금 내게 품고 있는 의심이 더 깊어지지 않도록 뭔가 구체적인 알리바이가 필요했다. 나는 수첩과 연필을 꺼내들고 엘리엇에게 전화를 걸었다.

“어디 있었어?” 엘리엇이 따지듯 물었다. “네 휴대전화로 걸고, 집으로 걸고, 음성도 남기고, 너희 엄마한테도 전해 달라고 하고……. 그러니까 내 말은, 그런 걸 내가 몸소 하지는 않았어. 제임스가 내 대신

했지. 나는 주문 제작된 욕조에 네 시간 내내 들어가 있었으니까. 그래도 그 시간이면 제임스가 날 위해 새로운 칵테일을 만들어 낼 수 있는 시간이란 말이야.”

“문제가 생겼어. 제시카가 전화를 해서…… 과외를 해 달라고 했어. 안 된다고는 했는데 만약에 헨드릭스 선생님이 알게 되면…….”

“세상에. 그것 땜에 이 난리를 치는 거야?”

“엘리엇, 난 불어를 못 한다고!”

엘리엇이 웃었다.

“네 목소리로 판단하건데 이 문제는 헨드릭스 선생보다는 제시카랑 더 관련이 있는 것 같은데.”

“그게 무슨 소리야?”

“인정해, 세이무어. 내 말이 맞잖아. 아주 잠깐이나마 제시카가 전화한 이유가……”

“엘리엇, 난 지금 심각하다고, 알아들어? 선생님들이 점점 의심하기 시작했단 말이야.”

나는 내 방문이 잠겨 있는지 다시 확인한 뒤에 계속 속삭였다.

“난 너랑 달라, 알아? 내가 자기들한테 거짓말하는지 안 하는지 다른 사람들이 신경 쓴다고.”

엘리엇이 나를 비웃었다.

“나한테 신경 쓰는 사람은 뭐 없는 줄 아니? 이거 왜 이래. 아빠는 나의 학교 출석률이 매우 높다고 생각해. 보고서를 위조하려고 나는 매주 제임스에게 돈을 먹여야 한다고.”

“그건 좀 달라. 실은, 너희 아버지는 그 보고서 읽지도 않거든.”

잠시 엘리엇은 아무 말도 없었다.

“그게 무슨 소리지?”

“그냥 버린다고 했어. 나한테 그러셨어.”

“언제 아빠가 내 얘길 했지? 또 무슨 소릴 했어?”

“너 그게 진짜 중요해?”

“물론, 아니지!” 엘리엇이 쏘아붙였다. “그냥 좀 궁금했던 건데, 됐어.”

누군가 내 방문을 두드렸다.

“끊어야겠어, 엘리엇. 저녁 먹어야 돼.”

“지금 당장?”

“담에 다시 얘기하자.”

“잠깐! 기다려 봐. 그 헨드릭스 선생 건, 내가 도와줄게.”

“지금 말고.”

“방법이 있어, 하지만 좀 복잡해. 우리 집으로 와서 함께 계획을 짜보자.”

“안 돼. 일단 끊을게.”

“세이무어, 뭔지 알면 듣고 싶어질 텐데! 이건 아껴 두고 있던 건데, 그 선생을 완벽하게 무너뜨릴 수 있어!”

“엘리엇, 끊을게.”

“하지만……”

“안녕.”

앨러거시 가족의 역학관계를 이해하는 것은 복잡한 수학 문제를 푸는 것이나 마찬가지다. 테리 아저씨가 자기 아들에 대한 보고서를 써 내라고 제임스에게 x달러를 주면, 엘리엇은 그 보고서를 허위로 작성하라고 y달러를 제임스에게 줬고, 그러면 테리는 그 보고서를 받아 쓰레기통에 버렸다. 최후에 이득을 보는 사람은 대체 누구야? 서로 그냥 대화하는 것만으로 그들이 아낄 수 있는 돈은 얼마나 될까?

이것이 부모님과 말 한마디 없이 저녁을 먹으며, 그날 저녁 식탁에서 내가 나 자신에게 던진 질문들이었다.

"정말 황당하기론 이게 거의 지존인 것 같다." 애쉴리가 말했다.

"그럴 수도. 하지만 꽤나 유용한 조사였어."

"야, 이건 빌링 선생님의 똥에 대한 차트잖아."

"너 나 도와준다고 하지 않았냐?" 나는 애쉴리의 손에서 내 수첩을 빼앗아 버렸다.

"도와줄게, 도와줄게. 그래도 이 차트가 왜 필요했는지만 먼저 말해 줘."

나는 손가락으로 애쉴리를 겨눴다.

"너 입을 뻥긋이라도 했다가는……"

애쉴리가 웃었다.

"알았어, 그래, 이미 협박은 다 했잖아."

“아예 너랑 말을 하질 말았어야 했는데, 솔직히, 정말 내가 왜 너랑 이런 얘길 하고 있니?”

“세이무어, 내가 네 얘길 왜 떠들고 다니겠니? 그렇잖아, 누가 내 말을 믿기나 하겠냐고.”

나는 잠시 머뭇했다.

“좋아. 하지만 중간에 말 끊지 마.”

나는 수첩을 펼쳐서 급수탑에 기대어 놓았다.

“빌링 선생님은 고등학교 교무과장이야. 곧 모든 과목의 기말고사 시험지를 미리 받아 본다는 뜻이지.”

“진짜?”

“응, 나중에 참고자료로 쓰기 위해 철해 놓거든. 전교생 성적표도 다 보관하고 있어.”

“와우.”

“놀랍지. 그러니까 선생님이 언제 자리를 비우는지를 아는 게 아주 중요하지 않겠어?”

“책상 서랍을 뒤질 수 있게?”

내가 망설였다.

“어휴, 세이무어, 쫄지 마!” 애쉴리가 말했다. “여기엔 아무도 없다니까.”

“알았어. 어쨌든…… 기본적으로 빌링 선생님에 대해 꼭 알아야 할 게 두 가지 있어. 첫째, 점심은 늘 12시 30분에 먹는다. 둘째, 과민성 대장 증후군을 앓고 있다. 자, 보통은 점심 식사를 하자마자 5층에 있는 화장실에 대략 10분간 가 있어. 하지만 여기 이 날들엔……"

나는 달력을 가리켰다.

"11층에 있는 화장실로 가지. 30분 이상 말이야."

"왜?"

"더 멀기 때문인 것 같아. 11층은 B계단으로만 올라갈 수 있고, 거의 아무도 안 쓰거든. 그 안에서 뭘 일을 하는진 몰라도 혼자만 있고 싶은 거지."

"아니, 내 말은 왜 그 이틀만 그렇게 오래 걸려? 그 이틀은 뭐가 다른 건데?"

"아, 그게, 그날이 학생 식당에서 피자가 나오는 날이거든."

애쉴리가 웃음을 터뜨리더니 점점 더 크게 웃어젖혔다.

"애쉴리!" 내가 속삭였다. "쉿!"

하지만 애쉴리의 눈이 다 찌그러지더니 그 애는 두 주먹으로 급수탑을 내리쳤다. 나는 그 애를 진정시키려고 해 봤지만 내가 애원하는 모습에 그 애는 더 심하게 웃는 것 같았다.

"뭐가 그렇게 웃긴데?" 내가 따졌다.

애쉴리가 대답을 하려고 했지만 매번 숨을 가다듬을 때마다 다시 그 발작적인 웃음이 터져 나와 아무 말도 하지 못했다. 결국 애쉴리는 내 연필을 잡더니 내 차트 위에다 뭐라고 휘갈겼다.

**그러거나 말거나 선생님은 피자를 먹잖아!**

정말 대단한 일이었다. 빌링 선생님은 피자를 먹으면 무슨 일이 벌어지는지 뻔히 알면서도 한 달에 두 번, 앞뒤 안 가리고 감행했다.

애쉴리는 진이 쪽 빠져서 의자 위에 널브러졌다. 입술은 벌어지고 가슴은 헐떡였다. 그리고 겨우 숨을 가다듬었다. 하지만 애쉴리가 눈을 뜨고 나와 눈이 마주치자 다시 폭발했다. 이제는 타르 바닥에 발을 굴러 대며 우리 둘이 같이 웃고 있었다. 마침내 웃음이 진정된 후에는 윗몸 일으키기를 백 번쯤 한 것처럼 배가 당겼다. 눈에는 눈물이 맺혀 있었다.

"그 도표 엘리엇이 생각해 낸 거야?" 숨을 쉴 수 있게 된 다음에 애쉴리가 물었다.

"실은 거의 다 내가 생각해 낸 거야."

"야, 제법인데."

나는 얼굴을 붉혔다.

멀리서 10분이 됐음을 알리는 종소리가 들려올 때까지 우리는 더글러스 선생님의 역사 기말 고사 정답을 훑었다.

"진짜 말도 안 되는 게 뭔지 알아?" 환기구 안으로 들어가기 전에 내가 애쉴리에게 말했다. "지금 이 순간까지 이 도표가 그렇게 우스울 수 있다는 생각은 단 한 번도 못했어."

애쉴리가 엄숙하게 고개를 끄덕였다.

"심하게 말 안 되네."

엘리엇이 음식 승강기 손잡이를 돌려 두 가지 물건, 낡은 휴대전화기와 전화번호부 복사본을 꺼냈다. 그리고 전화번호부를 뒤적거리더니 '남자 웨이터'란을 펼치고 전화를 걸기 시작했다. 다섯 통 정도 건후, 두 가지 물건을 도로 승강기에 넣고 내려보냈다. 그러더니 살생부를 펼치고 펜 뚜껑을 열어 작은 체크 표시를 했다.

"웨이터 한 놈이…… 내 발음을 교정하려 들잖아." 엘리엇이 설명했다.

"아."

엘리엇은 분홍색 손수건을 꺼내더니 얼굴을 과장되게 닦아 냈다. 내가 뭔가 좀 더 질문해 주길 바라는 게 역력했다. "웨이터 전화번호는 어떻게 알아냈어?"라든가 "그 전화 몇 통으로 그 사람을 어떡할 거야?" 같은 것들. 하지만 그런 얘기 들을 기분이 아니었다.

거의 2주 만에 처음으로 엘리엇 집에 갔다. 딱히 엘리엇을 피하는 건 아니었다. 예전처럼 엘리엇의 도움이 필요하지 않았을 뿐이다. 엘리엇이 만들어 놓은 괴상한 정체의 인간으로 계속 살아 나가는 건 결코 쉬운 일이 아니었지만 그럭저럭 해 나가고 있었다. 게다가 이 짓거리를 해야 할 시간도 그렇게 많이 남아 있지는 않았다. 대학에 갈 때까지 딱 49일 남아 있었고, 대학에 가면 글렌데일에서의 나 그리고 거기서 오는 압박감을 모두 벗어던지고 무명의 신입생으로 새로운 삶을 시작할 수 있었다. 캠퍼스에 첫발을 딛는 그 순간, 나는 지난 몇 년의 과거를 뒤로하고 내 본모습으로 돌아갈 참이었다.

"헨드릭스 선생님은 불어 과외에 대해서 한 마디도 안 하더라. 그러니까 그건 걱정 안 해도 될 것 같아."

엘리엇은 내 말을 무시했다.

"스테이크 타르타르, 아님 클램 카지노?"

나는 고개를 저었다.

"제임스가 네가 나한테 할 말 있다고 했다던데? 중요한 얘기가 있다고."

엘리엇이 낄낄댔다.

엘리엇의 다크서클은 더 어두워져 퍼런빛마저 감돌았고, 이마에는 붉은 실 가닥 같은 핏줄이 다 비쳐 보였다.

"새로운 계략." 엘리엇이 말했다.

나는 고개를 저었다.

"시간이 없어."

"알았어." 엘리엇이 말했다.

잠자코 수긍하는 모습에 놀라 나는 기침을 좀 했다.

"그래, 그럼…… 난 그만 가 볼게."

"다음에 보자고." 엘리엇이 인사했다.

나는 코트를 들고, 단추를 채우고 문 쪽으로 갔다.

"뭔데?" 불쑥 궁금해져서 묻고 말았다.

"뭐가 뭔데?"

"계략."

"아, 별것 아니야."

"학교 일이야?"

"아, 아니. 그냥 제시카에 관한 거."

나는 다시 방 안으로 들어갔다.

"불어 가르치는…… 그 일?"

"아니. 그거랑은 상관없어."

엘리엇이 히죽거렸다.

"걘 네 거야. 네가 걜 원한다면."

나는 마른 침을 꿀꺽 삼켰다.

"그게 무슨 말이야?"

"무슨 말인지 알잖아."

심장이 너무 빨리 뛰어서 곧 튕겨나갈 것만 같았다. 중2 때, 엘리엇이 홀연히 나타나 이 세상을 갖게 해 주겠다고 한 이후로는 느껴 보지 못한 기분이었다.

"내가 어떻게 하면 되는데?"

엘리엇이 씩 웃었다.

"이제 그정도는 알아야지. 내가 말하는 대로만 하면 된다는걸."

나는 엘리엇을 따라 복도를 지나 삐걱거리는 엘리베이터에 탔다. 엘리엇이 손잡이를 잡아당기자 우리는 엘리엇의 10층 저택 꼭대기까지 올라갔다.

"나 여기는 한 번도 안 와 본 것 같다."

“안 와 본 거 맞아.”

문이 열리자 길고 좁은 복도가 드러났다. 전등은 하나도 없었지만 달빛이 천장의 채광창을 통해 밝게 스며들었다. 벽에는 열 개가 넘는 초상화가 줄지어 걸려 있었다. 어떤 그림은 너무 오래되어서 표면이 다 갈라져 있었다. 초상화 속의 주인공들이 입고 있는 옷으로 볼 때 이 그림들은 연대순으로 걸려 있다는 걸 알 수 있었다. 그리고 그들의 거만하고 기분 나쁜 미소는 그들이 모두 앨러거시 가문 사람들임을 보여 주었다.

나는 첫 번째 초상화 앞에 가서 섰다. 새까만 턱수염을 기른 채 찡 그리고 있는 고대 왕이 그려져 있었다. 오른 손에는 검을 들고, 왼쪽 손에는 포도 여러 송이를 들고 있었다. 작은 구릿빛 팻말에는 1254년 이라고 적혀 있었다.

“이 사람이 앨러거시 가의 시조니?” 내가 물었다.

엘리엇이 고개를 저었다.

“그거 가짜야.”

“그럼 이게 진짜 초상화가 아니란 말이야?”

“아니야. 실존 인물이 아니라고. 이 그림에 있는 사람들은 아예 존 재하지도 않았어.”

르네상스 시대와 빅토리아 시대의 앨러거시들을 지나 엘리엇은 나를 복도 끝으로 데려갔다.

“몇 달 전에 아빠가 다 의뢰한 것들이야. 꼬셔서 무슨 짓을 하려고 한 건지는 모르겠지만, 여길 방문한 어떤 백작부인을 꼬시려고 만든 거야.”

“그 여자는 너희 아버지 가문에 왜 그리 관심이 많은 건데?” 내가 물었다.

“여자니까.” 엘리엇이 대답했다. “그리고 여자들은 정말 잘 속지. 제시카도 예외가 아니고.”

엘리엇이 제시카를 ‘여자’라고 부르는 걸 듣는데 기분이 묘했다. 나에게 제시카는 소녀 쪽에 가까웠다. 사실 내가 ‘여자’라는 단어를 쓴 기억은 역사 시간에 여성 참정권 운동에 대해 논할 때밖에 없었던 것 같다.

“여자들은 곧잘 헷갈리곤 하지.” 엘리엇이 말을 계속 이어 갔다. “자기들이 명예나 재능, 혹은 혈통에 끌린다고 생각하지만 여자들은 늘 한 가지에만 끌려. 돈.”

우리는 갑옷을 입은 중세 시대 앨러거시 건너편의 마호가니 벤치에 앉아 있었다. 그 앨러거시는 가슴에서 피를 흘리며 어떤 깃발을 흔들고 있었다.

“난 잘 모르겠어. 다른 것들이 더 중요하다고 생각하는 애들, 그러니까 여자들도 있을 것 같아. 꼭 돈이 아니어도.”

“물론 있지. 여자들은 명예, 지식, 영예, 매너, 외모, 권력, 기술 같은 것들을 다 귀하게 여기지. 하지만 그런 것들은 통화 가치가 낮은 것들이야, 루블, 프랑, 셰켈처럼! 막강 미국 달러로 그 까짓것들은 모두 사 버릴 수 있거든.”

나를 노려보는 엘리엇의 강렬한 눈빛에서 기나긴 열강이 이어질 거란 사실을 알 수 있었다.

"여자들의 정신은 조류랑 같은 급이야. 여자들은 반짝이는 물건을 보면 갖고 싶어 하지. 하지만 왜 그런지는 알지 못해. 예를 들어서 어떤 여자들은 자기가 다이아몬드를 좋아한다고 생각해. 하지만 다이아몬드는 그냥 돌덩이일 뿐이라고! 여자들은 사실 다이아몬드로 바꿀 수 있는 돈에 끌리는 것뿐이야."

약간의 당황스러움을 느끼며 나는 우리 엄마를 떠올렸다. 아빠가 언젠가 엄마의 생일에 다이아몬드 목걸이를 선물한 적이 있었다. 엄마는 흥분해서 손을 어찌나 떨던지 고리를 채울 때 누군가가 도와줘야 할 정도였다.

"여자들은 남자들을 '교양 있다', '지적이다', '자신감 있다'고 표현하지. 하지만 그건 결국 다 부자라는 뜻이야."

나는 랜스를 떠올렸다. 랜스도 부자이지만 우리 반의 다른 몇몇 애들만큼은 아니었다. 제시카는 더 중요한 다른 이유들 때문에 랜스를 좋아했다.

"그럼 악기 연주를 잘하는 건 어떻게 생각해? 그건 단순히 돈으로 살 수 있는 게 아니잖아. 타고나야 하는 거라고."

엘리엇이 거만한 미소를 지었다.

"아, 재능!"

그러더니 벌떡 일어나 서성거리기 시작했다.

"랜스는 기타, 앰프 그리고 악기를 능숙하게 다룰 수 있게 해 준 레슨비를 댈 능력이 있었어. 그 애의 재능을 사는 데 그 부모는 5천 달러 이상은 쓰지 않았을 거야. 그렇다면 내가 살 수 있는 재능은 어느 정도일지 생각해 봐."

"무슨 소리야?"

"랜스는 잠깐 반짝하고 말 거야. 하지만 너의 앨범은 평단에서나 시장에서나 센세이션을 일으킬 거라고."

"무슨 앨범?"

"내가 어젯밤에 제임스를 시켜 몇 곡 만들었어. 이름 하여 세이무어 허슨 프로젝트."

"엘리엇, 난 다룰 줄 아는 악기가 하나도 없어."

"알아. 그래서 널 실험 음악의 천재로 만드는 수밖에 없었어."

"그게 대체 무슨 소리야?"

"앨범은 거의 다 효과음으로 되어 있어. 그리고 시를 읊는 거랑."

"하느님 맙소사! 듣기만 해도 끔찍한데."

"가사는 불어로 되어 있어."

"뭐라고? 왜?"

"그래야 가사에 심오한 뜻이 있는지 없는지 아무도 모르지. 그건 그렇고, 그게 무슨 뜻이냐고 물어보는 사람 있으면, 넌 그냥 '실존주의적'인 거라고 대답하면 돼."

엘리엇이 고개를 흔들었다.

"이렇게까지 비굴한 짓을 해야 하다니 참…… 처절하네." 엘리엇이 중얼거렸다. "고대 로마에서 음악을 하는 사람들은 노예들이었어. 그리고 정신 나간 황제들하고."

"엘리엇, 이건 절대 안 먹힐 거야. 그렇잖아, 대체 누가 이런 음악을 듣고 싶겠어?"

엘리엇이 어이없다는 표정을 지었다.

"조셉 케네디가 매독에 걸린 자기 아들을 베스트셀러 작가로 만들고 그다음에 미국 대통령까지 만들어 놨으면 나는 널 아방가르드 예술가쯤으로는 만들 수 있다고 생각해."

나는 디스크를 위자 위에 올려놓았다.

"난 이런 거 하고 싶지 않아. 좀 심하다. 학교생활은 그렇다고 쳐……. 곧 거기서 빠져나올 거고. 하지만 이런 일은 내 인생을 진짜 제대로 망쳐 놓을 수도 있어."

"두 가지만 말할게. 첫째, 너무 늦었어. 난 이미 이 데모 음반을 윌리엄스버그의 트렌드세터라 할 수 있는 곳에는 쫙 다 깔아 놨어."

"맙소사."

"둘째, 이건 되게 돼 있어."

엘리엇은 엘리베이터 문을 열더니 나를 안으로 잡아끌었다.

"너 나 믿어?"

나는 대답하지 않았다.

"세이무어, 여태껏 내가 한 모든 건 다 너 잘되라고 한 일이었어."

엘리엇이 너무 가까이 다가와서 우리 얼굴이 거의 맞닿을 지경이었다.

"너, 나 믿어, 안 믿어?"

나는 살짝 고개를 끄덕였다.

“그럼 됐어.” 엘리엇이 숨을 가다듬었다. “좋아.”

손잡이를 당기자 엘리베이터가 움직이기 시작했다.

“내려가자고.”

나는 부모님의 시선을 가까스로 피해 가며 마루를 서둘러 통과했다. 그러고는 내 방 문을 잠그고 헤드폰을 쓴 다음 엘리엇이 준 디스크를 공포에 떨며 오디오에 밀어 넣었다.

엘리엇 앨러거시를 안 지 어느새 4년이 됐지만 나는 그 어느 때보다도 그 애가 두려웠다. 그래도 이제는 내가 그 애한테 익숙해졌고 그 애가 나를 경악하게 할 능력을 잃었다고 생각하고 싶었다. 이미 그 애의 광기의 바닥까지 다 봤다고 생각하고 싶었다.

나는 심호흡을 크게 하고 재생 버튼을 눌렀다.

‘세이무어 허슨 프로젝트’는 주변 효과음이 길게 이어지며 시작되었다. 총소리와 함께 울리기 시작한 사이렌 소리가 한 40초간 이어졌다. 그러더니 아이의 웃음 소리가 들려왔고, 무슨 이유에선지 미국 국가의 멜로디가 이어졌다. 마침내 컴퓨터로 조작한 목소리가 나오더니 불어로 엄청나게 빠른 독백을 쏟아 냈다. 곡 제목 리스트에는 이 노래가 ‘강간’이라고 적혀 있었다.

데모 음반은 정말 굴욕 그 자체였다. 하지만 헤드폰을 빼면서 나는 차라리 안심이 되는 걸 느꼈다. 엘리엇이 데모 음반을 얼마나 뿌렸는지는 상관이 없었다. 이 정도로 말도 안 되는 걸 음악이라고 들을 사람은 없을 거라고 생각했기 때문이다. 제시카는 이런 음반의 존재조차 모르고 넘어갈 거고, 엘리엇은 이 계획은 아예 잊어버릴 테고, 삶은 다시 정상 비슷하게 돌아갈 테니까.

하지만 그때 난, 상황 파악을 제대로 못 했던 것이다.

"라디오에서 네 노래 들었어. 꽤 멋진 것 같던데." 랜스가 말했다.

"그게 풍자라는 걸 쟨 몰랐단다." 제시카가 말했다.

"나도 알았거든." 랜스가 제시카를 노려보며 말했다. "그 비평가 새끼가 떠들어 대기 전에 내가 바로 그게 그거였다고 말하려고 했다고."

"그러셨겠지."

랜스가 이를 악물더니 식당 밖으로 나갔다.

"랜스는 이해를 못 했다니까." 날 보고 짓궂게 웃으며 제시카가 말했다. "난 이해했는데."

제시카는 너무나 아슬아슬하게 허리에 걸려 있는 운동복 바지를 입고 있었다. 나는 제시카가 엉덩이 뼈 사이의 홈을 간신히 가리고 있는 바지의 허리춤을 잡아 올리는 모습을 보지 않으려고 몸부림을 쳐야 했다.

"라디오에 나오는 사람이 그 노래가 실존주의적인 거라고 하던데,

정말이야?"

제법 긴 침묵이 이어진 끝에 내가 겨우 대답했다.

"으응."

제시카는 내 대답에 대해 생각하는 것처럼 입술을 오므리고 고개를 끄덕였다.

"그럼 나도 이제 가 봐야겠다." 제시카는 랜스 쪽을 향해 눈동자를 굴리며 말했다.

제시카의 허벅지에는 글렌데일 사자 문양이 새겨져 있었다. 돌아서서 가는 걸 보니 엉덩이 부분에 '포효'라고 새겨져 있었다. 양쪽 엉덩이에 한 글자씩.

자, 그럼 이제 엘리엇에게 전화를 걸 시간이겠지?

나는 숨을 깊이 들이마시고 전화를 걸었다. 그리고 최대한 진정하려 애쓰면서 말했다.

"대체 지금 뭐하자는 거야? 무슨 짓을 한 건지 말해 봐."

"진정해. 그냥 어느 대학교 라디오 프로그램일 뿐이야! 지역방송 DJ한테 돈 좀 먹였지."

"세시카랑 랜스가 들·었·다·고!"

"당연히 그랬겠지. 원래 랜스 노래가 나오던 부분을 네 노래가 차지했거든."

"이건 미친 짓이야! 제시카는 내가 무슨 예술가인 줄 안다고. 이제 날더러 대체 어쩌라고?"

엘리엇이 웃었다.

"나도 몰라요, 카사노바 씨. 제시카를 주문한 건 너였어. 난 그저 배달부일 뿐."

나는 계단에 주저앉았다.

"제임스가 너한테 조언을 좀 해 줄 수 있을 거야. 그쪽 분야에 대해서 정말 아무것도 모른다면 말이야." 엘리엇이 말했다.

"끊어야겠어."

"세이무어, 근데 보아 하니 너 내가 기대했던 것보단 별로 기뻐하지 않는 것 같다. 네가 원했던 게 이런 거 아니었어?"

"그래, 그렇지만…… 모든 게 너무 순식간에 일어나고 있잖아."

"순식간? 네가 그 매력녀를 쫓아다닌 게 거의 10년은 되어 가지 않니? 그리고 이제, 그 애가 배당금을 딱 나눠 주려는 순간, 팔아치우고 싶다고?"

"그 말이 아니야. 그냥 이 모든 일이 너무 불편하게 느껴져."

엘리엇이 한숨을 푹 쉬었다.

"5년 전에 아빠와 중국에 갔어. 원숭이 뇌 먹는 걸 금지한다고 했기 때문이지. 우리는 활주로에서 만추 임페리얼이란 곳으로 직행해서는 특대 사이즈를 주문했지. 하지만 울부짖는 커다란 원숭이를 테이블 한가운데로 갖고 나와 뒤통수 가죽을 벗기기 시작하는데 아빠가 갑자기 식욕을 잃었어. 넌 입맛이 달아난 적은 설마 한 번도 없겠지, 세이무어? 왜냐하면 원숭이 뇌는 정말 비싸거든."

"끊을게."

"세이무어……"

"끊는다고."

나는 전화를 끊은 후 근처 거리를 네 바퀴나 돌았다. 나 도대체 왜 이러는 거야? 엘리엇 말이 완전 맞잖아. 지금 완전 황홀해야 하는 거 아냐? 하지만 나는 알 수 없는 압박감과 두려움을 느낄 뿐이었다.

몇 년 만에 처음으로 비디오 게임 생각이 났다.

엘리엇을 만나기 전에 내겐 닌자 스트리트라는 게임이 있었다. 콧수염을 기른 자경단 단원인 맥이 닌자 떼가 들끓는 어느 도시를 통과하는 모험을 따라가는 게임이었다. 어려운 게임은 아니었다. 닌자들이 접근해 올 때마다 어찌나 괴성을 질러 대는지, 게임을 한참 하다 보면 웬만해서는 놀라지도 않았다. 그리고 언제나 화면의 오른쪽에서만 공격해 들어왔기 때문에 움직일 일도 전혀 없었다. 전략이라 봤자 그냥 허공에 대고 펀치를 날려 대며 미친 듯이 가동되는 주먹으로, 닌자들이 걸어 들어오길 기다리는 것뿐이었다.

닌자 스트리트는 인내심 테스트라는 말이 딱 맞는 게임이다. 맥이 만나는 닌자들은 기술이 뛰어나지 않았다. 그냥 쪽수가 많았을 뿐이다. 한 레벨당 128명의 닌자가 등장했다. 저녁 식사에 대해 묻는 엄마의 질문에 대답을 한다거나 셔츠를 벗느라고 한 2초만 허공의 펀치질을 쉬더라도 그대로 끝장이었다.

당시 내가 자주 드나들던 채팅방에서 주워들기론 닌자 스트리트는 256레벨까지 있다고 했다. 마지막 레벨을 빼고는 모든 레벨이 다 똑같다고 했다. 그러니까 어떻게든 256레벨까지만 올라가면 그 게임을 정복하는 것이다. 그 채팅방에는 256레벨을 깨고 나면 어떻게 되는지 설명해 줄 수 있는 사람이 아무도 없었지만, 어쨌든 그건 엄연한 사실이라고 다들 입을 모았다.

나는 가끔씩 닌자 스트리트를 깨고 나면 어떤 일이 벌어질지 상상해 보곤 했다. (맥이 그 시의 시장으로 출마할까? 맥이 그 도시를 떠나 좀 더 나은 세상을 찾아갈까?) 하지만 이 게임에서 이긴다는 것은 불가능했다. 몇 달 동안 매일같이 이 게임을 했지만 집중력을 잃지 않고 레벨 100까지도 갈 수가 없었다. 그러던 어느 날, 인터넷에서 어떤 게시 글을 읽고 모든 게 바뀌었다.

닌자 스트리트 불사조 되기:
위 화살표 → 아래 화살표 → 왼쪽 화살표 → 오른쪽 화살표 → B → A →
select


갑자기 모든 게 가능해졌다.

나는 연필을 꺼내들고 계산을 좀 해 봤다. 모든 레벨의 제한시간은 10분이었다. 하지만 한 레벨당 쏟아져 나오는 닌자 떼거지를 쳐부수는 데 2분 30초 이상 걸리는 법은 없었다. 뭘 먹거나 마시지 않고 끊임없이 게임만 해 대면 11시간 안에 닌자 스트리트의 마지막 단계에 도달할 수 있다는 계산이 나왔다.

다음날 아침, 나는 감기에 걸렸다고 거짓말하고, 새 오레오 상자를 하나 뜯어 꿰차고 작업에 들어갔다. 녹초가 될 것 같았다. 간혹 집중력이 흐트러졌지만 상관하지 않았다. 이제는 적들의 강타에도 전혀 끄떡없었다. 그러다가 어느 순간에는 좀 변화를 줘 볼까 해서 펀칭을 좀 쉬기로 했다. 닌자 한 놈이 소리를 질러 대며 입장했다. 잠깐 멈춰 있던 닌자는 마지못해 내 얼굴을 가격하기 시작했다. 내가 복수에 별 관심이 없다는 걸 깨달은 닌자는 몸의 기를 끌어모아 특별 기술을 시도하려고 했다. 안면 날아차기가 바로 그것이었다. 그 공격에도 내가 반응을 보이지 않자 이 닌자는 뭔가 궁리하듯 화면의 앞뒤로 서성거렸다. 그때 나는 녀석의 얼굴에 주먹을 날리고 다음 적에게로 옮겨 갔다.

잠자리에 들기 직전에 나는 256레벨에 도달했다. 게임은 너무나 평범하게 시작됐고, 잠깐이나마 내가 사람들한테 낚인 게 아니었나 하는 생각이 들기도 했다. 하지만 그 순간 모든 게 시작됐다. 한 서른 명쯤 되는 닌자들이 들어오더니 오른쪽 화면이 까맣게 변해 버렸다. 거리의 왼쪽은 그대로였고, 전투적인 음악은 계속해서 흘러나오고 있었다. 하지만 더 입장하는 닌자는 하나도 없었고 더 이상 들어올 공간도 남아 있지 않았다.

남은 시간이 줄어드는 모습을 나는 믿어지지 않는다는 듯 쳐다봤다. 7분이 흘러갔고, 그다음 8분, 9분이 흘러갔다. 나는 있는 힘을 다해 앞으로 나아가는 화살표를 눌러 댔지만 까만 벽면을 향한 채 화면 중간에서 제자리뛰기 하는 것밖에는 할 수 있는 게 없었다. 그 순간 시간이 종료됐다. 맥은 마치 나를 바라보듯 돌아섰다. 그의 두 주먹은 하늘을 향했고, 그의 두 눈은 공포로 커다래졌다. 그는 빈 공간의 끝에서 그 모습 그대로 얼어붙었고 이내 사라졌다.

게임 오버.

애쉴리가 배낭에서 초코우유를 하나 꺼내더니 사기 주전자에 부었다.

"핫 초코 마실래?"

"됐어. 너 마셔."

"난 생각 없어."

"그래? 그럼, 뭐, 좋아. 고마워."

애쉴리는 급수탑 아래쪽으로 가더니 금속 난방 파이프 위에 주전자를 올려놓았다. 우리는 몇 주째 옥상에서 매일 만나고 있었지만 핫 초코 만드는 법을 최근에야 알게 됐다. 위대한 발견들이 모두 그러하듯 이것도 우연히 알게 됐다. 떨어진 연필을 잡으려다가 내가 실수로 파이프를 건드리는 바람에 손가락 몇 개를 데었다. 애쉴리가 데인 부분을 들여다보고 "별거 아냐."라고 말해 주지 않았으면 나는 아마도 훌쩍거렸을 거다. 그리고 몇 초 후, 애쉴리가 급수탑 아래로 기어들어가 위험할 정도로 얼굴을 파이프 가까이에 갖다 댔다. "야! 핫 초코를 만들어 먹을 수 있겠다!"

우리는 우유가 끓기를 기다리며 얼마간 조용히 앉아 있었다.

"그 노래 정말 끔찍하더라." 애쉴리가 입을 열었다. "복도에서 누가 들려 줬어. 그게 진짜 라디오에서도 나왔어?"

나는 고개를 끄덕였다.

"어떻게 한 거야?"

"엘리엇 짓이지."

애쉴리는 따뜻한 우유를 머그컵에 따라 내게 건넸다.

"이제는 록스타 노릇까지 해야 하는 거야?"

"몰라. 진짜 모르겠어." 내가 대답했다.

나는 길게 한 모금 마셨다. 흐린 날이었다. 길거리에서 우산을 파는 아줌마도 눈에 띄었다. 사람들이 그 아줌마 옆을 지나갈 때 아줌마는 과장되게 하늘을 가리키며 소리쳤다. 하지만 모두들 무시하고 지나갔다.

"랜스네 파티 생각나? 네가 전화하는 척했던 그때 말이야." 애쉴리가 말했다.

피가 얼굴로 확 몰리는 것 같았다.

"그게 뭐?"

"그날 나도 안 갔어. 그러니까 그 앞까지 가긴 갔는데, 내내 밖에만 서 있었어. 그래서 아무도 널 보지 못했다고 확실히 말할 수 있는 거야. 나는 바로 그 옆 나무 뒤에서 보고 있었거든."

"진짜야?"

"응. 정말 바보 같았지. 무슨 애도 아니고."

멀리서 지그재그 모양으로 번개가 번쩍이더니 곧 천둥의 굼뜬 우르릉 소리가 뒤따랐다.

"내가 병원에 들어가 있는 동안, 자기가 날씨를 조종할 수 있다고 생각하는 사람을 만난 적이 있어."

나는 최대한 아무렇지도 않게 고개를 끄덕였다. 애쉴리가 병원에 대한 얘기를 하는 건 처음이었다.

"그 사람 이름은 킹 엘리아였어. 스카스데일(뉴욕 시 북쪽 외곽에 있는 도시-옮긴이) 출신이었던 것 같아. 키가 작고 좀 통통했고 여드름도 있었지."

"왜 자기가 날씨를 조종한다고 생각한 거야?"

"꿈을 통해 전해 받는 환영이랑 관련이 있었어. 신이나 악마로부터 메시지를 받고 나면 대수학을 이용해서 해독했지. 정말 복잡했어. 늘 나한테 계산기를 빌려 달라는 거야. 그리고 몇 시간 있다가 태양을 조종하는 주문을 외우면서 어디론가 떠났어."

"아."

"그 사람은 늘 우리에게 좋은 날씨를 주려고 했지만 그해 겨울에는 내내 비가 내렸어. 그것에 대해서 늘 죄책감을 느끼더라. 나는 상관없다고, 비오는 날이 좋다고 말해 줬어. 하지만 그 사람은 내가 자기 기분 좋으라고 거짓말하는 거라는 걸 알았어."

"그다음엔 어떻게 됐는데?"

"황당해. 그 시설로 다른 신께서 들어왔거든. 롱 아일랜드 출신의 크로노스라는 애였어."

"크로노스?"

"원래 이름은 벤이었는데 그렇게 부르면 싫어했어. 걔도 날씨를 조종했는데 킹 엘리아처럼 계산 따위는 하지 않았어. 그냥 자기 심력으로 모든 걸 일어나게 하는 능력이 있었어."

"둘이 친구로 지냈어?"

"아니. 사이가 완전 안 좋았지."

"그럴 것 같긴 해."

"그렇지. 다 같이 있을 땐 특히 더 불편해했어. 결국에는 킹 엘리아가 열심히 계산하던 걸 그만두더라고. 그리고 몇 주 후에, 크로노스가 자기보다 더 강하다는 결론을 내렸어. 그리고 태양을 조종하는 것도 무의미하다고 생각하게 됐어. 크로노스가 결과를 뒤집어 버리면 그만이었으니까."

애쉴리는 구름을 올려다보더니 눈을 가늘게 떴다. 빗방울이 떨어지기 시작했다.

"킹 엘리아는 지금 많이 좋아졌을 거란 생각이 들어. 하지만 크로노스는 아마 아직도 시설에 있을걸."

애쉴리가 나를 쳐다봤다.

"그 누구도 날씨 따위를 조종할 필요는 없는 거야."

애쉴리는 거기 그대로 서서 나의 대답을 기다렸다. 너무나 조용해서 우리는 서로의 숨소리까지 다 들을 수 있었다.

멀리서 종소리가 크게 들려왔다. 나는 내 책들을 챙겼다.

"미안해." 나는 거의 줄시 않은 머그컵을 건넸다. "가야겠어."

애쉴리는 아무 대답도 하지 않았다.

"내일 보자. 5교시에."

나는 난방 파이프를 뛰어넘어 환기구 안으로 기어들어 가기 시작했다.

"그럴 거 없어. 꼭 그래야 하는 거 아니야."

“뭐라고?”

“너 여기 안 와도 된다고. 내가 출석을 부르는 것도 아니고.”

“애쉴리……”

“너한테 정말 중요한 얘기를 해 줬어. 여태껏 그 누구에게도 말하지 않은 얘기야. 그런데 넌 그냥 일어나서 그 바보 같은 시험이나 보러 간다 이거지.”

“애쉴리, 이러지 마.”

“내가 왜 너랑 애길 하는 건지. 그렇잖아, 넌 나랑 같이 돌아다니는 모습을 들키느니 환기구 안을 기어다니는 쪽이 더 낫다고 생각하는데!”

“애쉴리, 그런 게 아니야. 문 뒤쪽에는 감시 카메라가 있잖아……”

“우린 학교에서는 전혀 같이 안 다니잖아.”

“그럼 날더러 어쩌라는 거야? 난 지켜야 할 명성이 있단 말이야! 난 학교에서 그냥 아무하고나……”

거기서 말을 멈췄지만 이미 늦었다. 애쉴리는 고개를 숙이고 시선을 다른 쪽으로 돌렸다. 비가 갑자기 쏟아지기 시작했다. 하지만 애쉴리는 꼼짝도 하지 않았다. 젖은 머리 몇 가닥이 애쉴리의 눈을 가리며 떨어졌다. 그 애의 팔이 빗물로 반짝였다. 나는 환기구 밖으로 머리를 내밀고 잠깐 거기 머물렀다.

“애쉴리……”

“어서 가 봐. 늦으면 안 되잖아.”

엘리엇은 양쪽 손에 전화기를 들고 음식 승강기 옆에 앉아 있었다.

"다음 달은 파리에." 엘리엇이 한쪽 전화에 대고 말했다.

"내 걸로 한 병 남겨 놔." 다른 전화기에 대고 말했다.

그러더니 전화 두 개를 한꺼번에 끊고 지친 듯 한숨을 쉬었다.

내가 당구장에 들어설 때 엘리엇은 늘 누군가와 통화하다가 끊는 중이었다. 전화 두 개는 보통이었고, 어떨 때는 술잔 옆으로 네 개가 놓인 적도 있었다. 그날 거기 서 있는데 처음으로 마음을 어지럽히는 질문이 하나 떠올랐다. 대체 누구랑 통화하다 저렇게 끊어 버리는 걸까? 왜 그 사람들은 꼭 내가 들어서기 직전에 엘리엇을 귀찮게 하는 걸까? 수화기 반대편에 진짜로 누가 있기는 한 걸까?

"미안해. 짧게 끊으려고 하는 중이었는데." 엘리엇이 말했다.

나는 고개를 끄덕였다.

"오늘의 뉴스! 네가 TV에 출연하게 됐어. 〈작은 기적들〉이라는 생방송 프로그램이야. 여자들한테 쓰레기를 팔기 위한 아무 생각 없는 토크쇼지."

아파서 집에 있을 때 그 〈작은 기적들〉이란 프로그램을 두어 번 본 적이 있다. 매일 오후, 타임스퀘어에서 하는 방송이었다. 생방송 스튜디오에 방청객들도 있었지만, 벽이 유리로 되어 있어서 길거리를 지나가는 사람들도 팻말 같은 것을 들어 보이며 TV에 나올 수 있었다.

"엘리엇, 그건 미친 짓이야. 나한테 뭘 해 달라고 할 수 있겠어?"

“넌 아무것도 안 해도 돼, 세이무어. 그냥 대본에 있는 시시껄렁한 얘기 몇 마디 떠들고 나면 끝이야. 내일 수업 비는 시간에 갔다 오면 돼. 제임스가 태워다 줄 거야.”

“5교시 말이야?”

“응.”

애쉴리가 급수탑 옆에 혼자 앉아 핫 초코를 데우며 환기구 입구를 쳐다보고 있는 모습을 생각해 봤다.

“못 갈 것 같은데.”

엘리엇이 화가 나서 한숨을 쉬었다.

“이유를 말해 봐.”

“꼭 가 봐야 할 데가 있어.”

“꼭 가야 한다고?”

“아니, 그게…… 가고 싶어. 가고 싶은 데가 있어.”

“어디? 대체 어디를 가 봐야 한다는 거야?”

엘리엇의 주먹이 떨리고 있었다. 엘리엇은 숨을 깊이 들이마시더니 고개를 저으며 숨을 뱉었다.

“내가 미안해.” 엘리엇이 말했다. “가끔 네 마음을 설명하는 게 너한테 얼~마나 어려운 일인지를 내가 잊어버려. 너한테 말할 때는 어린애한테 말하듯 해야 한다는 것도.”

엘리엇은 크리스털 병에 담긴 스카치를 자기 잔에 따랐다.

“여자들은 이런 프로그램을 봐. 그런 프로그램의 의견이, 혹은 어디서 떠돌던 시시한 소리들을 재활용해서 자기 의견처럼 말하면 그

것들이 여자들의 생각이 되는 거야."

"그래서?"

"그러니까. 글렌데일의 여자들은 모두 널 보기 위해 TV를 켜겠지. 제시카도 포함해서. 너 그 앨 원하는 거야, 아니야?"

나는 잠시 망설였다.

"모르겠어."

"모르겠다?"

엘리엇은 술잔을 비우고 잔 옆으로 스카치를 조금 엎지르며 두 번째 잔을 채웠다.

"있잖아, 세이무어, 그 심약한 애쉴리라는 애를 원한 거였으면 그냥 말하지 그랬어. 지금쯤이면 네 걸로 만들어 줬을 텐데, 훨씬 저렴한 비용으로 말이야."

나는 그대로 얼어붙었다. 애쉴리에 대해서는 대체 어떻게 알아낸 걸까?

"우린 그냥 친구야."

엘리엇이 웃었다.

"그냥 뭐……라고?"

"친구라고."

엘리엇이 손뼉을 쳤다.

"정신병자와 사교를 하시겠다. 그게 너의 새로운 전략이군!"

"전략 같은 거 아니야, 엘리엇. 세상 모든 게 다 전략은 아니라고."

"그래? 걔가 너랑 왜 얘기한다고 생각하니? 너의 재기발랄한 이야기를 들으려고? 걘 너를 꽉 붙들고 싶은 거야, 네가 자기를 저 바다 밑바닥에서 건져 올려 주길 바라는 거라고."

"엘리엇!"

"여자한테 빠질 수는 있다고 쳐, 하지만 애슐리라고? 기가 막혀서! 이거는 광부가 금을 캐다가 웬 돌덩이를 만나도 분수가 있……"

"엘리엇, 입 닥쳐."

"좋아, 좋아. 원 세상에! 네가 그 정도로 쏙 빠져 있다면 그 앨 갖게 해 줄게! 지금 당장 계획을 짜 보자고."

"싫어."

엘리엇이 잠시 멈칫하더니 억지 미소를 지었다.

"물론 그렇겠지, 그렇게 하찮은 일에 내 도움이 필요하진 않겠지. 다른 일로 넘어가자고."

엘리엇이 새로운 제안을 하기 시작했지만 내가 막았다.

"네 도움이 필요하지 않다는 게 아냐." 내가 말했다. "네가 해낼 수 없을 거라는 뜻이었어."

엘리엇이 나를 노려봤다. 콧구멍이 부풀어 올라 벌름거렸다.

"지금 뭐라고 했지?"

"내가 애슐리와 사귀고 싶다고 해도…… 너는 나를 도울 방법을 찾지 못했을 거라고. 어떡해야 할지 전혀 몰랐을 거야."

엘리엇이 눈을 가늘게 떴다.

"부탁인데, 세이무어. 내가 뭘 모를 거라는 말은 하지 않는 게 좋아."

"엘리엇, 넌 그런 일의 생리를 몰라. 전혀 감도 잡지 못할 거야. 그렇잖아, 네가 어떻게 알겠어? 평생 동안 친구라곤 없었는데."

엘리엇이 나에게 등을 돌렸고, 그 애의 앙상한 어깨가 들썩였다. 그 애가 다시 나를 보고 섰을 때는 얼굴이 다 찌그러진 채 벌게져 있었다. 잠깐은 그 애가 우는 것처럼 보이기도 했다.

"엘리엇, 내 말 들어 봐."

엘리엇은 술병을 집어 들더니 당구대 위로 집어던졌다. 녹색 천 위로 유리조각과 스카치를 흩뿌리며 병은 산산조각이 났다.

"나가!" 엘리엇의 비명 소리가 갈라졌다. "나가!"

복도로 달려 나가 문을 닫자마자 당구공이 날아와 문짝에 부딪혔다.

"다 다시 뺏을 수 있어!" 공을 또 하나 문에 던지며 엘리엇이 소리쳤다. "전부 다!"

엘리엇이 층계 꼭대기에 서서 미친 듯이 소리치는 것이 등 뒤로 들려왔다.

"너는 그냥 심심풀이였어! 내가 데리고 노는 쥐새끼였다고! 이젠 그만 가지고 놀 거야! 이젠 진력났어! 끝났다고!"

나는 로비를 딜려 문을 열고 나갔다. 폭풍우가 거세져 있었다. 나는 잠시 문간에 서서 숨을 고르며 내리는 장대비를 바라봤다.

그리고 집을 향해 달렸다.

사랑하는 세이무어,

축하해! 네가 자랑스럽게도 앨러거시 가문의 사과를 받게 됐구나. 다시 보기 힘든 거니까 액자에 넣어서 걸어 두지 그래?

지난 밤 우리 만남에 대해 생각하면 마음이 너무 안 좋아. 우리 둘 다 좀 심한 소리를 했어. 다 잊어버리길 진심으로 바란다. 실은 이번 주 내내 한잠도 못 잤어. 그로 인한 단순한 생리적 증상들을 진짜 적대감으로 오해한다면 널 미워할 거야.

너의 일에 참견하지 않겠다고 약속할게. 너는 이제 훌륭한 한 사람으로 성장했고 내 도움은 더 이상 필요하지 않을 거야. 사실, 진짜로 내 도움이 필요한 적은 한 번도 없었어.

엘리엇

p.s. 그 멍청한 방송 출연을 취소하려고 노력했는데, 내 능력이 부족하다는 네 말이 맞았던 것 같아. 취소는 안 된대! 네가 좋든 싫든 너는 이미 스타야, 세이무어. 언제나처럼 응원하며 집에서 지켜볼게.

나는 침대 끝에 앉아서 수첩을 꺼냈다. 이제 몇 주만 있으면 글렌데일에서의 내 삶은 끝이 난다. 그 말은 이 추악한 수첩을 통째로 태워 버릴 수 있다는 뜻이다. 향수에 젖어 나는 첫 번째 장을 펼쳤다.

헨드릭스 선생님 돌발 시험 — 4/18, 2:45 PM — "프랑스의 상점."

1) C
2) A
3) B

4) D
5) B

추가점: 헨드릭스 선생님의 대학 시절 아카펠라 팀 이름은 펑크톤스.


나는 마지막 장을 펼치고 마지막으로 기억해야 할 몇 가지를 적었다.


☆ 작은 기적들 TV 인터뷰 — 5/28, 1:30 PM
1) 5교시에 로비에서 제임스 만나기.
2) 내 노래 가사는 "실존주의"임.


엘리엇이 왁스로 봉한 편지를 내 사물함에 (무슨 수를 썼는지) 넣어둔 걸 발견하고 나는 안도했다. 내가 잔인한 말들을 하긴 했다. 물론 내 생각을 고수한 것을 기쁘게 생각하긴 했지만 내가 한 말에 대해선 죄책감이 들었다. 그랬는데도 내가 맞는 말을 하긴 했었나 보다. 그렇지 않고서야 엘리엇이 나를 용서해 줄 리가 없었다. 엘리엇의 말투에는 거의 존경 비슷한 새로운 태도가 느껴졌다.

엄마가 가만히 방문을 두드렸다.

"세이무어? 배고프면 나와, 저녁 차려 놨어."

"네."

"같이 먹을 거니?" 엄마가 물었다.

"금방 나갈게요."

나는 한 권 가득 미친 듯이 휘갈겨 쓴 내용들에 새삼 놀라며 수첩을 넘겨봤다.

"거의 다 했어요."

사물함 옆에 서서 넥타이의 매듭을 매만지고 있는데 제시카가 주저하며 옆에 와서 섰다.

"너 TV에 나온다는 얘기 들었어. 정말이니?"

"누가 그래?"

"생각 안 나. 그런 얘기가 그냥 떠돌고 있어."

나는 고개를 끄덕였다. 아마도 엘리엇이 내 대신 소문을 흘렸을 것이다.

"왜 나가는 건데?" 제시카가 물었다.

왜 나가는 거냐? 정말 좋은 질문이다. 엘리엇의 영향력에 기대지 않고 독립적으로 살고 싶어졌다면 왜 지금 시작하지 않는 거지? 로봇처럼 내 얼굴을 스캔하며 아래층에 서 있을 제임스를 떠올려 봤다. 시계를 들여다보며 종이 칠 때까지 옥상에 혼자 앉아 있을 애쉴리를 생각했다. 아직도 그 애에게 사과하지 못했다. 그렇다면 뭘 선택할지는 당연한 거 아냐?

"진짜 멋진 것 같아." 제시카가 말했다. "텔레비전에 나가는 거 말이야."

내 사물함에 등을 대고 선 제시카의 셔츠가 올라가며 배꼽의 보석 장식이 드러났다. 나는 사물함에 책을 넣던 중이었는데 내 손가락 위로 그 애의 연갈색 머리카락이 부드럽게 떨어졌다.

"정말 흥분돼." 제시카가 말했다.

"으응…… 그게…… 그니까. 별거 아냐."

애쉴리는 내가 하루쯤 빠진다고 상관하지는 않을 것이다. 다음에 사과하면 되겠지. 나는 제시카에게 미소를 지어 보이고 로비로 향했다.

"행운을 빌게!" 제시카가 말했다.

〈작은 기적들〉이란 프로그램은 마이크와 수지라는 부부가 진행했다. 원래는 뉴스 맨 뒤의 한 꼭지로 시작했던 프로그램인데 인기가 너무 많아지는 바람에 아예 독립된 프로그램으로 편성되었다. 첫 번째 꼭지는 평범하지 않은 일을 성취해 낸 사람의 얘기를 다뤘다. 새로운 스펀지를 발명한 주부의 이야기나 높은 산을 정복한 노인의 이야기 같은 것들이었다. 두 번째 꼭지에서는 마이크와 수지가 병들고 가난한 사람을 찾아내서 그들을 살리기 위해 필요한 것들을 선물했다. 이를테면 약품을 전해 주거나 집에 새로운 지붕을 설치해 주거나 뭐 그런 거였다. 마지막 꼭지에는 방청객들에게 뭔가를 나누어 줬다. 그 프로그램의 협찬사가 화장품 회사였기 때문에(물론 앨러거시 기업의 소유였다) 보통은 화장품을 뿌렸다.

나는 그때까지 어떤 이유로든 인터뷰란 걸 해 본 적이 없었다. 하지만 그렇게 긴장되지는 않았다. 4년간 엘리엇 앨러거시를 감당해 낸 공력이라면, 그게 무엇이든 그까짓 30분 정도 버티는 건 일도 아니었다.

나는 처음으로 엘리엇 없이 엘리엇의 리무진을 탔다. 내 주장을 굽히지 않고 엘리엇이 내게 거리를 두게끔 설득시켰다는 점이 자랑스러웠다. 하지만 제임스랑 단 둘이 차를 타고 가는 건 불편했다. 사실 우리 두 사람은 지난 4년간 제대로 된 대화를 해 본 적이 없었다. 타임스퀘어로 가는 길에 나는 대화를 시도해 보기로 마음먹었다. 어쨌든 이번이 마지막일 수도 있었으니까.

"이만큼 신나는 직장도 없을 것 같아요. 엘러거시 식구들과 여기저기 다 다니고." 내가 말했다.

제임스는 대답을 하지는 않았지만 룸미러로 나를 쳐다보기는 했다. 그의 눈은 빈 구멍같이 까맸고 죽어 있었다. 나는 더 이상 아무것도 물어보지 않기로 했다.

스튜디오에 도착하자 제임스는 클립보드를 들고 있는 여자에게 내 이름을 댔다. 나는 태워 줘서 고맙다고 말하려고 했지만 돌아섰을 때 그는 이미 사라지고 없었다.

그 여자는 나를 작은 녹색 방으로 데려가 밝은 전구로 둘러싸인 거울 앞에 앉혔다. 테이블 위에는 거대한 과일 바구니가 놓여 있었고 '세이무어 허슨'이라고 적힌 명함이 꽂혀 있었다. 그때까지 점심을 먹지 못했기 때문에 셀로판지를 뜯으려는 찰나, 다른 여자가 분장을 해 주려고 들어왔다.

"아무것도 먹지 말아요." 내 얼굴에 파우더를 다 발라 준 후에 그 여자가 말했다. "화장 다 망가져요."

두 여자가 떠난 후, 나는 가만히 앉아 과일과 땅콩과 초콜릿을 바라만 보고 있었다.

노크 소리가 들리더니 마이크가 방으로 들어왔다. 그는 턱받이 같은 것을 두르고 있었고, 얼굴은 분홍색 화장으로 떡칠이 돼 있었다.

"네가 뭔데 나한테 이 지랄이야. 이러지 않는 게 신상에 좋아." 그가 말했다.

순간 나는 기함을 했지만 곧 그가 헤드셋에 대고 이야기한다는 걸 알게 됐다.

"미안해요." 그가 내게 속삭였다. "이걸 먼저 해결해야 해서."

마이크는 TV로 보는 것보다 늙어 보였고, 목소리도 그만큼 부드럽지 않았다.

"웃기고 자빠졌네. 아니, 아니. 또 그딴 병신을 섭외했단 봐. 이번 달에만 벌써 둘이야."

그는 내게 미안하다는 듯한 표정을 지어 보였다.

"다운증후군? 살짝이야, 아니면 완전히 두드러져? 좋아, 됐어."

마이크는 헤드폰을 빼더니 주머니에서 방송용 카드를 몇 장 꺼냈다.

"세이무어 허스테인!"

"허슨이요."

"좋아요. 자, 내가 사인을 주면 걸어 나오고, 몇 가지 질문을 하면,

대답을 하시고. 무슨 말을 하든 그건 상관없고. 어쨌든 수지가 말 끊고 들어올 테니까. 하지만 미소는 지어야 해요. 알겠죠? 자, 어디 미소 한번 지어 봐요."

나는 미소를 지었다.

마이크는 뒤로 몸을 빼고 잠깐 눈을 가늘게 뜨고 나를 봤다.

"오케이. 좋아. 자선 꼭지가 시작될 때까진 계속 그렇게 유지. 자선 꼭지가 시작되면 확실히 찡그려 줘야 해. 나처럼."

그가 얼굴을 찡그렸다.

"저 다음 순서는 누구예요?" 내가 물었다.

"심장에 문제가 있는 프랑스 남자."

"이름이 뭔데요?"

그가 어깨를 으쓱했다.

"지금쯤은 당연히 외웠어야 하는데. 자주 나오거든."

"그래요?"

"응. 어떻게든 이렇게 저렇게 치료해 놓으면, 그 사람은 또 쓰러져. 지난 3년간 그 사람이 아홉 번이나 출연했다니까. 방송꺼리를 계속 선물해 주는 고마운 사람이지. 자, 이제 찡그리는 표정을 보여 줘요."

나는 얼굴을 찡그렸다.

"나쁘진 않네. 오케이, 그러고 나서 마지막에 화장품을 뿌릴 때는 다시 미소를 지어야 해요. 그러니까 미소, 찡그리기, 미소. 알겠죠?"

나는 어정쩡하게 고개를 끄덕였다.

"어이구야." 마이크가 방송 카드를 넘기며 말했다. "정말 야망이 대단한 젊은이군!"

그러더니 웃었다.

"축하해요. 성공했네요."

스튜디오는 내가 상상했던 것보다 작았다. 방청석이 다섯 줄에서 열 줄 정도밖에 안 됐다. 클립보드를 손에 든 여자가 나를 무대 뒤로 데려갔을 때는 안도감마저 느꼈다. 글렌데일 강당은 의자가 40열이 넘었고, 발코니도 있었다. 그리고 나는 그 무대 위에 꽤나 여러 번 올라갔었다.

하지만 그때 카메라가 눈에 들어왔다. 모두 세 대였는데, 하나는 왼쪽, 하나는 오른쪽, 하나는 중앙에 있었다. 눈이 셋 달린 괴물처럼 세 대 모두 무대를 향하고 있었다.

"우리의 첫 손님은 화가이자, 음악가이며 아마추어 과학자인……"

〈작은 기적들〉의 광고음악과 함께 아나운서의 멘트가 이어졌다.

"왜 백만이 넘는 뉴요커들이 매일 아침 마이크와 수지와 함께 아침을 맞이할까요." 뉴요커 백만 명. 그 정도면 정말 많은 숫자였다.

"…… 언어학자, 사회 활동가……"

매디슨 스퀘어 가든에서 닉스 팀의 경기가 매진되면 뉴요커 2만 명이 모여들었다는 뜻이다. 그렇다면 저 무대에 오른다는 건 구석구석까지 꽉 들어찬 50개의 매디슨 스퀘어 가든에 나가는 것과 같았다.

"…… 그런데 아직 투표할 나이도 안 됐답니다!"

클립보드를 든 여자가 나를 무대 쪽으로 밀었고 나는 무대로 걸어 나갔다. 조명이 너무 밝아서 관중들을 볼 수가 없었다.

수지가 나와 악수를 나눈 뒤, 물이 담긴 머그컵을 건넸다. 화장을 어찌나 떡칠을 했는지 점토 팩을 하고 있는 것처럼 보였는데 그 여자의 이는 뼈 색깔이었다. 마이크가 관중들에게 활짝 웃어 주며 내게 다가와 내 어깨를 토닥였다.

"웃어." 이를 내놓고 웃으며 그가 속삭였다.

나는 미소를 지었다.

마이크는 내가 이루었다고 알려진 것들에 대해 질문을 쏟아 내기 시작했다. 대부분의 질문들에 어떻게 대답해야 할지 몰랐는데 다행히도 말은 수지가 거의 다 했다. 그러다가 어느 부분에서 마이크가 왜 노래 가사를 불어로 썼는지 물었다. 나는 실존주의에 대해 뭐라고 중얼거렸다. 마이크가 "실존주의가 뭔데요?" 같은 추가 질문을 할까 봐 공포에 질려 있는데 잠깐 사이를 뒀더니 갑자기 수지가 벌떡 일어나 나를 가리켰다.

"그래 가지고 댄스 파티에 같이 갈 여자는 있어요?"

관중들은 웃음을 터트렸고 마이크는 광고를 내보냈다.

믿을 수가 없었다. 그렇게 끝이라니. 내가 신이 나서 일어나자 마이크가 내 어깨를 꽉 잡았다.

"이봐, 어디 가는 거야? 아직 두 꼭지나 남았다고."

나는 다시 주저앉았다.

“실존주이라니. 야~ 고딩 여자애들이 너한테 죽자고 덤벼들겠어.”

마이크는 혐오감을 드러내 놓고 수지 쪽을 쳐다봤다. 눈을 감고 있는 수지에게 나이 든 남자 둘이 화장을 고쳐 주고 있었다.

“있을 때 즐겨라.” 마이크가 말했다.

그러더니 다시 카메라 쪽으로 돌아앉았다. 그가 이를 드러내고 웃기 시작하자마자 다시 카메라가 돌기 시작했다.

수지가 두 번째 초대 손님을 소개하자 나이 든 남자가 무대 위로 걸어 나왔다. 수지가 그 남자의 심장 상태에 대해 설명하는데 정말 끔찍했다. 수술을 아홉 번이나 받았지만 한 번도 문제가 완전히 해결된 적이 없었다. 지금도 발작은 수시로 일어났고 바로 약을 먹지 않으면 그 즉시 사망에 이르게 된다고 수지가 설명했다. 그런데 이 약이 너무 비싸서 더 이상은 감당할 수 없을 거라고 했다. 마이크가 방송용으로 제작한 커다란 수표 모양의 판을 건넸고, 그 액수는 평생 심장 약을 사 먹을 수 있는 돈이었다. 관중들이 박수를 쳤다. 그 늙은 남자는 불어로 뭔가 말했고 수지는 고등학교 때 공부 좀 할걸 그랬다는 농담을 했다. 관중들이 웃기 시작하자 마이크는 다음 광고를 내보냈다. 이제 한 꼭지만 남겨 놓고 있었다.

그 프랑스 남자는 내 옆에 앉아 어색한 듯 시선을 피하고 있었다. 벗겨진 머리에는 얼룩 같은 점들이 찍혀 있었고 얼굴은 만화에 나오는 사람처럼 심하게 주름져 있었다. 나에게는 이 TV 출연이 하루 장난 같은 거였다. 하지만 이 남자에게는 죽고 사는 문제였다. 방송에서는 이 남자와 그의 아내가 손을 잡고 포도밭을 걷는 장면을 보여 줬다. 그의 심장 상태 때문에 하루에 한두 시간 이상을 걷는 것이 불가능해지자 이들은 작은 땅을 파는 수밖에 없었다. 우리가 조용히 앉아 있는데 제작진에서 직원 몇 명이 아이라이너를 수레에 산처럼 쌓아 무대로 밀고 나왔다.

〈작은 기적들〉을 몇 번 보지는 못 했지만 볼 때마다 세 번째 꼭지에서 관중들이 얼마나 흥분하는지를 보고 놀랐었다. 매번 방송이 끝날 때마다 마이크와 수지는 립스틱이나 마스카라 같은 것들을 나눠 줬다. 그런데도 마이크가 도움이 필요한 사람을 해결해 준 뒤에 수지가 어마어마한 양의 상품을 공개하면 그때마다 관중들은 제정신이 아니었다. 수지가 그게 얼마나 부드럽고, 어찌나 매끄러운지, 상품에 대해 설명하려고 해도 여자들이 떼거지로 질러 대는 괴성 때문에 아무 말도 들리지가 않았다. 들리거나 말거나 수지가 상품 설명을 끝내자 마이크가 신호를 보냈다. 그러자 여자들이 무대 위로 돌진해서 하나도 남지 않을 때까지 양 손으로 물건들을 쓸어가기 바빴다.

화장품에 대한 반응이 그 정도였다면 진짜로 쇼킹한 무언가가 일어났을 때의 반응이 어떨지는 상상에 맡기겠다.

프롬프터에 뜨는 대사를 읽기 시작한 수지가 첫 줄을 다 읽기도 전에 누군가 숨을 헐떡이는 소리가 들렸다. 돌아보니 그 프랑스 남자가 두 손으로 테이블을 움켜쥐고 있었다.

"심장인 것 같아요!" 누군가 소리쳤다. "그 약을 먹여야 돼요!"

방청석에서 어떤 여자가 소리쳤다. 카메라맨들은 모두 자기 무전에 대고 뭐라고 소리를 질러댔다.

그 노인은 마이크의 방송용 카드를 움켜잡더니 프랑스 말로 뭐라고 적어서 마이크에게 보여 줬다. 마이크는 겁에 질려 그걸 읽었다.

"불어야!"

수지가 스튜디오 끝에서 나를 가리켰다.

"세이무어! 세이무어가 통역할 수 있어요!"

마이크가 내게 카드를 넘겼고 카메라들이 죄다 나를 향해 돌진해 들어왔다.

"얘, 이 사람이 뭐라고 하는 거니?"

내가 카드를 들여다보자 스튜디오 전체가 조용해졌다. 프랑스 노인은 불어 단어 몇 개를 적은 뒤 강조하기 위해 밑줄을 그어 놓았다. 나에겐 아무 의미도 없는 글자들이었다.

"세이무어, 이런 젠장! 대체 뭐라고 쓰여 있는 거야?"

노인은 심장을 움켜쥐더니 비명을 내지르며 아이라이너 더미 위로 무너져 내렸다. 화장품들이 요란한 소리를 내며 사방으로 흩어졌다.

"불어 할 줄 아는 분 아무도 없어요?" 내가 소리쳤다.

"그쪽이 할 줄 알잖아요." 수지가 말했다.

나는 카드를 계속 움켜쥔 채 카메라를 쳐다봤다.

"야, 이게 무슨." 마이크가 기가 막힌다는 듯 고개를 저었다. "기가 막혀서."

노인이 땅에 쓰러진 채 몸을 비틀며 괴로워하자 관중들이 스튜디오를 나가기 시작했다. 뇌성마비 환자처럼 떨리던 노인의 팔은 카메라맨이 '컷!'이라고 외치는 순간 멈췄다. 나는 그에게 한 걸음 다가섰다. 그의 눈이 낯익었다.

"아 이럴 수가." 내가 속삭였다. "제임스?"

그는 손가락을 입에 댔다.

"하느님 맙소사!" 나는 소리쳤다.

그는 벌떡 일어나더니 몸을 툭툭 털었다. 스튜디오는 완전히 패닉 상태라 아무도 그가 일어선 걸 눈치 채지 못했다. 멀리서 사이렌 소리가 들려왔다. 그는 휴대전화를 꺼내더니 단축키를 눌렀다.

"다 됐습니다." 그가 말했다.

"기다려! 제임스, 구급차가 오면 설명은 해 줘야 할 거 아니에요. 사람들이 내가 어떻게 한……"

제임스는 내 입을 자기 손으로 꽉 막고 얼굴을 가까이 댔다. 지독한 입 냄새가 풍겼고 분장은 땀으로 다 벗겨졌다. 충격이었다. 엘리엇은 몇 년에 걸쳐 나를 훈련시켰고, 감독했고, 날 위해 싸워 줬다. 엘리엇은 만일의 경우에 대비해 늘 이 패를 쥐고 있었던 걸까?

"끝났어." 제임스가 말했다. "넌 이제 가도 돼."

"나한테 어떻게 이럴 수가 있어요?" 내가 따졌다.

제임스가 지친 듯 숨을 내쉬었다.

"내 말 믿어. 두고두고 나한테 고마워하게 될 거야."

나는 스튜디오에서 비틀거리며 나와 학교로 돌아왔지만, 도저히

건물 안으로 들어갈 엄두가 나지 않았다. 아는 얼굴들이 로비에서 웃고 떠들고 손뼉을 치는 모습들이 보였다. 저들은 오늘 내게 벌어진 참사에 대해 아직 알지 못했지만 시간문제일 뿐이었다. 온 세상이 끝장났는데 그걸 아는 사람은 아직 나뿐이었다. 내가 뭘 하고 있는지 의식하지도 못한 가운데 휴대전화를 꺼내서 엘리엇의 번호를 눌렀다. 신호가 두 번 정도 울리고 난 뒤에야 엘리엇이 받지 않을 거라는 생각이 들었다. 엘리엇이 당구대가 있는 방에 앉아 살생부에 내 이름을 적어 넣는 모습을 그려 봤다. 지금쯤 내 이름 옆에 체크 표시를 해 넣었을까? 아니면 이건 단지 시작일 뿐일까?

"안녕!"

나는 두려움에 떨며 가쁜 숨을 뱉다가 깜짝 놀라 헉 소리를 냈다. 제시카가 자전거 보관대 옆에 서서 담배를 피우고 있었다.

"녹화했어. 학교 끝나면 다 같이 볼 거야. 나랑 린세이, 타마라……"

제시카가 몇몇 이름을 더 댈 때마다 나는 기계적으로 고개를 끄덕였다. 그 이름 하나하나가 강펀치가 되어 내 얼굴로 날아왔다. 내가 사기꾼이라는 것을 알게 되면 이 사람들은 나를 어떻게 할까?

"괜찮은 거야?" 제시카가 물었다.

"괜찮아."

"그런데 너 어째……"

"괜찮다고."

"저기 있지, 네 노래에 대해서 내가 좀 생각해 봤는데, 그게 있잖아……"

“그 얘긴 안 했으면 좋겠는데.”

제시카가 담배를 던져 버렸다.

“나 바보 아니거든.”

“뭐라고?”

“나 바보 아니라고!”

제시카는 당황한 듯 시선을 돌렸다.

“그래, 좋아, 그 노래 이해가 안 가! 하지만 아무도 설명을 안 해 주니까 그런 거라고! 다들 그러겠지. ‘말하면 뭘 해, 이해도 못 할 텐데.’ 설명을 해 줘야 이해하든 말든 할 거 아냐!”

제시카는 미친 듯이 눈을 깜빡거리며 발만 내려다봤다. 믿어지지가 않았다. 제시카가 울고 있었다.

“나 그 끔찍한 노래를 백 번은 들은 것 같아. 하지만 그 노래 얘기만 꺼내면 다들 그냥 웃어. 그게 어떤 기분인지 알기나 해?”

처음으로 제시카가 나를 어떻게 생각할지에 대해 생각해 봤다. 나는 한 번도 파티에 참석한 적도 없고 그 누구에게 친절한 말 한 마디 건네 본 적도 없다. 나의 행동 하나, 말 한 마디는 전부 그 애가 스스로를 열등하게 느끼도록 계산된 것들이었다.

“제시카……”

“왜?”

“나도 뭔 소린지 몰라.”

제시카가 얼굴을 들었다.

“뭐라고?”

"그 노래 말이야, 라디오에 나온 거…… 내가 쓴 거 아니야. 다른 사람이 썼어. 나도 그게 대체 무슨 뜻인지 모른다고."

제시카가 얼굴을 닦아 내자 화장이 살짝 번졌다.

"진짜?"

"응. 하나 더 얘기해 줄까? 그 노래를 만든 사람도 그게 무슨 뜻인지 몰라! 그러니까 네가 그 노래를 제대로 이해 못 했다고 하는 사람이 있으면 바보는 바로 그 사람이야. 왜냐하면 이해할 건덕지가 없거든. 그 노래 자체가 말이 안 된다고!"

"내 말이 그 말이야. 아무한테도 그렇게 말은 안 했지만, 계속 그 생각이 들었어!"

"네 생각이 다 맞아." 내가 말했다.

제시카가 잠시 웃다가 이내 손으로 입을 막으며 소리를 죽였다. 그러더니 자기 등 뒤를 둘러보고는 나와 공모자가 된 듯한 미소를 지었다.

"아무한테도 말 안 할게, 약속해."

"괜찮아. 어차피 상관없어. 아무한테나 말해도 돼."

제시카가 잠시 미뭇거렸다.

"그럼 랜스한테 말해도 돼? 진짜 좋아할 거야…… 개도 노랠 전혀 이해 못 하고 있거든!"

"그래. 랜스한테도 말 해."

"세이무어…… 너 무슨 일 있는 거니?"

나는 한숨을 쉬었다.

"제시카, 난 이제 큰일났어."

진심어린 걱정을 담아 제시카의 눈이 커다래졌다.

"진짜 큰일이야?"

"그런 것 같아."

제시카가 내게 친절한 미소를 지어 보였다.

"괜찮을 거야. 그래 봐야 뭐 얼마나 큰일이려고."

---

# 정정합니다.

「뉴욕타임스」

10월 15일, "질병과의 전쟁을 위해 졸업 파티를 포기한 고등학생"이란 제목의 기사는 몇 가지 오류가 있음을 밝힙니다.

* 기사의 주인공인 세이무어 허슨 군을 뉴욕의 석면 퇴치 리그 총무라고 지칭했으나 허슨 군은 그런 직위에 있지 않으며, 그런 단체는 애초에 존재하지도 않음을 밝힙니다.

* 세이무어 군이 파스테르나크 슈월칠드 질병을 고치려고 했음도 오류임을 밝힙니다. 그 질병을 치유하기 위해 어떤 노력도 기울이지 않았습니다.

* 기사에서 세이무어 군이 4개 국어를 구사한다고 했지만 실제로는 영어 하나만을 구사함을 밝힙니다.

* 세이무어 허슨이 가장 좋아하는 책이 토마스 핀치의 『중력의

무지개」라고 한 기사도 오류임을 밝힙니다. 세이무어 허슨은 이 책을 읽지 않았습니다.

　＊ 이 기사에는 '절친한 지인'의 제보로 「타임」 지에까지 실렸던 세이무어 군의 미술관 방문 일화가 소개된 적이 있습니다. 세이무어 군이 세잔의 그림에 너무 깊이 빠져든 나머지 관리인이 미술관 폐관을 알려도 듣지 못해서 몸을 흔들어야 했다는 그 일화는 실제 있었던 일이 아님을 밝힙니다.

　＊ 세이무어 허슨 군이 실험 연구와 글렌데일 졸업 파티에 데이트 상대와 참가하는 것 중 한 가지만을 선택해야만 했다는 기사를 정정합니다. 세이무어 군은 무도회에 같이 갈 데이트 상대가 없었습니다.

　「뉴욕타임스」는 오보에 대해 유감을 표명합니다.

---

## 아트 인 아메리카(Art in America)

　올해의 화가로, '그린 워터'의 화가 세이무어 허슨 군을 선정한 것이 실수임을 밝힙니다. 그 작품은 원래 테리 앨러거시의 작품으로 드러났습니다. 전설적인 거물인 앨러거시 씨는 '비평가들로부터 공정한 평가를 받기 위해' 가명으로 작품을 발표했다고 밝혔습니다.

　아트 인 아메리카는 앨러거시 씨의 위대한 성과를 축하드리는 바입니다.

---

비숍하우스 가을 도서 카탈로그

비숍하우스 편집자 일동은 출판 일정이 다음과 같이 변동되었음을 알려드립니다.

포드햄 대학, 대니얼 허슨 교수의 세 번째 저서인 『마르크스주의 기호론』은 올 가을 출간되지 않습니다. 이 책의 출판은 취소되었으며 본 출판사와 허슨 교수의 계약은 해지되었음을 알립니다.

---

게네자로 부족 소식지

12월 소식지에 실린 특집 기사, '우리 부족 아들의 쾌거'에 오류가 있음을 알려드립니다. 세이무어 허슨은 우리 부족의 일원이 아니며, 서류는 모두 위조되었음이 밝혀졌습니다. 세이무어의 올 가을 하버드 입학을 다룬 관련 기사도 정정합니다. 그의 입학 허가가 취소되었습니다.

기사 오류에 대해 사과드립니다.

---

"세이무어? 뭐야, 여기에 얼마나 있었던 거야?"

"애쉴리, 누구한테 입이라도 뻥긋하면……"

"또 협박이니? 그래, 좋아, 어디 얘기해 봐. 뻥긋하면 어쩔 건데?"

나는 급수탑 밑에서 기어 나왔다. 옷은 타르 때문에 얼룩덜룩했고, 전날 밤에 내린 비 때문에 젖어 있었다.

“세상에, 어제 밤부터 여기 숨어 있었던 거야?”

나는 고개를 끄덕였다. 제시카와 애길 나눈 직후 환기 터널을 타고 올라왔다. 실은 부모님께 어떻게 말씀드려야 할지 생각해 보려고 1, 2분만 있으려고 한 것인데, 계획을 짜는 데 생각보다 시간이 많이 걸렸다. 먼저 두 분 마음을 가볍게 해 드리기 위해 가벼운 얘기를 먼저 꺼내야겠다는 생각을 했다. “여름이 벌써 길목에 들어섰나 봐요.” “웬 비가 이렇게 많이 오는 걸까요?” 같은 류의 날씨 얘기로. 하지만 그 이상은 진도를 나가지 못했다.

“로비에서 헨드릭스 선생님이 기자랑 얘기하는 걸 봤어.” 애쉴리가 말했다.

“아, 진짜 돌겠다.”

“진정해. 그 선생님 관심 받는 걸 완전 즐기고 있으니까.”

애쉴리가 내 옆에 와 앉더니 신문들을 뒤적였다. 1면에 내 얼굴이 실린 것들도 있었다.

“대박이다. 너 완전 끝장났구나.”

“응.”

“사람들이 제일 열받은 게 뭔지 알아? 그 인디언이라는 거짓말.”

나는 고개를 끄덕였다.

“그건 정말 좀 심했더라.”

나는 신문 뭉치를 집어 들어 그 무게를 느껴 봤다. 이만큼의 종이로 앨러거시 가문이 버는 돈은 얼마나 될까? 애쉴리가 신문을 챙겨 다시 자기 가방에 쑤셔 넣었다.

"며칠만 지나면 아무도 상관 안 할 거야. 오마하에 사는 어떤 아줌마가 자기 자식들을 물에 빠뜨렸다는 뉴스가 터지면 사람들이 네 일은 싹 잊을걸."

"아, 제발 그렇게만 됐으면."

애쉴리가 웃었다.

"자, 내려가자. 여기서 뭐하는 짓이야."

나는 고집스럽게 고개를 저었다.

"뭘 겁내는 거야? 이미 다 들통 났는데."

나는 눈물을 참으려고 가까운 타르 덩어리에 초점을 맞추고 버텼다. 전혀 안 먹혔다.

"세이무어, 뭐가 무서운 건데?"

나는 소매로 눈가를 대충 닦았다.

"나한테 못 되게 굴 거야."

"누가?"

"다들."

애쉴리가 고개를 끄덕였다.

"그러겠지."

멀리서 종소리가 들렸지만 나는 꼼짝도 하지 않았다.

"저기 있지." 애쉴리가 입을 열었다. "난 너한테 잘해 줄게."

나는 의심에 찬 눈길로 그 애를 봤다.

"왜?"

"그럼 안 될 이유라도 있어? 뭐 돈 드는 일도 아닌데. 저것도 원래 내 초코우유도 아니야. 학교 식당에서 슬쩍 가져온 거야."

"나한테 화 안 났어?"

"화났었지. 하지만 네가 찌질하게 굴어서 그런 거지, 네가 진짜 인디언이 아니라고 그런 건 아니야. 그리고 이젠 다 풀렸어."

애쉴리가 내게 머그컵을 건넸다.

"이거 받아, 뚱땡아. 쭉 마셔."

"애쉴리……. 너한테 할 말이 있어."

나는 숨을 깊이 들이마셨다.

"중2 때, 우리가 학생회장 선거할 때…… 엘리엇이랑 나랑 네가 질 수밖에 없도록 계획을 짰어."

"알고 있어."

"뭐라고?"

"네가 속임수를 쓸 거라는 생각은 늘 했어. 근데 내가 의심한 건……"

애쉴리는 가방을 뒤지더니 고급스러운 작은 봉투를 꺼냈다. 왁스 봉인이 너무 번져서 읽기가 힘들었다. 하지만 왁스 봉인을 쓰는 사람이 그 애 말고 또 누가 있을까?

"엘리엇이 이거 언제 보냈어?"

애쉴리가 어깨를 으쓱했다.

"몇 달 전쯤. 내가 너한테 안 좋은 영향을 준다고 생각했나 봐."

믿을 수가 없었다.

"그럼 왜 나한테 아무 말도 안 했어? 내 말은, 그러면서 나랑 어떻게 어울렸어?"

"왜냐하면, 세이무어! 그건 어릴 때 한 짓이었으니까. 난 이제 애가 아니야. 넌 아직도 애니?"

나는 침을 꿀꺽 삼켰다.

"아니."

나는 내 무릎만 내려다봤다.

"애쉴리?"

"왜?"

나는 잠시 머뭇거렸다.

"너 내 친구 해 줄래?"

내가 올려다봤을 때 애쉴리는 웃고 있었다.

"난 네 친구야. 세이무어, 진작부터 네 친구라고."

"좋아, 그럼 나 내려갈 수 있을 것 같아."

나는 일어서서 환기구를 향해 걸었다.

"잠깐." 애쉴리가 날 불러 세웠다. "그게…… 우리 있잖아, 거기 말고 딴 길로 가면 안 될까?"

나는 옥상을 가로질러 가서 애쉴리의 손을 잡았다. 애쉴리가 미소를 지었다.

"우리 다시는 여기 올라오지 말자." 내가 말했다.

"그래."

그리고 우리 둘은 곧장 문을 열고 내려갔다.

부모님은 엘리베이터 소리를 듣고 있었던 모양이다. 복도에 서서 나를 맞아 주신 걸 보니. 현관문이 열리자마자 아빠가 팔로 나를 감싸 안았고, 그 뒤로 엄마는 전화기에 대고 미친 여자처럼 소리소리 질러 대고 있었다. 아빠 엄마는 나를 안으로 끌고 들어가 소파 위에 앉혀 놓고 상처 나거나 멍든 곳이 없는지 살폈다. 하루를 보낸 뒤의 내 모습도 무슨 탈주범처럼 엉망이었지만 부모님 모습은 더 심했다. 엄마 머리는 사방으로 뻗쳐 있었고, 아빠의 목 언저리에도 머리카락이 잔뜩 붙어 있었다. 나는 숨어 있었던 것에 대해, 그 모든 것들에 대해 사과하기 시작했지만 두 분이 동시에 내 말을 막았다.

"그 얘긴 나중에 하기로 하자." 아빠가 내 신발 끈을 풀어 주며 말했다.

엄마는 욕조에 목욕물을 받아 줬고, 나는 몇 년 만에 욕조에 몸을 담갔다. 내 얼굴은 아직도 방송용 분장 때문에 허연 상태였다. 얼굴을 물에 넣고 한참을 있었더니 분장이 조각조각 떨어져 나가는 게 느껴졌다.

나는 오래된 헐렁한 닉스 저지 셔츠를 입고 거실로 나갔다. 식탁 위에는 브리스킷이 놓여 있었고 부모님은 상자 위로 몸을 구부리고 있었다.

"오늘은 모노폴리 밤이잖아." 엄마는 최대한 아무렇지도 않은 목소리로 말했다.

손해 배상과 해명이 내일부터 시작되면 몇 달은 걸려야 다 끝날 것이다. 하지만 부모님은 오늘만큼은 식구들끼리 평화로운 하룻밤을 갖도록 하고 싶으셨던 것이다.

아빠가 게임 판을 설치하는 동안 우리는 묵묵히 식사만 했다. 전화는 2, 3분마다 계속해서 울렸다. 아빠가 전화를 받고, "할 얘기 없습니다."라고 얼버무리고는 수화기를 내려놓았다. 일곱 통인가 여덟 통째의 전화를 받은 후, 아빠는 코드를 뽑아 버렸다.

나는 내 접시만 내려다봤다. 나 때문에 엄마 아빠가 당해야 할 굴욕을 생각만 해도 끔찍했다.

"어이, 아들." 아빠가 나를 불렀다. "내가 뭐 하나 알려 줄까?"

나는 어깨만 으쓱했다.

아빠는 엄마를 쳐다보고 잠시 망설이더니 목청을 가다듬었다.

"모노폴리 할 때 실은 나, 속임수를 써."

내가 제대로 들은 거 맞아?

"죄송한데요, 뭐라고요?"

"모노폴리 할 때 속임수를 쓴다고. 몇 년째 그랬어."

아빠는 두 손을 번쩍 들어 보였다.

"그래 맞아. 나잇살이나 먹은 어른이 애들 게임에 속임수나 썼다고."

"어떻게요?"

"은행에서 돈을 훔치지. 그래서 늘 내가 선뜻 은행가가 되겠다고 하는 거야. 아무 때나 훔치기 쉽게. 실은 너희 엄마 것도 훔쳐."

"헉. 엄마 이게 말이 돼요?"

"나는 이미 몇 년 전부터 알고 있었어. 더 황당한 건 뭔지 아니? 그러고도 가끔 진다는 거야."

아빠가 고개를 끄덕였다.

"난 모노폴리에 소질이 없거든."

"와. 전혀 몰랐네."

"나한테 화났니?" 아빠가 내게 물었다.

"뭐, 조금. 하지만…… 곧 풀리겠죠."

아빠는 게임 판 위로 손을 뻗어 내 손을 꽉 잡았다.

"그래야지. 우린 가족이니까."

초인종이 요란하게 울렸고, 부모님이 동시에 일어났다.

"세상에……"

"설마 우리 주소까지 뒤져 내서……"

"엄마, 아빠! 괜찮아요. 깜빡하고 말씀 안 드렸는데 제가 친구를 불
렀어요."

엄마가 겁에 질려 눈이 커다래졌다.

"누구?"

초인종이 다시 울렸다. 부모님은 내가 문을 열기 위해 복도를 걸어
가는 내내 완전히 얼어붙어 있었다.

"안녕." 애쉴리가 들어섰다.

"안녕. 엄마, 아빠? 제 친구 애쉴리예요."

"아! 어!" 엄마가 소리쳤다.

"만나서 반갑다. 시간 딱 맞춰 왔네." 아빠가 말했다.

아빠가 네 번째 의자를 식탁으로 끌어당기고 게임 도구를 더 꺼내

기 위해 상자를 뒤졌다. 애쉴리가 게임 말 중에, 골무와 자동차를 놓고 고민을 하고 있는데 진동으로 해 놓은 내 휴대전화가 울렸다. 나는 전화기를 꺼내어 잠시 망설이다가 천천히 귀로 가져갔다.

"세이무어! 드디어 받는구나, 다행이야!"

애쉴리는 자동차를 살펴보더니 다시 상자 안으로 던져 넣었다.

"전화가 계속 꺼져 있더라. 우리 당장 얘기 좀 해. 급해!"

애쉴리가 자기 골무를 '시작' 자리에 올려놓자 아빠는 말 네 개를 나란히 놓았다.

"이번 주에 내가 좀 심하게 굴었다는 거 알아. 너에게 교훈을 주기 위해서였어. 좀 가혹했지만 어쩔 수 없었어. 하지만 이것만 알아 둬. 내가 한 일 중에 되돌릴 수 없는 일은 하나도 없어. 우리가 발 빠르게 움직이기만 하면."

엄마가 애쉴리에게 접시를 갖다 주고 아빠는 그 접시에 브리스킷을 덜어 주었다.

"카메라 앞에 서면 누구든 멍해질 수 있어. 우리가 했던 짓도 다 해명할 수 있어! 이 사람 저 사람한테 뒤집어씌우는 것도 좋은 방법이고. 무슨 상관이야! 3주, 길어야 한 달 안에 너에게 다 되돌려 줄게. 내 밑에는 기자도 있고 공무원들도 있어! 세이무어, 듣고 있는 거야?"

부모님이 나를 바라봤다.

"길게 놓고 볼 때 이건 정말 아무 일도 아니야! 20년쯤 흐른 뒤에 우리는 지금을 생각하며 웃고 있을 거야! 오늘밤에 우리 집으로 와. 계획을 짜자고. 사전 작업은 다 해 놨어. 하버드, 비숍 하우스, 언론

할 것 없이 내가 '시작해!' 한 마디 하면 다들 번개처럼 움직일 거야!
다 되돌리고도 더 가질 수도 있어, 세이무어, 전보다 더!"

"아들? 그 전화 받아야 하는 거니?" 엄마가 물었다.

"아뇨, 아니에요."

나는 전화를 꺼 버렸다. 마치 출발선에 서서 자리를 다투는 육상선
수들처럼, 반짝이는 말 네 개가 시작점에 서 있었다. 아빠가 프리 파
킹 칸에 올려놓은 500달러 지폐 위로, 나는 주사위를 흔들었다.

그러다가 멈췄다.

"우리, 다른 게임 해도 돼요?"

우리 넷은 아무 말 없이 동의한다는 듯 서로를 쳐다봤다.

"내가 퍼즐을 가져올게." 엄마가 말했다.

아빠가 모노폴리 판을 치우는 동안 엄마가 벽장 안을 헤집었다.
1000조각짜리 퍼즐 딱 하나가 벽장 뒤쪽에 묻혀 있었다. 상자 뚜껑
도 없어진 상태였지만 엄마는 어쨌든 조각들을 쏟아 놓았다.

"이거 무슨 퍼즐이에요?" 애쉴리가 물었다.

"이제 곧 알게 되겠지." 아빠가 대답했다.

나도 한 조각 집어 들었고 우리는 모두 다 함께 퍼즐을 맞추기 시
작했다.

# 3
# 새로운 날들

애슐리와 나는 8월 말에 떠날 자동차 여행 준비물을 사러 다니다가 엘리엇 앨러거시와 마주쳤다. 그 애는 휴대전화기에 대고 뭐라고 소리를 질러 대며 자기 리무진으로 가고 있었다. 배기 청바지에 민소매 셔츠를 입은 추레해 보이는 남자애가 어슬렁거리며 그 뒤를 따랐다. 나는 인사를 할 생각이 아니었지만 애슐리가 그 애 이름을 불렀다.

엘리엇이 얼굴을 들더니, 놀란 듯 침을 꿀꺽 삼키고, 전화를 끊었다.

"이런." 엘리엇이 말했다.

"얘는 도우야." 엘리엇이 자기 옆에 서 있는 천치 같아 보이는 남자애를 가리키며 말했다.

"여," 도우가 말하며 주먹을 내밀었다. 애슐리와 나도 주먹을 내밀어 맞받아 쳤다.

"도우는 다음 달에 나랑 같이 하버드에 가게 됐어. 평균 학점이 2.3밖에 안 되고 약물 중독 전력이 세 번이나 있는데도 말이지."

"축하해." 내가 말했다.

도우가 고개를 끄덕이더니 말했다.

"난 저기 쓰레기통 뒤에서 담배 좀."

"그래, 알았어." 엘리엇이 말했다.

도우가 골목길 쪽으로 어기적거리며 걸어가자 엘리엇은 한숨을 길게 내쉬었다.

"사실은 지능이 좀 떨어지는 애야. 하지만 나는 저 애를 세계 제일의 대학에 입학시켰어."

우리는 모두 잠시 동안 말없이 서 있었다. 한참 있다 애쉴리가 나를 쿡 찔렀다.

"그래, 음…… 어떻게…… 한 거야?"

"네가 알 바 아니잖아." 엘리엇이 쥐어박듯 말했다.

또 한 번의 침묵.

"그래도 꼭 알고 싶다면, 내가 교수들을 무더기로 협박해 놓고는 서로가 서로를 협박하고 있다고 생각하게 만들었지."

엘리엇은 주머니에서 뭔가를 꺼내더니 나에게 종이 한 장을 건넸다.

"자, 내가 확실하게 정리하려고 만든 차트야."

"와, 진짜 머리 좋다."

옆을 둘러보니 애쉴리는 저만치 떨어져 쇼윈도의 물건들을 구경하고 있었다. 그러더니 내게 고개를 끄덕해 보이고 돌아섰다.

나는 엘리엇의 차트를 살펴봤다. 이해하는 건 불가능했지만, 이걸 만들기 위해서는 엄청난 시간이 들었음을 알 수 있었다. 나는 조심스럽게 다시 접어 엘리엇에게 돌려줬다.

“저…… 음…… 아버진 잘 계셔?”

엘리엇은 어깨를 으쓱했다.

“아빠는 뉴욕을 떠날 거야.”

“진짜? 어디로 가시는데?”

“매사추세츠.” 엘리엇은 발끝을 내려다보며 말했다. “정확히 말하면 케임브리지야.”

“아, 그래?”

“응. 하버드 근처에 유서 깊은 건물을 매입했어. 예전 의회 의사당 건물이야. 몇몇 교수들 속을 뒤집어 놓으려고 내부를 다 뜯어 고쳤지. 어쨌든, 난 거기서 살게 될 거야.”

“너랑 같이 있으려고 그 멀리까지 이사하신다니 참 좋은……”

“우연일 뿐이야. 아빠가 제일 좋아하는 모자 브랜드가 뉴베리 가에 새 매장을 열었어. 그냥 순간적인 기분으로 그 매장 따라 가는 거야. 일시적인 변덕이지.”

“아, 그럴 수도 있겠네.”

“그래. 뉴욕에는 괜찮은 모자 메이커가 없거든, 그러니까……”

“그렇지.”

엘리엇이 고개를 끄덕였다.

“실은…… 우린 지금 자그마한 계획을 꾸미고 있어. 아빠랑 나 말이야.”

“그래?”

“그래. 내가 수학, 과학 과목 필수 학점을 피해 갈 수 있는 작전을 아빠가 세웠어. 거의 예술이지. 굉장히 복잡해. 그걸 성사시키려면 엄청난 시간을 투자해야 할 거야."

"꼭 해낼 수 있을 거야."

"그래, 이미 시작했어."

도우가 쓰레기 수거함 뒤에서 나오더니 우릴 그냥 지나쳐 리무진에 탔다.

"가야겠다." 엘리엇이 말했다.

"그래, 잘 가."

엘리엇이 올라타자 차는 즉시 속도를 높이며 거리를 내달렸다.

나는 애쉴리에게 다가가 손을 잡고 그 반대 방향으로 걷기 시작했다. 그 블록을 반쯤 걷다가 등 뒤를 돌아봤다. 엘리엇의 리무진이 언덕 너머로 사라지고 있었다. 하지만 엘리엇이 선루프 위로 머리를 내밀고 내 쪽을 바라보는 모습을 볼 수도 있을 것 같은 생각이 들었다.

나는 우리가 파크 가를 쏜살같이 내달리던 날, 머리카락을 흩날리던 그 바람을 기억했다. 손에는 술잔을 들고 얼굴에는 햇살이 쏟아지고, 온 세상이 내 아래로 펼쳐졌지! 그 기억만으로도 어찌나 흥분이 되던지 나는 큰 소리로 웃기 시작했다.

감사의 말

이 책이 나오기까지 정말 놀라울 정도로 많은 사람들이 도움을 주셨다.

나의 에이전트인 대니얼 그린버그는 내가 미친 소리를 적은 첫 번째 이메일을 보낸 순간부터 이 프로젝트를 지지해 줬다. 지난 2년간, 그는 내게 값진 비평과 훌륭한 충고들을 해 줬고, 두 번이나 찾아온 심적 공황상태에서 나를 구해냈다.

조나단 자오는 완벽한 편집자였다. 그는 내가 제대로 가고 있을 때는 언제나 나를 지지해 줬고, 내가 틀렸을 때는 나를 설득했다. 그의 인내심과 통찰력 덕분에 이 책은 놀랄 만큼 좋아졌고, 그 과정에서 나는 작가로서 성장할 수 있었다.

나의 변호사 리 이스트먼은 직장도 없고, 갈팡질팡하던 스물두 살의 나를 맡아 줬다. 그의 늦임없는 지지와 조언이 없었다면 지난 3년을 어떻게 살아 왔을지 상상도 할 수 없다. 그는 내가 이 소설을 처음 보여 준 사람이었다. 그가 "한번 해 봐!"라고 말해 주지 않았더라면 내가 과연 해낼 수 있었을까.

눈부시게 멋진 편집자인 게일 윈스톤, 나의 어머니는 이 책의 초벌 원고 두 개를 읽고 너무나 현명한 충고들을 해 주셨다. 조시 커니스버

그는 내가 잡아 내지 못했던 플롯의 구멍 두 개를 지적해서 채워 넣도록 도와줬다.

나의 아버지와 새어머니 그리고 형은 글을 쓰는 내내 나를 응원해 줬다. 친구들은 내가 제정신이 아니었던 내내 눈물겹도록 나를 참아 주었다. 이름을 일일이 다 열거할 공간이 허락되지 않겠지만 몇 명이라도 불러 보겠다. 아자르 칸, 모니카 패드릭, 조시 모겐다우, 브렌트 카르츠, 케이틀린 페터, 스티브 벤더, 닉 맥도널, 아만다 밀러, 프란체스카 마리, 데이빗 허슨, 케슬린 헤일.

비록 경력이 짧긴 하지만 그동안 나는 정말 멋진 작가들과 함께 일하는 행운을 누렸다. 내게 정말 많은 것을 가르쳐 주신 분들, 그중 몇 분을 적어 보려 한다. 조시 커니스버그, 빌 하더, 마리카 소여, 존 물레이니, 콜린 조스트, 세스 메이어스, 브라이너 터커, 앤디 샘버그, 댄 메네커, 팔리 카르츠, 자크 카닌, 안드레이 네치타.

작가 에릭 켄워드는 내게 '쓰레기 동물'이란 말을 알려 주었고, "물고기는 어디 있지?" 일화는 순전히 아버지 덕분에 쓸 수 있었다. 아버지는 내가 열한 살 때 그 이야기를 들려 주셨다. (그리고 지금까지 실화라고 우기고 계신다!)

찰스 디킨스, P.G. 우드하우스, 에블린 워, 로알드 달, 테리 서던, 데이빗 세다리스 그리고 심슨에게 감사한다.

에반 캐필드, 사이먼 M. 설리번, 제니퍼 퓨어, 메건 캐시디, 벤 와이즈먼, 카렙 베이어스, 더스틴 러싱, 론 마이클스, 마이크 슈메이커, 스티브 히긴스, 그레고리 맥나이트, 샤리 스마일리, 포레스트 처치, 마이클 허츠버그 그리고 메인 주 앨러거시 야생 수로의 안전요원들에게도 감사의 뜻을 전한다.

그리고 마지막으로 제이크 루스는 이 책의 시작에서 출판까지, 창작의 힘이 필요한 모든 과정 하나하나마다 비평과 충고, 격려를 아끼지 않았다. 나는 이 책을 그에게 헌정했지만, 사실 그의 자리는 책 표지여야 할 것 같다. 이 책은 내 책이기도 하지만 그의 책이기도 하다.

고기 한 조각이 남으면 모두들 먹고 싶으면서도 서로에게 양보하느라 먹고 싶지 않다고 해, 결국 꼭 한 조각씩은 냉장고 행이 되는 세이무어네 집, 그런가 하면 쪽지에 먹고 싶은 음식을 적어 던져 주면 세계 최고의 요리사들이 듣도 보도 못한 최고급 희귀 요리도 뚝딱 만들어 올려 주는 엘리엇의 집. 이 책을 읽으면 다양한 '비교체험 극과 극'을 경험할 수 있다. '자, 그렇다면 당신의 선택은?' 작가는 세이무어처럼 조금은 모자란 듯하게, 엘리엇처럼 사악하게 웃으며 질문을 던지는 것 같다.


돈으로 할 수 있는 모든 것과
돈으로 할 수 없는 몇 가지에 대한 이야기

'돈으로 안 되는 것이 없는 세상.' 우리가 흔히 하고, 흔히 듣는 말이다.

자본주의의 병폐나 물질만능 주의를 개탄할 때 입에 오르내리기도 하는 표현이겠으나, 보통은 그저 돈의 위력이 그렇게 대단하고, 또 돈으로 할 수 있는 게 그렇게나 많다는 뜻으로 쉽게들 하는 소리일 것이다. 하지만 이 책에서 '돈이면 가능한 일들'로 소개된 일화들은, 정말 '무엇을 상상하든 그 이상을 보여 줄 것'이라는 광고 카피를 떠올리게 할 만큼 엄청났다. 앨러거시 부자가 과시한 '돈의 횡포'는 상상력의 한계를 비웃는 듯했고, 때로는 잔인하다는 생각까지 들어 마음이 불편해지기도 했다. 시민들이 사용하는 YMCA 체육관 전체를 대관하거나, 농구 연습을 하기 위해 아예 농구 리그를 하나 창단해 버리는 정도는 귀여운 수준이었다. 예술가들을 고용한 뒤, 불멸의 작품이 탄생하면 혼자만 보고 폐기해 버리며 그들을 농락하거나, 아내를 살리기 위해 최상의 장기를 구한다고 이식하지도 못할 장기들을 여럿 구입해서 하나만 쓰고 버리고, 레스토랑 매니저가 자기에게 싫은 소리 좀 했다고 전 언론을 가동해 그 식당을 폐업하게 하는 등의 일화를 읽을 때는, '이 사람들이 왜 이러지?', '정말 이렇게까지 해야 하나?' 하는 생각이 들었다.

하지만 엘리엇과 그의 아버지가 왜 그렇게 살 수밖에 없었는지에 대한 답은 후반부로 가면서 얻을 수 있다. 그들은 대대손손 너무나 돈이 많은 집에서 태어났고, 그 돈이 쌓아 올린 높은 성 안에서 보통 사람들과 달리 특별하게 자랐고, 그러다 보니 인간과 소통하는 방법을 전혀 배우지 못했다. 그러니 얼마나 외로웠겠는가. 아마도 살벌하게 외로웠을 것이다. 우리의 평범한 상상력으로는 그들의 재산이나 라이프스타일을 가늠해 보기 어렵듯이, 우리처럼 이 사람 저 사람과 종일 부대끼며 사는 보통 사람들은 그들의 철저한 외로움을 감조차 잡기 어려우리라 생각한다. 게다가 그 외로움과 허전함을 어떻게 메워야 할지 알 수 없었기에 더욱더 당황스럽고 황당했을 것이다. 그러자니 가장 쉽게 쓸 수 있는 돈으로 원하는 것을 사려고 들었던 것이다. 그런데 참 이상하기도 하지. 평소에는 그렇게 돈에 목을 매는 것 같은 사람들도 막상 엄청난 돈을 들여 자신이 어떤 사람인지를 증명하려 들면 들수록, 돈으로 상대를 제압하려고 들면 들수록 사람들은 멀어지고 그들은 더욱더 철저하게 고립됐다. 어쩌면 엘리엇 부자는 행복해지기 위해 가장 필요한 알맹이들은 돈으로 절대로 살 수 없음을 세상 그 누구보다도 잘 알았기에 더욱더 필사적으로 돈의 위력을 증명해 보이려고 안간힘을 썼던 것 같다.

『엘리엇의 펫』은 '돈이면 다 되는 세상'이라는 말에 '정말?', '과연?'이라는 짧은 반문을 고등학생 특유의 약간은 껄렁하면서도 순진한 목소리로 던져 주는 책이다. 전교생에게 왕따를 당하는 순진하고 욕심이라고는 없는 덩치, 세이무어와 미국 최고 재산가의 상속자인 까칠하고 왜소한 독종, 엘리엇이라는 조합, 일단 그림이 그럴듯하다. 공통분모라고는 찾아볼 수 없는 두 아이가 고등학교 내내 '절친'이 된 발단은 이 대화에서 비롯됐다.


"글렌데일에서는 돈 같은 건 별로 상관들 안 해. 그보다는 애가 얼마나 멋진지, 운동을 얼마나 잘하는지, 잘난 척을 하는지 안 하는지 그런 것들이 중요해."
"정말…… 그렇게 생각하는 거니?"


가진 것이라고는 쥐뿔도 없는 왕따 주제에 세이무어는 감히 '돈'의 위상을 폄하하는 발언을, 가진 것이라고는 돈밖에 없는 엘리엇 앞에서 했던 것이다. 그때부터 엘리엇은 학교에서의 존재감이 제로인 세이무어를 돈의 힘으로 학교 최고의 인기남으로 만들기로 작정한다. 학교의 대표 루저가 억만장자 상속자의 아바타가 되어 완전히 다른 사람의 삶을 살게 된다는 이야기는 누가 들어도 솔깃하다.

손발이 오그라들게 유치하면서도 코끝 찡해지는 짠한 의리가 있고, 반항과 밉상 짓을 사명으로 여기지만 한 꺼풀만 벗겨 내면 맥없이 천진한 얼굴들을 만날 수 있는 곳이 바로 고등학교다. 그런 재미와 드라마틱함은 일단 먹고 들어가는 고등학교라는 배경과 솔깃한 줄거리, 독한 에피소드들에 우리 젊은이들이 되도록 많이 '낚여' 이 책을 많이 읽는 게 나의 바람이다. 그래서 허구한 날, 돈이 없어 갖지 못 하는 것들만 생각하며 괴로워하지 말고, 돈 주고도 절대 살 수 없는 귀한 것들 중에 내가 이미 가진 것이 무엇인지를 돌아보는 기회를 얻을 수 있기를…….

끝으로 돈 주고 절대 살 수 없는, 내 행복의 알맹이인 나의 가족, 그중에서도 특히, 엄마를 번역에게 나눠 줘야 하는 나의 딸, 현서에게 정말 고마운 마음을 전하고 싶다.

김현수

# 엘리엇의 펫

| | |
|---|---|
| 펴낸날 | 초판 1쇄 2011년 4월 13일 |

| | |
|---|---|
| 지은이 | 사이먼 리치 |
| 옮긴이 | 김현수 |
| 펴낸이 | 심만수 |
| 펴낸곳 | (주)살림출판사 |
| 출판등록 | 1989년 11월 1일 제9-210호 |

경기도 파주시 교하읍 문발리 파주출판도시 522-1
전화  031)955-1350    팩스  031)955-1355
기획 · 편집  031)955-1399
http://www.sallimbooks.com
book@sallimbooks.com

ISBN  978-89-522-1560-4    03840

※ 값은 뒤표지에 있습니다.
※ 잘못 만들어진 책은 구입하신 서점에서 바꾸어 드립니다.

책임편집  최은하